A MALDIÇÃO DO MAR

SHEA ERNSHAW

A
MALDIÇÃO
DO MAR

Tradução de
Octávia Alves

10ª edição

— **Galera** —
RIO DE JANEIRO

2023

CIP-BRASIL. CATALOGAÇÃO NA PUBLICAÇÃO
SINDICATO NACIONAL DOS EDITORES DE LIVROS, RJ

E66m
10ª ed.

Ernshaw, Shea
  A maldição do mar / Shea Ernshaw; tradução de Octavia Alves.
– 10ª ed. – Rio de Janeiro: Galera Record, 2023.

  Tradução de: The wicked deep
  ISBN 978-85-01-11946-9

  1. Ficção. 2. Literatura infantojuvenil americana I. Alves, Octavia.
– Título.

20-68214

CDD: 808.899282
CDU: 82-93(73)

Camila Donis Hartmann – Bibliotecária – CRB-7/6472

Título original:
The wicked deep

Copyright © 2018 by Shea Ernshaw
Leitura sensível: Lethycia Santos Dias

Esta tradução foi publicada mediante acordo com a Simon Pulse,
um selo da Simon & Schuster.

Todos os direitos reservados. Proibida a reprodução, no todo ou em parte,
através de quaisquer meios. Os direitos morais da autora foram assegurados.

Texto revisado segundo o novo Acordo Ortográfico da Língua Portuguesa.

Direitos exclusivos de publicação em língua portuguesa
somente para o Brasil adquiridos pela
EDITORA RECORD LTDA.
Rua Argentina, 171 – Rio de Janeiro, RJ – 20921-380 – Tel.: (21) 2585-2000,
que se reserva a propriedade literária desta tradução.

Impresso no Brasil

ISBN 978-85-01-11946-9

Seja um leitor preferencial Record
Cadastre-se no site www.record.com.br
e receba informações sobre nossos
lançamentos e nossas promoções.

Atendimento e venda direta ao leitor
sac@record.com.br

A meus pais, por encorajarem a minha imaginação desvairada.

"Se há magia neste planeta, ela está na água."
— Loren Eiseley

O MAR

Em 1822, as três irmãs chegaram a Sparrow, no Óregon, a bordo de um navio de comércio de peles chamado *Lady Astor*. Naquele mesmo ano, o navio naufragou na baía além do cabo.

Estavam entre os primeiros habitantes que se estabeleceram na recém-fundada cidade costeira, e vagavam pelo novo mundo como pássaros de pernas longas, com cabelo caramelo ondulado e pele de alabastro. Elas eram bonitas — bonitas demais, o povo da cidade diria mais tarde. Marguerite, Aurora e Hazel se apaixonavam com frequência, e pelos homens errados; aqueles cujo coração já pertencia a outro alguém. Eram sedutoras, provocantes e, para os homens, impossíveis de resistir.

Mas o povo da cidade de Sparrow entendia que as irmãs eram muito mais do que isso. Eram bruxas, conjurando feitiços para tornar os homens infiéis.

Então, no fim de junho, quando a lua nada mais era que uma farpa no céu encoberto, amarraram pedras aos tornozelos das irmãs. Elas foram jogadas ao oceano. E, assim como o navio em que chegaram, afundaram e sumiram.

UM

Tenho uma velha fotografia, tirada na década de 1920, de uma mulher em um circo itinerante, submersa num imenso tanque de água: o cabelo loiro ondeando ao redor da cabeça, as pernas escondidas sob uma falsa cauda de sereia feita de tecido metálico e costurada de forma a insinuar escamas. Esguia e angelical, os lábios comprimidos, prendendo o fôlego em meio à água gelada. Vários homens estão parados em frente ao aquário, observando-a como se fosse real. Somos facilmente enganados pelo espetáculo, não é mesmo?

Eu me lembro dessa fotografia toda primavera, quando a cidade de Sparrow começa a ser tomada pelos boatos sobre as três irmãs que se afogaram além da boca do porto, depois da ilha Lumiere, onde moro com minha mãe. Consigo ver as três irmãs flutuando como fantasmas delicados nas sombras abaixo da superfície, inconstantes e preservadas, como a sereia do espetáculo. Dois séculos atrás, quando foram jogadas às profundezas, será que elas lutaram para ficar acima da superfície ou permitiram que o peso das pedras as arrastasse para o leito frio e rochoso do Pacífico?

Uma névoa matinal, sombria e úmida, desliza pela superfície do oceano entre a ilha Lumiere e a cidade de Sparrow. A água parece tranquila quando caminho pela doca. Começo a desamarrar o esquife — um barco de fundo chato, com dois bancos e um motor de popa. Não é o ideal para enfrentar tempestades e vendavais, mas é perfeito para um pulo até a cidade. Otis e Olga, os gatos tigrados que apareceram misteriosamente na ilha há dois anos, me acompanham até a água, miando como se lamentassem minha partida. Saio todas as manhãs à mesma hora, atravessando a baía antes do sinal da primeira aula — economia global, uma matéria que jamais vou usar —, e toda manhã eles me seguem até a doca.

O facho de luz intermitente do farol varre a ilha. Por um momento, passa por uma silhueta parada sobre o penhasco na rochosa margem ocidental. Minha mãe. Os braços dela estão cruzados à frente do velho suéter cor de camelo, justo no corpo frágil. Ela olha para o vasto Pacífico, como faz toda manhã, esperando alguém que nunca voltará. Meu pai.

Olga se esfrega em meu jeans, arqueando o lombo ossudo, erguendo a cauda e pedindo colo, mas não tenho tempo. Levanto o capuz de minha capa de chuva azul-marinho, cobrindo a cabeça, embarco e puxo a corda do motor até que volte à vida. Em seguida, manobro o esquife para o nevoeiro. Não consigo ver a costa ou a cidade de Sparrow através da névoa, mas sei que está lá.

* * *

Mastros altos e pontiagudos como espadas se erguem da água. São armadilhas, naufrágios de tempos passados. Quem não conhece o caminho tem grande chance de acertar o barco em um dos destroços que ainda assombram estas águas. Abaixo de mim, uma teia de cascos incrustados de cracas, elos de correntes enferrujadas sobre proas em frangalhos, peixes hospedados em escotilhas apodrecidas, os cordames há muito corroídos pela água salgada. Um cemitério de navios. Como os pescadores locais, que singram a névoa sombria até o mar aberto, eu consigo navegar pela baía de olhos fechados. A água é fria e profunda aqui. Enormes navios costumavam trazer suprimentos até o porto, porém não mais. Agora apenas pequenos barcos de pesca e balsas de turistas aparecem. Os marinheiros dizem que estas águas ainda são assombradas — e eles estão certos.

O barco bate de encontro à lateral da doca 11, vaga 4, onde fica atracado enquanto estou na aula. A maioria dos jovens de 17 anos tem carteira de motorista e velhos carros enferrujados, comprados via internet ou herdados de irmãos mais velhos. Em vez disso, eu tenho um barco. E nenhuma vontade de ter um carro.

Ajeito no ombro a mochila de lona, pesada com os livros, e corro pelas ruas cinzentas e escorregadias até a escola secundária de Sparrow. A cidade de Sparrow foi fundada no encontro de dois cumes, espremida entre a montanha e o mar, o que torna deslizamentos de terra comuns aqui. Algum dia, talvez, ela será completamente arrastada. Empurrada para a água e enterrada sob 12 metros de chuva e lodo. Não existem cadeias de fast-food em Sparrow, nenhum shopping ou cinema, nenhuma Starbucks (embora tenhamos uma cafeteria). Nossa pequena cidade está protegida do mundo exterior, congelada no tempo. A população é de gritantes 2.024 habitantes. Mas esse número cresce todo ano no dia primeiro de junho quando os turistas invadem a cidade e tomam conta de tudo.

Rose está parada no gramado na frente da escola, digitando no celular. O cabelo ruivo rebelde brota de sua cabeça em cachos indisciplinados, que ela odeia. Mas sempre invejei o modo como seus fios vigorosos não aceitam ser domados, amarrados ou presos, ao passo que meu cabelo liso e castanho não pode ser coagido em nenhuma configuração alegre ou com algum balanço... e eu tentei. Mas cabelo escorrido é apenas cabelo escorrido.

— Você não vai me dar um perdido esta noite, vai? — pergunta ela ao me ver, arqueando as sobrancelhas.

Ela guarda o celular na sacola de livros outrora branca, mas agora desenhada com caneta permanente e marcadores coloridos, em uma colagem de azul-noturno, verde-floresta e rosa-chiclete; um grafite policromático que não poupou nenhum espaço. Rose quer ser uma artista... Não. Rose *é* uma artista. Está determinada a se mudar para Seattle e cursar o Instituto de Arte quando nos formarmos. E quase toda semana ela me lembra de que não quer ir sozinha, então devo acompanhá-la e ser sua colega de quarto. Compromisso que evitei assumir desde o nono ano.

Não é que eu não queira fugir desta cidade chuvosa e horrível. Eu *quero*. Mas me sinto presa. O peso da responsabilidade cai sobre mim como um manto. Não posso deixar minha mãe sozinha na ilha. Sou tudo o que lhe resta; a única coisa que ainda a prende à realidade. E talvez seja tolice (ingenuidade até), mas também alimento a esperança de que meu pai volte um dia. Em meus devaneios, ele aparece na doca, como num passe de mágica, e caminha até a casa, como se o tempo não tivesse passado. Eu preciso estar aqui caso ele o faça.

No entanto, conforme o segundo ano do ensino médio chega ao fim e o terceiro se aproxima, sou forçada a analisar a realidade de que meu futuro pode estar aqui em Sparrow. Talvez eu nunca saia deste lugar. Posso ficar presa aqui.

Vou continuar na ilha, lendo a sorte nas folhas de chá servido em xícaras de porcelana branca, como minha mãe costumava fazer antes de meu pai sumir e nunca mais voltar. Os locais conduziam suas embarcações pela enseada, às vezes em segredo, sob uma lua fantasma, às vezes no meio do dia, porque tinham uma pergunta urgente que precisava de resposta. Eles se sentavam em nossa cozinha, tamborilando no tampo da mesa de madeira, esperando que minha mãe lhes revelasse seu destino. Mais tarde, antes de partir, deixavam notas dobradas ou amassadas ou esticadas na mesa. Minha mãe enfiava o dinheiro em uma lata de farinha guardada na prateleira ao lado do fogão. Talvez seja essa a vida que me espera: sentada à mesa da cozinha, o doce aroma do chá de camomila ou lavanda e flor de laranjeira preso ao cabelo, correndo os dedos pela borda da caneca e encontrando mensagens no caos das folhas.

Vislumbrei meu futuro naquelas folhas muitas vezes: um garoto soprado do mar, naufragado na ilha. Seu coração batendo selvagem no peito, a pele feita de areia e vento. E meu coração incapaz de resistir. É o mesmo futuro que vi em cada xícara de chá desde os 5 anos, quando minha mãe me ensinou a decifrar as folhas. *Seu destino descansa no fundo de uma xícara de chá*, havia sussurrado ela, com frequência, antes de me mandar para a cama. E a ideia desse futuro se agita dentro de mim sempre que penso em deixar Sparrow, como se a ilha me atraísse de volta, meu destino enraizado aqui.

— Não vou "dar um perdido", considerando que eu nunca disse que iria — respondo a Rose.

— Não vou deixar que perca outra festa Swan. — Ela inclina o quadril para o lado, enganchando o polegar direito na alça da sacola. — Ano passado, Hannah Potts colou em mim até o amanhecer. Não quero repetir a dose.

— Vou pensar no assunto.

A festa Swan sempre teve dupla finalidade: marca o início da temporada Swan e também a festa do fim de ano escolar. Uma celebração regada a álcool, um bizarro misto de excitação pelo fim das aulas e o pavor iminente da temporada Swan. Em geral, as pessoas ficam megachapadas e ninguém se lembra de nada.

— Nada de pensar! Apenas vá. Quando você pensa demais nas coisas, acaba desistindo.

Ela tem razão. Eu gostaria de querer ir. Gostaria de me importar com festas na praia. Mas nunca me senti confortável em situações assim. Sou a garota que mora na ilha Lumiere, cuja mãe enlouqueceu e o pai sumiu, que nunca sai depois da aula, que prefere passar as tardes lendo tabelas de maré e observando barcos no porto em vez de encher a cara com desconhecidos.

— Se não quiser, você nem precisa se fantasiar — acrescenta ela.

Vestir uma fantasia nunca foi uma opção. Ao contrário da maioria dos cidadãos de Sparrow, que mantêm um traje do início dos anos 1800 de prontidão no fundo do armário para a festa Swan, eu não tenho uma fantasia.

O sinal da primeira aula toca, e seguimos a procissão de alunos pela porta de entrada principal. O cheiro do corredor é uma mistura de cera e madeira podre. As janelas, de folha única e mal vedadas, chacoalham a tarde inteira com o vento. As luminárias piscam e zumbem. Nenhum dos armários fecha direito por causa de um desnível no alicerce. Se eu conhecesse outra cidade, outra escola, talvez achasse esse lugar deprimente. Em vez disso, a chuva que se infiltra pelo telhado e que pinga nas carteiras e nos pisos dos corredores durante as tempestades de inverno parece familiar. É como um lar para mim.

Rose e eu não assistimos às primeiras aulas juntas, então caminhamos até o fim do corredor A e paramos ao lado do banheiro feminino, antes de nos separarmos.

— Só não sei o que falar para minha mãe — admito, descascando o restante do esmalte Blueberry Blitz do polegar esquerdo.

Rose me obrigou a passar essa cor durante uma de nossas noites de cinema em sua casa, há duas semanas... Foi a noite em que ela decidiu

16

que, para se enquadrar em um curso sério de arte em Seattle, precisava assistir aos clássicos de Alfred Hitchcock. Como se filmes assustadores em preto e branco de algum modo pudessem sagrá-la uma artista *séria*.

— Fala que vai numa festa, ué! Conta pra ela que você tem uma vida. Ou apenas fuja. Provavelmente, ela nem vai perceber que você saiu.

Mordo o lábio e paro de cutucar a unha. Deixar minha mãe sozinha, mesmo por uma noite, é algo que me deixa apreensiva. E se ela acordar de madrugada e perceber que não estou mais em minha cama? Acharia que eu fugi, como meu pai? Sairia à minha procura? Faria algo impulsivo e estúpido?

— Seja como for, ela está presa naquela ilha — completa Rose.

— Para onde iria? Não é como se ela fosse se jogar no oceano. — Ela hesita, e nós nos encaramos. Ela se jogar no oceano é precisamente meu medo. — O que estou querendo dizer é que nada vai acontecer se você a deixar por *uma* noite. E você vai estar de volta logo após o amanhecer.

Olho para o outro lado do corredor, para a porta da sala de minha aula do primeiro tempo, economia global, onde quase todo mundo já está em seus lugares. O Sr. Gratton, parado ao lado de sua mesa, batuca com a caneta em uma pilha de papéis, esperando o último sinal tocar.

— Por favor — implora Rose. — É a noite mais importante do ano, e não quero ser a derrotada que vai sozinha novamente.

Um leve sibilar acompanha a palavra "sozinha". Quando Rose era mais nova, sofria de sigmatismo. Todos os seus Ss soavam como Xs. Na escola primária, as crianças costumavam ridicularizá-la toda vez que um professor pedia que lesse em voz alta na frente da classe.

Depois de visitas regulares a um fonoaudiólogo em Newport, três vezes por semana durante o primeiro ano do ensino médio, ela saiu do casulo e abriu as asas. Minha melhor amiga, sibilante e desajeitada, tinha renascido: confiante e destemida. Muito embora sua aparência não tenha, de fato, mudado, ela agora brilhava como uma bela espécie exótica que eu não reconhecia, enquanto eu permanecia a mesma. Tenho a impressão de que, algum dia, não vamos saber dizer *por que* somos amigas. Ela vai voar para longe, como um pássaro de cores vivas que esteve preso na parte errada do mundo, e ficarei para trás: penas cinzentas, pesada e sem asas.

— Tudo bem — respondo, sabendo que, se eu perder outra festa Swan, ela pode me deserdar como sua única amiga.

Rose abre um enorme sorriso.

— Graças a Deus. Pensei que teria que sequestrá-la e arrastá-la até aqui. — Ela ajeita a alça da sacola no ombro. — Vejo você depois da aula — diz, e dispara pelo corredor assim que o último sinal toca pelos alto-falantes de metal no teto.

Hoje temos apenas meio-período: primeiro e segundo tempos, porque é o último dia de aula antes das férias de verão. Amanhã é primeiro de junho. Apesar de a maioria das escolas não começar o recesso de verão tão cedo, a cidade de Sparrow iniciou a contagem regressiva há meses. Cartazes anunciando festivais em homenagem às irmãs Swan já tinham sido pendurados e espalhados pela praça da cidade e sobre vitrines de lojas.

A temporada de turistas começa amanhã. Com ela, uma onda de forasteiros e a abertura da sinistra e mortal tradição que assola Sparrow desde 1823 — desde que as três irmãs Swan se afogaram em nosso porto. A festa de hoje à noite marca o início da temporada que vai trazer muito mais do que apenas o dinheiro dos turistas; vai trazer lendas, especulações e dúvidas quanto à história da cidade.

E, como sempre, todo ano e sem falta, também vai trazer morte.

UMA CANÇÃO

Começa com um suave canto murmurado na maré, um som tão tênue que pode ser apenas o vento soprando pelas persianas de madeira, pelas escotilhas dos barcos de pesca ancorados, ao longo das fendas estreitas de portas destrancadas. Mas, depois da primeira noite, a harmonia de vozes se torna inegável. Um hino encantado, singrando pela superfície da água, frio e delicado e sedutor. As irmãs Swan despertaram.

DOIS

As portas da escola se escancaram logo antes do meio-dia, e um desfile ruidoso de estudantes é liberado na atmosfera pegajosa do início da tarde. Gritos e urros empolgados ecoam pelo pátio da escola, espantando as gaivotas pousadas no muro de pedra que delimita o gramado da frente.

Apenas metade da turma de formandos se deu o trabalho de aparecer para o último dia de aula. Aqueles que o fizeram rasgam páginas dos cadernos e deixam o vento levá-las — uma tradição que marca sua alforria do ensino médio.

O sol, parado no céu depois de queimar a névoa da manhã, parece preguiçoso, derrotado e exausto, incapaz de aquecer a terra ou nossos rostos gelados. Rose e eu marchamos pela Canyon Street em nossas galochas, a barra dos jeans enfiada para dentro, a fim de mantê-los secos; os casacos abertos, na esperança de que o dia clareie e esquente antes da festa de hoje à noite, à qual ainda não tenho certeza se vou comparecer.

Na Ocean Avenue, viramos à direita e então paramos na esquina seguinte, onde a mãe de Rose tem uma loja igual a um pequeno bolo quadrado, com paredes de tijolo pintadas de branco e beirais cor-de--rosa. É lá que Rose trabalha todo dia depois da escola. O letreiro acima da porta de vidro diz: BOLOS DESMEMORIADOS DA ALBA, em letras imitando glacê cor-de-rosa sobre um fundo cor de creme. No entanto, a placa de madeira começou a azinhavrar, ganhando um tom esverdeado que terá que ser lavado. Uma luta constante contra a maresia.

— Meu turno só tem duas horas — diz Rose, passando a sacola de livros para o outro ombro. — Me encontra às nove nas docas?

— Claro.

— Se você tivesse um celular, como uma pessoa normal, eu poderia mandar uma mensagem mais tarde.

— Celulares não pegam na ilha — lembro pela centésima vez.

Ela deixa escapar um suspiro exasperado.

— O que é catastroficamente inconveniente para mim.

Como se fosse ela quem precisasse enfrentar a ausência de sinal de celular.

— Você vai sobreviver — digo com um sorriso cínico.

E ela devolve o gesto, as sardas espalhadas pelo nariz e pelas maçãs do rosto, como constelações de areia dourada.

A porta atrás dela se abre de repente, com o soar de carrilhões e sinos contra o vidro. Sua mãe, Rosalie Alba, sai para o sol, protegendo a vista com uma das mãos, como se estivesse encarando o mundo exterior pela primeira vez desde o último verão.

— Penny! — diz a Sra. Alba, baixando a mão. — Como está sua mãe?

— Na mesma — respondo.

A Sra. Alba e minha mãe foram amigas um dia, de um modo casual. Às vezes se encontravam para o chá nas manhãs de sábado, ou a Sra. Alba aparecia na ilha Lumiere. As duas assavam biscoitos ou torta de amora quando as amoreiras começavam a tomar conta da ilha, e meu pai ameaçava queimar tudo.

A Sra. Alba também é uma das únicas pessoas na cidade que ainda pergunta sobre minha mãe... uma das poucas que ainda se importa. Faz três anos que meu pai desapareceu, e é como se a cidade o tivesse esquecido completamente. Como se ele nunca tivesse vivido aqui.

Mas é bem mais fácil encarar seus olhares indiferentes a ouvir os boatos que circularam pela cidade nos dias depois de seu sumiço. *Para começo de conversa, John Talbot nunca pertenceu a este lugar,* haviam sussurrado. *Ele abandonou a mulher e a filha; ele sempre odiou morar em Sparrow; ele fugiu com outra mulher; ele enlouqueceu com a vida na ilha e se jogou no mar.*

Meu pai era um forasteiro e jamais tinha sido aceito pelos locais. Eles pareceram aliviados quando meu pai se foi. Como se ele merecesse. Mas minha mãe cresceu aqui, cursou o ensino médio em Sparrow, depois conheceu meu pai na faculdade, em Portland. Eles se amavam, e sei que ele nunca teria nos abandonado. Éramos felizes. Ele era feliz.

Algo bem mais estranho aconteceu com meu pai há três anos. Um dia, ele estava aqui. No seguinte, não mais.

— Pode dar isso a ela? — pergunta a Sra. Alba, estendendo uma pequena caixa cor-de-rosa, atada com uma fita de bolinhas brancas.

Eu a peguei de sua mão, sentindo a fita com a ponta dos dedos.

— Qual é o sabor?

— Limão e lavanda. Uma nova receita que venho testando.

A Sra. Alba não fazia bolos prosaicos para desejos prosaicos. Seus pequenos bolos desmemoriados eram concebidos para fazer qualquer um se esquecer da pior coisa que já havia lhe acontecido... para apagar memórias ruins. Não estou convencida de que funcionem de verdade. Mas o pessoal da região e os turistas de verão devoram os pequenos bolos como se fossem um antídoto potente, um remédio para um pensamento indesejado. A Sra. Potts, que mora em uma casa estreita na Alabaster Street, afirma que, depois de comer um bolo de chocolate com manjericão e figo, não conseguia mais se lembrar do dia que o cachorro de seu vizinho Wayne Bailey mordeu sua panturrilha e a fez sangrar, deixando uma cicatriz que parece um raio. E o Sr. Rivera, o carteiro da cidade, alega que só se recorda de modo vago do dia em que a mulher o deixou por um bombeiro que vive em Chestnut Bay, a uma hora de carro ao norte.

Ainda assim, acredito que isso se deva apenas ao monte de xícaras de açúcar e aos sabores peculiares nos bolos da Sra. Alba que, por um breve instante, não permitem que a pessoa pense em outra coisa além da rusticidade da lavanda misturada à acidez do limão; nem mesmo as piores memórias conseguem aflorar diante disso.

Quando meu pai desapareceu, a Sra. Alba começou a mandar para minha mãe todo sabor imaginável de bolo — tortas de limão e framboesa, *espresso* e avelã, algas e coco — na esperança de que pudessem ajudá-la a esquecer o que aconteceu. Mas nada penetrou sua dor: uma nuvem carregada não era facilmente levada pelo vento.

— Obrigada — agradeço, e a Sra. Alba abre seu sorriso largo.

Seus olhos refletem calor, gentileza. Sempre me senti reconfortada por ela. A Sra. Alba é espanhola, mas o marido é um verdadeiro irlandês, nascido em Dublin. Para o desespero dela, Rose conseguiu herdar todos os traços do pai.

— Vejo você às nove — digo a Rose, me despedindo.

A Sra. Alba e ela somem dentro da loja, para assar todos os bolos desmemoriados possíveis antes da chegada dos turistas em ônibus lotados, amanhã de manhã.

* * *

A véspera do início da temporada Swan sempre me pareceu penosa. Como uma nuvem escura que não consigo espantar.

A noção do que está por vir, a morte que ronda a cidade, como se o destino arranhasse a porta de cada lar e loja. Posso senti-la no ar, na espuma do mar, no espaço entre as gotas de chuva. As irmãs estão chegando.

Todos os quartos das três pousadas de frente para a baía estão reservados pelas próximas três semanas, até o fim da temporada Swan — que acontece à meia-noite do solstício de verão. Os quartos com vista para o mar custam o dobro daqueles voltados para a cidade. As pessoas gostam de abrir as janelas e ficar nas varandas para ouvir a canção das irmãs Swan soando do fundo da enseada.

Um punhado de turistas adiantados já chegou a Sparrow, arrastando a bagagem para os saguões ou tirando fotos do porto. Estão neste momento perguntando onde tomar o melhor café ou tigela de sopa. Em geral, o primeiro dia na cidade parece o mais gelado; um frio que penetra nos ossos e não se vai.

Como a maioria dos habitantes da cidade, eu odeio essa época do ano. Mas não é a onda de turistas que me incomoda. É a exploração, a espetacularização de uma temporada que é uma maldição para esta cidade.

Na doca, jogo a mochila em um dos bancos do esquife. Na tinta branca, ao longo da lateral a estibordo, há arranhões e mossas que lembram código Morse. Meu pai costumava pintar o barco toda primavera, mas a tarefa vem sendo negligenciada nos últimos três anos. Às vezes me sinto como aquele casco: machucado e deixado para enferrujar desde que meu pai sumiu em algum lugar no mar.

Coloco a pequena caixa de bolo no assento, ao lado de minha bolsa, e então dou a volta na proa, pronta para desamarrar o cabo do tirante, quando ouço o som oco de passos se aproximando às minhas costas.

Ainda estou com a bolina nas mãos quando noto um garoto parado a alguns metros, segurando o que parece ser um pedaço de papel amassado. Seu rosto está parcialmente escondido pelo capuz do moletom, e uma mochila pesa em seus ombros.

— Estou procurando Penny Talbot — diz ele, a voz como água gelada da torneira, o maxilar contraído. — Me disseram que poderia achá-la aqui.

Eu me endireito, tentando ver seus olhos, mas há uma sombra cobrindo a metade superior de seu rosto.

— Por que a está procurando? — pergunto, meio incerta se quero revelar que *eu* sou Penny Talbot.

— Achei isso na lanchonete... Chowder — responde ele, com um tom de dúvida, como se não tivesse certeza se havia lembrado o nome correto.

Chowder é um pequeno estabelecimento no fim do Shipley Pier, eleito a "melhor lanchonete" nos últimos dez anos pelo *Catch*, o jornal local. O *Catch* é um pequeno periódico impresso, que emprega o total de duas pessoas, uma das quais Thor Grantson, filho do dono. Thor está na mesma turma que eu. Durante o ano letivo, as crianças da cidade lotam o Chowder, mas, no verão, temos que dividir as banquetas gastas do bar e as mesas da varanda com a horda de turistas.

— Estou procurando trabalho — acrescenta, erguendo o pedaço de papel detonado para que eu o veja, e então me dou conta do que é.

Coloquei um bilhete no quadro de avisos de cortiça do Chowder cerca de um ano antes, procurando ajuda para o farol da ilha Lumiere, já que minha mãe se tornara quase incapaz de executar qualquer tarefa e eu não conseguia fazer tudo sozinha. Tinha me esquecido disso. Como ninguém apareceu atrás do emprego, e depois que o bilhete escrito à mão foi eventualmente soterrado por outros cartões de visita e filipetas, eu me virei sozinha.

Mas agora, de algum modo, esse forasteiro o encontrou em meio à maçaroca de papéis presa ao quadro.

— Não preciso mais de ajuda — digo, categórica, jogando a bolina dentro do barco... e revelando, sem querer, que sou Penny Talbot.

Não quero um estranho trabalhando na ilha, alguém em quem não posso confiar. Quando coloquei o anúncio, minha esperança era de que um pescador desempregado, ou talvez alguém da escola, se apresentasse. Mas ninguém apareceu.

— Já achou outra pessoa? — pergunta ele.

— Não. Apenas não preciso de ninguém no momento.

Ele esfrega a mão na cabeça, baixando o capuz que ocultava seu rosto, revelando olhos intensos e severos, verdes como a floresta depois da chuva. Ele não parece um errante, sujo ou como se estivesse tomando banho num banheiro de posto de gasolina. Aparenta ter a minha idade, talvez um ou dois anos mais velho. Mas ainda tem toda a pinta de um forasteiro: desconfiado e atento aos arredores. Ele tensiona o maxilar e morde o lábio inferior, olhando por cima do ombro para a margem, a cidade brilhante sob o sol da tarde, como se salpicada de glitter.

— Veio para a temporada Swan? — pergunto, concentrando meu olhar no garoto.

— Para o quê?

Ele me encara, um quê de determinação em cada movimento: o piscar da pálpebra, o tremor dos lábios antes da fala.

— Então por que está aqui?

É óbvio que ele não faz ideia do que seja a temporada Swan.

— Era o ponto final do ônibus.

Verdade. Sparrow é a última parada da rota de ônibus que serpenteia a costa do Óregon, parando em pitorescas vilas costeiras até chegar aqui. A rochosa cadeia de montanhas bloqueia a continuação de qualquer estrada ao longo do litoral, então o tráfego precisa ser desviado para o interior por vários quilômetros.

— Escolheu uma péssima hora para visitar Sparrow — comento, desamarrando a última corda, mas sem soltá-la, para que o esquife não se afaste da doca.

Ele enfia as mãos nos bolsos da calça.

— Por quê?

— Amanhã é primeiro de junho.

Pela expressão rígida, impassível, posso dizer que ele não sabe mesmo no que se meteu.

— Desculpe não poder ajudá-lo — lamento, em vez de tentar explicar todos os motivos pelos quais seria melhor se ele apenas pegasse o ônibus de volta amanhã. — Pode procurar trabalho na fábrica de conservas ou em um dos barcos de pesca, mas geralmente não contratam gente de fora.

Ele assente, mordendo o lábio de novo e olhando para além de mim, para o oceano, para a ilha a distância.

— E quanto a um lugar para ficar?

— Pode tentar uma das pousadas, mas normalmente estão lotadas nesta época do ano. A temporada de turistas começa amanhã.

— Primeiro de junho? — repete ele, como se elucidando essa data misteriosa que, obviamente, significa algo para mim, mas não para ele.

— Sim. — Eu embarco e puxo a corda do motor. — Boa sorte.

E o deixo parado na doca enquanto atravesso a baía em direção à ilha. Olho para trás várias vezes e ele ainda está lá, observando a água como se não soubesse o que fazer a seguir.

Por fim, olho para trás e ele se foi.

TRÊS

A fogueira solta faíscas no prateado céu noturno.

Rose e eu descemos a trilha irregular até Coppers Beach, o único trecho de costa em Sparrow que não é cercado por rochas e penhascos íngremes. É uma extensão estreita de areia preta e branca, que acaba em uma caverna subaquática, cujo interior apenas alguns dos mais corajosos — e estúpidos — garotos já tentaram alcançar a nado.

— Você deu a ela o bolo desmemoriado? — pergunta Rose, como um médico que receitou um remédio e quer saber se houve algum efeito colateral ou melhora.

Depois que voltei à ilha Lumiere, depois de uma chuveirada no velho banheiro em frente a meu quarto e de examinar meu pequeno closet retangular, tentando decidir o que vestir no evento de hoje à noite — enfim decidindo por jeans branco e um grosso suéter preto para espantar o frio da noite —, fui até a cozinha e presenteei minha mãe com o bolo desmemoriado da Sra. Alba. Ela estava sentada à mesa, observando uma xícara de chá.

— Outro? — perguntou com tristeza, quando deslizei o bolo para ela.

Em Sparrow, a superstição tem tanto peso quanto a lei da gravidade ou a previsibilidade das tabelas de maré. Para a maioria dos habitantes de Sparrow, os bolos da Sra. Alba têm a mesma probabilidade de ajudar minha mãe que um vidro de comprimidos prescrito pelo médico. Assim, ela obedientemente deu pequenas dentadas no *petit four* de limão e lavanda, com cuidado para não deixar cair nenhuma migalha no suéter bege grande demais, as mangas enroladas até o meio dos braços pálidos e ossudos.

Não acho que tenha se dado conta de que hoje é o último dia de aula, que acabo de terminar meu segundo ano do ensino médio e que amanhã é primeiro de junho. Não é como se tivesse perdido todo o senso de realidade, mas os limites de seu mundo se tornaram indistintos. Como quando se aperta a tecla mudo no controle remoto. Ainda é possível ver a imagem na TV, as cores estão todas lá, mas não há som.

— Pensei tê-lo visto hoje — murmurou ela. — Parado na margem abaixo do penhasco, olhando para mim. — Seus lábios tremeram de leve, os dedos deixaram cair algumas migalhas de bolo no prato a sua frente. — Mas foi só uma sombra. Um jogo de luz.

— Sinto muito, mãe — falei, tocando seu braço com suavidade.

Ainda consigo ouvir o som da porta de tela batendo na noite que meu pai saiu de casa, lembro o modo como ele caminhou até a doca, os ombros curvados contra a maresia, o passo cansado. Eu o observei partir naquela noite de tempestade, há três anos, e ele jamais voltou.

Simplesmente sumiu da ilha.

Seu veleiro ainda estava ancorado, a carteira no aparador ao lado da porta da frente. Nenhum sinal. Nenhum bilhete. Nenhuma pista.

— Às vezes também acho que o vejo — comentei, tentando consolá-la, mas ela apenas olhava o bolo à sua frente, a expressão suave e distante enquanto comia os últimos pedaços em silêncio.

Sentada ao seu lado à mesa da cozinha, não pude evitar e me vi em minha mãe: o cabelo castanho liso e comprido, os mesmos olhos azuis fluidos e a trágica pele pálida, que raramente via o sol naquele lugar lúgubre. No entanto, enquanto ela é refinada e graciosa, com braços de bailarina e pernas de gazela, sempre me senti trôpega e desajeitada. Quando era mais nova, eu costumava andar curvada, tentando parecer mais baixa que os meninos de minha turma. Ainda hoje, com frequência me sinto uma marionete cujo titereiro puxa todas as cordas erradas, de modo que me atrapalho e tropeço e tateio desajeitada à frente.

— Não acredito que bolo vá curá-la — respondo a Rose enquanto caminhamos pela trilha ladeada por grama seca e silvas. — A lembrança do sumiço de meu pai está tão enraizada em sua mente que nenhuma dose de remédio vai arrancar.

— Bem, acho que minha mãe ainda não desistiu. Hoje mesmo estava falando de uma nova receita misturando pólen de abelha e prímula, que ela considera capaz de desfazer a pior das memórias.

Finalmente chegamos à praia, e Rose passa o braço pelo meu, nossos pés chutando a areia conforme abrimos caminho até a fogueira.

A maioria das garotas usa vestidos decotados e longos, com vários babados, e fitas presas ao cabelo. Até Rose veste um, verde pálido, feito de renda e chiffon, que varre a areia quando ela se move, arrastando pedaços de gravetos e conchas.

Olivia Greene e Lola Arthurs, melhores amigas e rainhas da elite de Sparrow, estão dançando do outro lado da fogueira quando chegamos. As duas estão nitidamente chapadas, o que não é surpresa para ninguém. O cabelo de ambas tem o mesmo tom preto gótico, a franja curta e dramática, pintado e cortado há apenas duas semanas para a temporada Swan. Em geral, suas madeixas são longas, onduladas e loiríssimas. Com certeza voltarão a ser assim quando a temporada Swan chegar ao fim e elas não sentirem mais necessidade de se vestir como a morte. Mas Olivia e Lola amam a encenação, amam se produzir, amam ser o centro das atenções em qualquer evento.

Ano passado, elas colocaram piercings no nariz para desafiar os pais; o de Olivia é um ponto prateado na narina esquerda, o de Lola, uma argola na direita. E as unhas estão pintadas no mesmo tom macabro de preto, um perfeito complemento para o cabelo. Elas giram em círculos ao lado da fogueira, jogando os braços para o alto e meneando a cabeça de um lado para o outro, em um arremedo de personificação das irmãs Swan. Duvido que elas tenham feito algo tão idiota há duzentos anos.

Alguém entrega uma cerveja a Rose, que, por sua vez, a passa para mim. Tomo o primeiro gole. Às vezes, nos fins de semana, roubamos cervejas ou meia garrafa de vinho branco da geladeira de seus pais. Então ficamos altinhas enquanto nos esticamos no chão de seu quarto, ouvindo música — atualmente música country, nossa mais recente obsessão — e folheando o último anuário, especulando sobre quem vai pegar quem este ano, e quem pode ser possuído por uma irmã Swan no verão.

Tomo um gole e esquadrinho a multidão em busca de rostos conhecidos, à procura de meus colegas de classe desde a escola primária. Tenho a nítida impressão de que não conheço nenhum deles. Não de verdade. Conversei superficialmente com alguns: *Você anotou os capítulos que temos que ler para a aula de história do Sr. Sullivan, no terceiro tempo? Tem uma caneta para me emprestar? Tem um carregador de celular que eu possa usar?* Mas chamar qualquer um de "amigo" seria um exagero, uma mentira deslavada. Talvez seja, em parte, porque sei que a maioria vai deixar a cidade eventualmente. Eles vão para a faculdade, viver vidas bem mais interessantes que a minha. Somos apenas navios de passagem; não faz sentido selar amizades fadadas ao fracasso.

E, embora Rose não esteja propriamente galgando os degraus da hierarquia social de Sparrow, ela pelo menos se esforça para parecer sociável. Rose sorri para as pessoas nos corredores e conversa com seus vizinhos de armário. Este ano, Gigi Kline, capitã das animadoras de torcida de nosso esforçado time de basquete, até a convidou para um teste. Elas já foram amigas no ensino fundamental. Melhores amigas, na verdade. Mas as amizades são mais fluidas na escola primária; nada soa tão definitivo. E, apesar de não serem mais tão próximas, Rose e Gigi permaneceram amigáveis. Um tributo à natureza amável de Rose.

— Às irmãs Swan! — grita alguém. — E à porra de outro ano de escola!

Braços se erguem, segurando latas de cerveja e copos vermelhos, e um coro de urros e assovios se faz ouvir pela praia.

A música começa a tocar de um rádio equilibrado sobre um dos troncos perto da fogueira. Rose pega de volta a cerveja e me dá uma garrafa maior. Uísque... passa de mão em mão pela multidão.

— É horrível — confessa, o rosto ainda contraído.

Em seguida, ela sorri, erguendo uma sobrancelha para mim.

Entorno um rápido gole da bebida escura. O álcool queima a minha garganta e faz os pelos de meus braços se arrepiarem. Passo a garrafa para a pessoa a minha direita, Gigi Kline. Ela sorri, não para mim, mas para a garrafa quando a pega de minha mão. Então a leva à boca, tomando um gole bem maior do que eu jamais conseguiria, depois enxuga os perfeitos lábios cor de coral antes de passar a garrafa para a garota a sua direita.

— Faltam duas horas para a meia-noite — anuncia um garoto do outro lado da fogueira, e uma nova onda de urros e gritos ecoa pelo grupo.

E aquelas duas horas passam em uma névoa de fumaça da fogueira e mais cervejas e provas de uísque, que queimam menos e menos a cada gole. Não tinha planejado beber — ou ficar bêbada —, mas o calor se espalha por todo o meu corpo, me deixando descontraída e leve. Quando nos damos conta, Rose e eu estamos dançando alegremente na companhia de pessoas com quem nunca falamos. Que, em geral, nunca falam conosco.

Quando falta menos de trinta minutos para a meia-noite, o grupo começa a cambalear pela praia até a beira d'água. Algumas poucas pessoas, muito bêbadas ou muito entretidas na conversa para deixar a fogueira, ficam para trás, mas o restante de nós se reúne em uma espécie de procissão.

— Quem é corajosa o bastante para ser a primeira? — desafia Davis McArthurs, bem alto para todo mundo ouvir, o cabelo loiro e arrepiado afastado da testa, as pálpebras pesadas, como se estivesse prestes a tirar uma soneca.

Um burburinho de vozes furtivas corre a multidão, e algumas poucas garotas são empurradas de brincadeira, os pés mergulhando até o tornozelo no oceano, antes de fugirem de volta. Como se alguns centímetros de água fossem suficientes para que as irmãs Swan roubassem seus corpos humanos.

— Eu vou — responde uma voz musical.

Todo mundo vira o pescoço para ver de quem se trata. Olivia Greene dá um passo adiante, rodopiando, de modo que o vestido amarelo gira ao seu redor como uma sombrinha. Está nitidamente bêbada, mas o grupo a encoraja. Ela faz uma reverência, como se cumprimentasse seus fãs ardorosos, antes de virar o rosto para a enseada negra e plácida. Sem precisar ser pressionada, ela se enfia no mar salgado com os braços estendidos. Quando a água chega a sua cintura, Olivia dá um mergulho pouco gracioso, que parece mais uma barrigada. Ela desaparece por meio segundo, depois volta à superfície, rindo loucamente, o trágico cabelo preto colado ao rosto, como algas marinhas.

A multidão aplaude. Lola entra na água até os joelhos, chamando Olivia de volta ao raso. De novo, Davis McArthurs convoca voluntários. Desta vez, há apenas um ligeiro intervalo antes que uma voz grite:

— Eu vou!

Desvio o olhar para a esquerda, de onde Rose saiu da multidão em direção à água.

— Rose — vocifero, estendendo a mão, e seguro seu braço. — O que está fazendo?

— Dando um mergulho.

— Não, você não pode.

— Nunca acreditei nas irmãs Swan mesmo — diz ela, com uma piscadela.

E o grupo a afasta de mim, guiando Rose em direção ao oceano gelado. Ela abre um sorriso franco enquanto caminha pelo mar, ultrapassando Olivia. A água mal chega a sua cintura quando ela mergulha e desliza sob a superfície. Uma ondulação se espraia atrás de Rose, e todo mundo na praia fica em silêncio. O ar se contrai em meus pulmões. A superfície da água serena, e até Olivia — ainda até a canela na água — se vira para olhar. Mas Rose não reaparece.

Quinze segundos se passam. Trinta. Meu coração esmurra o peito em dolorosa certeza de que algo não está certo. Abro caminho pela multidão, subitamente sóbria, esperando o cabelo ruivo de Rose romper a superfície. Mas não se nota nem mesmo uma brisa. Nem mesmo uma tremulação.

Dou um único passo na direção da água. Preciso ir atrás dela. Não tenho escolha. De repente, sob a pálida meia-lua, estilhaçando a calma, ela brota da água, emergindo vários metros à frente de onde mergulhou. Solto um suspiro trêmulo de alívio e a multidão irrompe em uma ovação coletiva, erguendo os copos, como se tivessem acabado de testemunhar um feito impossível.

Rose boia de costas e gira os braços sobre a cabeça em um cata-vento fluido, nadando em direção à margem — despreocupada, como se estivesse em uma piscina. Fico na expectativa de que Davis McArthurs convoque mais alguém para um mergulho, mas o grupo ficou agitado e as garotas agora saltitam pela água rasa, mas sem entrar. As pessoas deitam na areia, algumas tomando cerveja por um furo na lata, outras dando piruetas desleixadas até a água.

Rose enfim chega à praia. Tento alcançá-la, mas vários caras do último ano se reuniram ao redor dela, dando um "toca aqui" e lhe oferecendo cervejas. Eu me separo do grupo. Ela não devia ter feito aquilo. Não devia ter entrado na água. Foi arriscado. Meu rosto está em brasa enquanto a observo enxugar os braços de modo displicente, satisfeita consigo mesma, sorrindo para o amontoado de garotos que manifestaram um súbito interesse nela.

O luar traça um caminho até a praia, e me afasto da balbúrdia da festa — não muito, apenas o bastante para recuperar o fôlego. Bebi demais, e o mundo está começando a zumbir, a crepitar e a sair do eixo. Penso em meu pai, desaparecido em uma noite em que não havia lua para iluminar o caminho, nenhuma estrela para guiar sua volta no escuro. Se houvesse luar, talvez ele tivesse retornado para nós.

Cogito voltar para a marina, abandonando a festa e retornando à ilha, quando ouço uma respiração pesada e os passos trôpegos de alguém cambaleando na areia atrás de mim.

— Ei! — chama uma voz.

Dou meia-volta e vejo Lon Whittamer, um dos notórios baladeiros da Sparrow High, bamboleando em minha direção, como se eu bloqueasse seu caminho.

— Oi — respondo baixinho, tentando me desviar para que ele possa retomar sua caminhada bêbada até a praia.

— Você não é a Pérola? — pergunta ele. — Não, Páprica. — Ele ri e joga a cabeça para trás, os olhos castanhos fechando de leve, antes de se concentrarem em mim novamente. — Não conta! Eu vou me lembrar — continua, com um dedo em riste, como se para me impedir de revelar meu nome antes que ele tenha tempo de adivinhar por conta própria. — Priscilla. Hummm, Píton.

— Está apenas chutando coisas que começam com a letra *P*. Não estou com disposição para isso; só quero ficar sozinha.

— Penny! — grita ele, me interrompendo.

Recuo um passo quando ele se inclina para a frente, exalando um hálito de álcool e quase caindo em cima de mim. Seu cabelo castanho--escuro está colado à testa e seus olhos estreitos parecem incapazes de focar, piscando a cada poucos segundos. Ele veste uma camiseta laranja neon, estampada com palmeiras e flamingos. Lon gosta de usar camisas havaianas detestáveis em tons tropicais berrantes, com aves exóticas, abacaxis e dançarinas de hula. Acho que começou como piada, ou talvez um desafio, no primeiro ano do ensino médio, e então o estilo se tornou sua marca registrada. Faz com que ele pareça um octogenário em eternas férias na cidade de Palm Springs. Como tenho certeza de que Lon nunca pisou em Palm Springs, a mãe deve encomendar as camisas on-line. E, esta noite, ele está usando uma das mais feias.

— Gosto de você, Penny. Sempre gostei — balbucia.

— É mesmo?

— Sim. Você é meu tipo de garota.

— Duvido. Você nem mesmo sabia meu nome há dois segundos.

Os pais de Lon Whittamer são donos da única grande mercearia da cidade: Lon's Grocery, que batizaram em sua homenagem. E Lon é conhecido por ser um completo babaca narcisista. Ele se considera um conquistador, um autoproclamado Casanova, apenas porque pode oferecer às namoradas descontos em itens de maquiagem da exígua seção de cosméticos da loja dos pais. Ele usa isso como um troféu, que só entrega a meninas que considera dignas. Mas também é conhecido por trair as namoradas, e já foi flagrado inúmeras vezes pegando outras garotas em sua caminhonete vermelha cromada, com suspensão elevada e para-lamas. Basicamente, é um idiota que não merece nem mesmo o fôlego gasto para mandá-lo sumir.

— Por que você não entrou na água? — pergunta ele, malicioso, chegando mais perto outra vez. — Como fez sua amiga?

Ele afasta o cabelo da testa, e os fios ficam espetados por causa do suor ou da água do mar.

— Eu não quis.

— Tem medo das irmãs Swan?

— Sim, tenho — respondo com sinceridade.

Ele semicerra os olhos, e um sorriso estúpido curva seus lábios.

— Talvez devesse nadar comigo?

— Não, obrigada. Vou voltar para a festa.

— Você nem se fantasiou — observa, os olhos passeando por meu corpo como se ele estivesse chocado com a minha aparência.

— Lamento desapontá-lo.

Começo a dar a volta, mas ele me segura e crava os dedos em meu braço.

— Não pode sair assim. — Ele soluça, fecha os olhos novamente, em seguida os abre de repente, como se tentasse continuar acordado. — Ainda não nadamos.

— Eu já disse que não vou entrar na água.

— Claro que vai. — Ele sorri, brincalhão, como se eu estivesse me divertindo tanto quanto ele, e começa a me arrastar para o raso.

38

— Pare. — Uso minha outra mão para empurrá-lo. Mas ele continua a recuar, mais para dentro da enseada. — Pare! — grito — Me larga!

Olho para a praia, para o grupo de pessoas, mas estão todos muito excitados e bêbados e distraídos para me ouvir.

— Só um mergulho — ele diz, ainda sorrindo, arrastando cada palavra conforme pulam de seus lábios.

Nós cambaleamos com água até a canela, e dou um murro em seu peito. Lon faz uma breve careta, então sua expressão muda, torna-se zangada, e ele arregala os olhos.

— Agora é que você vai entrar mesmo — anuncia ele, mais ríspido.

Ele puxa o meu braço de modo que tropeço e afundo ainda mais, mas não o bastante para arriscar ser possuída por uma irmã Swan. Mesmo assim, meu coração começa a martelar, o medo bombeando o sangue para minhas extremidades e inundando de pânico minhas veias. Levanto o braço novamente, pronta para esmurrar sua cara e impedir que me arraste mais para o fundo, quando alguém aparece à minha esquerda; alguém que não reconheço.

Tudo acontece em um instante: o estranho dá um empurrão no peito de Lon, de cuja garganta sai um som estrangulado. Seu aperto em meu braço cede ao mesmo tempo em que ele perde o equilíbrio. De repente, começa a retroceder, caindo na água, agitando os braços.

Dou um passo incerto para trás, tomando fôlego, e a pessoa que empurrou Lon segura meu braço para me firmar.

— Você está bem? — pergunta ele.

Assinto, o coração ainda acelerado.

A alguns metros, Lon se levanta, com água pela cintura, engasgando e tossindo e enxugando o rosto. A camisa laranja berrante agora está encharcada.

— Que merda! — grita, encarando o estranho ao meu lado. — Quem você pensa que é? — pergunta Lon, marchando em nossa direção.

Pela primeira vez, realmente olho para o rosto do estranho, tentando reconhecê-lo... o ângulo preciso das maçãs do rosto e o nariz retilíneo. E então percebo: é *ele*, o garoto das docas, que procurava trabalho; o forasteiro.

Ele veste o mesmo moletom preto e jeans escuro, mas está mais perto agora, e posso ver com clareza suas feições. A pequena cicatriz junto ao olho esquerdo; o modo como os lábios se comprimem em uma linha fina; o cabelo curto e preto, salpicado de gotículas da maresia. Seu olhar ainda é duro e inflexível, mas, sob o luar, ele parece mais exposto, como se eu fosse capaz de encontrar alguma pista na curva de seus olhos ou no tremor de sua garganta ao engolir.

Mas não tenho tempo de perguntar o que está fazendo ali, porque, de repente, Lon o enfrenta, berrando que ele é um babaca e ameaçando acertar sua cara por ter a audácia de jogá-lo na água daquele jeito. O garoto sequer vacila. O olhar desce até Lon — que é uns bons 15 centímetros mais baixo — e, embora os músculos em seu pescoço se contraiam, ele parece alheio à ameaça de surra feita por Lon.

Quando Lon enfim toma fôlego, o garoto ergue uma sobrancelha, como se quisesse ter certeza de que o outro havia acabado suas lamúrias antes de responder:

— Forçar uma garota a fazer qualquer coisa que ela não queira é razão mais que suficiente para quebrar sua cara — começa ele, com a voz firme. — Por isso sugiro que peça desculpas e evite uma visita ao pronto-socorro para levar pontos, além de uma dor de cabeça pela manhã.

Lon pisca, abre a boca para vomitar alguma réplica que, com certeza, consiste mais de xingamentos que de real substância. Em vez disso, ele pensa melhor e cerra os dentes. Parada ao lado de ambos, me parece óbvio que Lon perde em peso, músculos e experiência. E ele deve achar o mesmo, porque vira o rosto para me encarar e engole o orgulho.

— Desculpe — resmunga. Posso ver que o magoa dizer aquilo, o rosto contorcido de desgosto, as palavras afiadas e estranhas em sua boca. Com certeza ele nunca pediu desculpas a uma garota na vida... talvez jamais tenha se desculpado com ninguém.

Em seguida, ele se vira e se arrasta pela praia de volta ao grupo, as roupas encharcadas de água do mar deixando um rastro atrás de si.

— Obrigada — agradeço, saindo da água. Meus sapatos e a parte de baixo do meu jeans branco estão ensopados.

Os ombros do garoto relaxam pela primeira vez.

— Aquele cara não era seu namorado, era?

— Não! — exclamo, balançando a cabeça. — Só um babaca elitista da escola. Nunca conversei com ele antes.

Ele me dá um meio aceno e olha de mim para a festa, agora a todo vapor. A música ecoa; garotas guincham e pulam ao largo da água; os garotos brigam e amassam latas de cerveja entre as palmas das mãos.

— O que você está fazendo aqui? — pergunto, semicerrando os olhos para ele, acompanhando o arco de suas sobrancelhas no ponto em que se juntam.

— Vim dormir na praia. Não me dei conta de que havia uma festa.

— Planeja dormir aqui?

— Era a ideia, ao lado das rochas.

Seus olhos fitam a margem, onde o penhasco se ergue, íngreme e acidentado; o final abrupto da praia.

Suponho que ele tenha verificado as pousadas da cidade, mas não houvesse vagas, ou talvez ele não possa arcar com a diária de um quarto.

— Não pode dormir aqui — aviso a ele.

— Por que não?

— Às duas da manhã, a maré vai inundar todo aquele trecho de praia perto do penhasco.

Seus olhos verde-escuros se estreitam. Em vez de questionar para onde devia mudar seu acampamento, ele pergunta:

— Qual é a dessa festa? Tem algo a ver com primeiro de junho?

— É a festa Swan, para as irmãs Swan.

— Quem são elas?

— Nunca ouviu falar delas? — pergunto.

Sinceramente, acho que é a primeira vez que encontro um forasteiro que chega a Sparrow sem a menor ideia do que se passa aqui.

Ele balança a cabeça, depois baixa o olhar para meu sapato ensopado, meus dedos nadando em água do mar.

— Você devia se secar na fogueira — aconselha ele.

— Você também está molhado — argumento. Ele entrou na água tanto quanto eu.

— Estou bem.

— Se vai dormir ao ar livre hoje à noite, provavelmente deveria se secar para não morrer congelado.

Ele olha para a praia, para a face escura do penhasco, onde tinha planejado dormir, então assente.

Juntos, seguimos para a fogueira.

* * *

É tarde. Todos estão bêbados.

As estrelas dançam e saem de alinhamento acima, se reconfigurando. Minha cabeça lateja; a pele coça com o sal.

Nós nos sentamos em um tronco vago. Eu desamarro os sapatos, apoiando o par no anel de pedras que circunda a fogueira. Meu rosto recebe o bem-vindo calor do fogo, e meus dedos formigam quando o sangue volta a circular por meus pés. As labaredas lambem o céu, lambem minhas palmas.

— Obrigada de novo — agradeço, olhando para ele de esguelha. — Por me salvar.

— Acho que eu estava no lugar certo e na hora certa.

— A maioria dos caras por aqui não é tão cavalheiresca. — Esfrego as palmas, tentando aquecê-las, meus dedos congelados até os ossos. — A cidade vai ter que homenageá-lo com um desfile.

Pela primeira vez, ele abre um sorriso largo e verdadeiro, um brilho suave nos olhos.

— Os requisitos para herói nesta cidade devem ser mínimos.

— Não. Só gostamos muito de desfiles.

De novo ele sorri.

E significa algo. Não sei o quê, mas ele me intriga. Esse forasteiro. Esse garoto que me olha de canto de olho, que parece familiar e original ao mesmo tempo.

Na beira d'água, posso ver Rose ainda conversando com três garotos que manifestaram um súbito interesse em minha amiga depois de seu mergulho, mas, pelo menos, ela está segura e fora do oceano. Metade das pessoas voltou para perto da fogueira, e cervejas são passadas de mão em mão. Minha cabeça ainda parece mareada de tanto uísque, então pouso a cerveja na areia entre meus pés.

— Qual é seu nome? — pergunto ao garoto, enquanto ele toma um longo gole de sua cerveja.

— Bo.

Ele segura a lata na mão direita de forma displicente, casual, descomprometida. Não parece ansioso nesse ambiente festivo desconhecido, em uma nova cidade, cercado por estranhos. E ninguém parece achar que ele não se enquadra.

— Sou Penny — digo, encarando-o, seus olhos tão verdes que é difícil desviar o olhar. Depois, torcendo o cabelo por sobre o ombro para espremer o excesso de água salgada das pontas, pergunto: — Quantos anos você tem?

— Dezoito.

Junto as mãos entre os joelhos. A fumaça da fogueira sobe em torvelinho, e a música continua a retumbar. Olivia e Lola tropeçam até o limite da fogueira, se abraçando e parecendo completamente chapadas.

— Aquelas são as irmãs Swan? — pergunta Bo.

Olivia e Lola de fato se parecem, com o cabelo preto-azeviche e os piercings combinando, por isso entendo por que ele imagina que sejam parentes.

Mas solto uma risada curta.

— Não, só amigas. — Enfio os dedos do pé direito na areia. — As irmãs Swan estão mortas.

Bo se vira para mim.

— Calma. Não foi recente — explico. — Elas morreram há dois séculos... afogadas na enseada.

— Afogadas por acidente ou de propósito?

Olivia, que está parada do outro lado de Bo, solta uma risada alta e aguda. Ela deve ter ouvido a pergunta.

— Foi assassinato — responde ela por mim, olhando para Bo. Seus lábios cor de coral se curvam em um sorriso. Ela acha Bo um gato... Bem, quem não acharia?

— Não foi assassinato — retruca Lola, oscilando da esquerda para a direita. — Foi uma execução.

Olivia assente em concordância, em seguida olha para o lado oposto da fogueira.

— Davis! — chama ela. — Conte a lenda.

Davis McArthurs, abraçado a uma garota de cabelo curto escuro, sorri e se aproxima do fogo. É tradição contar a história das irmãs Swan, e Davis parece orgulhoso de ser o escolhido. Ele sobe em um toco vazio e olha para todos ao redor da fogueira.

— Há duzentos anos — começa ele com uma voz trovejante, muito mais alta que o necessário.

— Comece do princípio — interrompe Lola.

— Estou começando! — grita ele, depois toma um gole de sua cerveja e lambe os lábios. — As irmãs Swan — continua Davis, olhando para o grupo para ter certeza de que todos estão prestando atenção — chegaram a Sparrow em um navio chamado... alguma coisa, não consigo lembrar. — Ele ergue uma sobrancelha e sorri. — Mas isso não tem importância. O que tem importância é: elas mentiram sobre quem eram.

— Não mentiram — contesta Gigi Kline.

David faz uma careta com essa segunda interrupção.

— Todas as garotas mentem — diz ele, piscando.

Vários garotos em volta da fogueira riem. Mas as garotas vaiam. Uma chega a jogar uma lata de cerveja vazia na cabeça do narrador, que mal consegue se desviar.

Gigi bufa, balançando a cabeça, frustrada.

— Elas eram lindas — argumenta. — Não tinham culpa se nenhum homem desta cidade conseguia resistir a elas, não conseguiam evitar se apaixonar, mesmo os casados.

Não eram apenas bonitas, sinto vontade de dizer. *Eram elegantes e charmosas e encantadoras. Diferente de tudo o que esta cidade já havia visto*. Crescemos conhecendo as histórias, a lenda das irmãs. Como os cidadãos de Sparrow acusaram as três irmãs de bruxaria, de possuir a mente de seus maridos, irmãos e namorados, mesmo que não tivesse sido sua intenção fazer os homens se apaixonarem por elas.

— Não era amor — berra Davis. — Era luxúria.

— Talvez — concorda Gigi. — Mas não mereciam o que fizeram com elas.

David ri, o rosto vermelho com o calor do fogo.

— Elas eram bruxas!

Gigi revira os olhos.

— Talvez esta cidade as odiasse porque eram diferentes. Porque é mais fácil matar a aceitar que os homens do lugar são babacas misóginos e cabeças-duras.

Duas garotas paradas ao meu lado explodiram em risadas, cuspindo sua bebida.

Bo me encara com olhos penetrantes, em seguida fala tão baixo que só eu posso ouvir:

— Elas foram mortas porque eram bruxas?

— Jogadas na enseada com pedras atadas aos tornozelos — respondo, devagar. — Não eram necessárias muitas provas para se acusar alguém de bruxaria naquela época; a maioria dos cidadãos já odiava as irmãs Swan, então foi um veredito fácil e rápido.

Ele me olha com intensidade, com certeza porque pensa que estamos inventando a história toda.

— Se não eram bruxas — contra-argumenta Davis, encarando Gigi —, por que elas voltaram no verão seguinte? E em todos os verões desde então?

Gigi dá de ombros, como se não quisesse mais discutir, e joga a lata de cerveja nas chamas, ignorando Davis. Ela cambaleia para longe da fogueira, na direção da margem.

— Talvez você seja possuída por uma irmã Swan hoje à noite! — grita Davis às suas costas. — Então veremos se vai continuar achando que elas não são bruxas.

Davis vira o resto da cerveja e amassa a lata nos dedos. Ao que parece, superou completamente a ideia de contar a lenda das irmãs Swan, já que desce desajeitado do tronco e recoloca o braço sobre os ombros da garota de cabelo curto.

— O que ele quis dizer com "voltaram no verão seguinte"? — pergunta Bo.

— Em primeiro de junho do verão após o afogamento das irmãs — começo, observando as chamas consumindo a madeira seca da praia — os moradores de Sparrow ouviram um canto na enseada. As pessoas acharam que era fruto da imaginação, que eram as buzinas dos navios ecoando na superfície do oceano, ou as gaivotas gritando, ou um truque do vento. Mas, nos dias seguintes, três garotas foram atraídas para a água, caminhando mar adentro até submergirem por completo. As irmãs Swan precisavam de corpos para habitar. E, uma a uma, Marguerite, Aurora e Hazel Swan se esgueiraram de volta à forma humana, disfarçadas como garotas locais, que emergiram da enseada.

Abigail Kerns cambaleia até a fogueira, totalmente ensopada, o cabelo escuro, em geral cheio de frizz, alisado para trás pela água do mar. Ela se agacha tão perto do fogo quanto possível sem cair nas chamas.

— Isso explica as garotas encharcadas — argumenta Bo, olhando de Abigail para mim.

— Se tornou uma tradição anual, ver quem é corajosa o bastante para entrar no mar e correr o risco de ser possuída por uma das irmãs Swan.

— Já fez isso alguma vez… mergulhar na água?

Balanço a cabeça.

— Não.

— Então acredita que poderia mesmo acontecer... que poderia ser possuída por uma das irmãs?

Ele toma outro gole da cerveja, o rosto iluminado pela súbita explosão das labaredas quando alguém joga outro tronco nas brasas.

— Sim, acredito. Porque acontece todo ano.

— Já *viu* acontecer?

— Não exatamente. Não é como se as garotas saíssem da água e anunciassem que agora são Marguerite ou Aurora ou Hazel... Elas precisam se integrar, agir normalmente.

— Por quê?

— Porque não possuem os corpos apenas para se sentirem vivas de novo; elas o fazem por vingança.

— Vingança contra quem?

— A cidade.

Ele semicerra os olhos, a cicatriz embaixo do esquerdo se contrai, em seguida ele pergunta a coisa óbvia:

— Que tipo de vingança?

Meu estômago embrulha um pouco. Minha cabeça lateja nas têmporas. Eu queria não ter bebido tanto.

— As irmãs Swan são colecionadoras de garotos — respondo, pressionando levemente um dedo contra a têmpora direita. — Sedutoras. Tão logo cada uma possua um corpo... os afogamentos começam.

Faço uma pausa dramática, mas Bo nem mesmo pisca. Seu rosto enrijece de súbito, como se congelado em um pensamento que ele não consegue ignorar. Talvez não estivesse esperando que a lenda envolvesse mortes reais.

— Pelas três semanas seguintes, até a meia-noite do solstício de verão, as irmãs, disfarçadas de garotas locais, vão atrair garotos para a água e afogá-los na enseada. Estão colecionando suas almas, roubando-as. Tomando os rapazes da cidade por vingança.

Alguém a minha direita soluça, depois deixa cair a cerveja na areia perto de meus pés, o líquido âmbar escorrendo para fora.

— Todo ano, garotos se afogam no porto — acrescento, olhando para as chamas à frente. Mesmo que não acredite na lenda das irmãs Swan, você não pode ignorar a morte que ronda Sparrow por quase um mês a cada verão. Vi corpos de garotos sendo içados do mar. Assisti à minha mãe consolar mulheres de luto que a procuravam para ter sua sorte lida, implorando por um modo de trazer os filhos de volta. Minha mãe dando tapinhas em suas mãos e oferecendo pouco mais que a promessa de que a dor eventualmente amainaria. Não há como trazer de volta os meninos que foram levados pelas irmãs. Há apenas aceitação.

E não são apenas garotos locais; turistas também são persuadidos a entrar na água. Alguns dos garotos ao redor da fogueira, cujos rostos estão corados por causa do calor e do álcool em sua corrente sanguínea, serão descobertos boiando de bruços, tendo bebido muito do mar. Mas, no momento, nem pensam naquilo. Todos se acreditam imunes. Até não o serem.

Eu me sinto nauseada ao pensar que alguns desses garotos, que conheço desde sempre, não vão sobreviver ao verão.

— Alguém deve ver quem os afoga — diz Bo, a curiosidade agora evidente. É difícil não se sentir atraído pela lenda que se repete, sem falta, toda temporada.

— Ninguém jamais testemunhou o momento em que são atraídos para o mar. Os corpos sempre são descobertos quando já é tarde demais.

— Talvez eles mesmo se afoguem?

— É a teoria da polícia. Que tudo não passa de algum pacto de suicídio idealizado por estudantes do ensino médio. Que os garotos se sacrificam pelo bem da lenda... para mantê-la viva.

— Mas você não acredita nisso?

— É bem forte, não acha? Suicidar-se em benefício de um mito?

Sinto o coração acelerar ao me lembrar de verões passados: corpos inchados com água do mar, olhos e bocas escancarados como peixes eviscerados conforme eram puxados para as docas na marina. Um arrepio percorre minhas veias.

— Assim que uma irmã Swan sussurra em seu ouvido, prometendo o toque de sua pele, você não consegue resistir. Ela vai atraí-lo para a água, então mantê-lo no fundo até que a vida se esvaia de você.

Bo balança a cabeça, depois termina sua bebida em um só gole.

— E as pessoas vêm mesmo prestigiar esses acontecimentos?

— Turismo mórbido, é como chamamos. E geralmente acaba em uma caça às bruxas, com o povo de Sparrow e os turistas tentando descobrir quais garotas locais foram possuídas por uma irmã Swan... tentando determinar quem é responsável pela matança.

— Não é perigoso especular sobre algo que não se pode provar?

— Exatamente — concordo. — Nos primeiros anos após o afogamento das Swan, muitas garotas locais foram enforcadas sob a acusação de terem sido possuídas por uma das irmãs. Mas obviamente não enforcaram as garotas certas, já que, anos após ano, as irmãs ressurgiam.

— Mas, se foi possuída por uma dessas irmãs, você não saberia, não se lembraria? Quando tudo acabasse?

Ele esfrega as mãos e as vira para a fogueira; mãos calejadas, ásperas. Pisco e desvio o olhar.

— Algumas garotas alegam ter uma recordação nebulosa do verão, de beijar muitos garotos e de nadar na enseada, ficar na rua até mais tarde. Mas podia ser apenas muito álcool no organismo, e não uma irmã Swan. As pessoas acreditam que, quando uma irmã Swan se apossa de um corpo, ela absorve todas as memórias da garota a fim de que esta continue com a vida normal, aja naturalmente, e ninguém desconfie de que não é ela mesma. Quando a irmã deixa o corpo, ela apaga todas as memórias que não quer que a hospedeira lembre. Elas precisam se misturar porque, se forem descobertas, a cidade pode fazer algo terrível apenas para acabar com a maldição.

— Como matá-las? — pergunta Bo.

— Seria a única maneira de impedir seu retorno ao mar — respondo, enterrando meus dedos na areia. — Matar a garota que as irmãs incorporaram.

Bo se inclina, encarando as chamas como se estivesse revisitando uma memória ou um lugar que não posso ver.

— E, ainda assim, vocês celebram isso todo ano — diz ele, se endireitando. — Vocês se embebedam e nadam na baía, mesmo sabendo o que está por vir? Tendo certeza que pessoas vão morrer? Apenas aceitam isso?

Entendo por que parece estranho para ele, alguém de fora, mas é como sempre tem sido.

— É a penitência de nossa cidade — argumento. — Afogamos três garotas no oceano há dois séculos. Desde então, temos sofrido com isso a cada verão. Não podemos alterar o passado.

— Mas por que as pessoas não se mudam?

— Algumas o fizeram, mas as famílias mais antigas escolhem ficar. Como se fosse uma obrigação que devem assumir.

De repente, uma brisa suave sopra através do grupo, e a fogueira crepita e cintila, mandando faíscas, como vaga-lumes zangados, para o céu.

— Está começando — grita alguém da beira d'água, e aqueles reunidos ao redor do fogo se dirigem à praia.

Eu me levanto, ainda descalça.

— O que está começando? — pergunta Bo.

— A canção.

QUATRO

O luar cria um caminho misterioso até a linha d'água.
Bo hesita ao lado da fogueira, as mãos nos joelhos, sua boca uma linha reta. Ele não acredita em nada daquilo. Mas então se levanta, largando a lata de cerveja vazia na areia, e se dirige à margem, onde as pessoas se amontoam. Várias garotas estão encharcadas, tremendo, o cabelo pingando nas costas.

— Shhh — murmura uma delas, e o grupo cai em completo silêncio. Todo mundo completamente imóvel.

Alguns segundos se passam. Um vento frio corre pela água. Eu me pego prendendo a respiração. Todo verão é a mesma coisa. No entanto, eu escuto e aguardo, como se estivesse prestes a ouvir pela primeira vez. Os primeiros acordes de uma orquestra, os segundos de antecipação antes do abrir das cortinas.

E então, suave e lânguido como um dia de verão, o murmúrio de uma canção cujas palavras são irreconhecíveis. Alguns dizem que é francês, outros acham que pode ser português, mas ninguém jamais as traduziu, porque não é uma linguagem real. É algo mais. O som serpenteia pelo oceano e penetra em nossos ouvidos. É gentil e sedutor, como uma mãe sussurrando um conto de ninar para uma criança. E, como um sinal, duas garotas paradas perto da linha d'água avançam cambaleantes para o mar, incapazes de resistir.

Um grupo de meninos vai atrás das duas e as puxa para fora. O tempo para desafios acabou. Nada mais de instigar meninas a entrar na enseada, nada mais de provocações para mergulhar até o fundo e voltar. De repente, o perigo se tornou bem real.

O acalanto se enrola à minha volta, dedos deslizam por minha pele e pela minha garganta, me provocando. Implorando por uma resposta. Fecho os olhos e dou um passo adiante, antes mesmo de me dar conta do que fiz. Mas a mão sólida e quente de Bo agarra a minha.

— Onde você vai? — pergunta Bo em um sussurro, enquanto me puxa para seu lado.

Balanço a cabeça. Não sei.

Ele não larga a minha mão, apertando-a com mais força, como se temesse me soltar.

— Está mesmo vindo da água? — pergunta ele, em voz baixa, ainda encarando o mar escuro e bravio como se não acreditasse nos próprios ouvidos.

Eu assinto, subitamente sonolenta. O álcool em meu organismo me deixou mole, mais suscetível ao chamado da canção.

— Agora você sabe por que os turistas vêm: para ouvir a canção das irmãs, para ver se é real — respondo.

O calor de sua palma pulsa contra a minha, e me pego me inclinando em sua direção; seu ombro firme é a âncora que me impede de desabar.

— Quanto tempo vai durar?

— Até que cada uma das irmãs tenha atraído uma garota até a água e tomado seu corpo. — Cerro os dentes. — Dia e noite, o oceano vai cantar. Às vezes leva semanas, outras apenas alguns dias. Todas as três irmãs poderiam encontrar corpos esta noite, se as garotas continuassem a entrar na baía.

— Isso assusta você?

Percebo que somos as últimas pessoas a continuar na beira d'água. Todo mundo já voltou para a segurança da fogueira, longe da irresistível enseada, mas sua mão continua na minha, me mantendo ancorada à margem.

— Sim — admito, a palavra provocando um arrepio em minha espinha. — Em geral, não venho à festa Swan. Fico em casa e me tranco no quarto.

Quando meu pai ainda estava vivo, ele passava a noite toda sentado em uma cadeira ao lado da porta da frente, para se certificar de que eu não seria atraída para fora do quarto — caso a tentação de um mergulho no mar fosse grande demais para resistir. Agora que ele se foi, durmo com fones de ouvido e um travesseiro sobre a cabeça toda noite, até a canção cessar.

Acredito que sou mais forte que a maioria das garotas... que não sou tão facilmente enganada pela voz etérea das irmãs. Minha mãe costumava dizer que ela e eu somos como as irmãs Swan: incompreendidas, diferentes. Párias vivendo na ilha, sozinhas, lendo a sorte em um universo de folhas de chá. Mas me pergunto se é mesmo possível ser normal em um lugar como Sparrow. Talvez todos tenhamos alguma idiossincrasia, alguma estranheza que mantemos escondida, coisas sem explicação que testemunhamos, coisas que desejamos, coisas das quais fugimos.

— Algumas garotas querem ser possuídas — digo num sussurro, porque é difícil para mim imaginar esse tipo de desejo. — Como uma medalha de honra. Outras alegam que foram possuídas em verões anteriores, mas não há como provar. É mais provável que queiram apenas chamar atenção.

As irmãs Swan sempre roubaram os corpos de garotas de minha idade — a mesma idade que as irmãs tinham ao morrer. Como se

desejassem reviver aquele período de tempo, mesmo que momenta-
neamente.

Bo inspira fundo, depois dá meia-volta e olha para a fogueira, onde
a festa recomeçou com força total. O objetivo da noite é ficar acordado
até o amanhecer, para marcar o começo do verão, além de, no caso
das garotas, sobreviver sem incorporar uma irmã Swan. Mas sinto a
hesitação de Bo... Talvez ele tenha chegado ao limite.

— Acho que vou voltar ao acampamento e encontrar um novo
lugar para dormir.

Ele solta a minha mão, e esfrego as palmas, sentindo o calor resi-
dual. Uma espiral inquieta de calor serpenteia do centro de meu peito
até as costelas.

— Ainda está atrás de trabalho? — pergunto.

Ele comprime os lábios, como se considerasse a pergunta, sabo-
reando-a na boca.

— Você estava certa sobre ninguém querer contratar um forasteiro.

— Bem, talvez eu estivesse errada sobre não precisar de ajuda.

Suspiro. Talvez tenha dito isso por Bo ser de fora da cidade, como
meu pai. Eu sei que essa cidade pode ser cruel e intolerante. Também
sei que ele não vai durar muito sem alguém que o mantenha em segurança, afastado do mar, assim que as três irmãs encontrarem novos
corpos e começarem a vingança contra a cidade. Ou foi apenas porque
seria bom ter alguma ajuda com o farol.

Não sei quase nada sobre Bo, mas ele parece que pertence ao lugar. E
pode ser bacana ter mais alguém na ilha, alguém com quem conversar;
alguém que não está lenta e insensivelmente enlouquecendo. Morar
com a minha mãe é como morar com uma sombra.

— Não podemos pagar muito, mas inclui hospedagem e refeições
grátis.

Meu pai nunca foi declarado oficialmente morto, portanto não houve um cheque do seguro de vida nos esperando na caixa de correio. E, pouco depois de seu sumiço, minha mãe deixou de ler folhas de chá, então o dinheiro parou de entrar. Felizmente, meu pai tinha algumas economias. Bastante para que conseguíssemos sobreviver nos últimos três anos — e, provavelmente, para nos manter por outros dois, até que precisemos encontrar uma fonte alternativa de renda.

Bo coça a nuca, virando a cabeça um pouco de lado. Sei que ele não tem outras opções. Ainda assim, está analisando a proposta.

— Certo. Sem garantias de quanto tempo vou ficar.

— Fechado.

* * *

Pego os sapatos perto da fogueira e encontro Rose conversando com Heath Belzer.

— Vou pra casa — aviso, e ela estende a mão para pegar o meu braço.

— Não — protesta ela, com uma pronúncia arrastada exagerada. — Fica mais um pouco.

— Se quiser vir comigo, acompanho você até sua casa — digo.

Ela mora a apenas quatro quarteirões da praia, mas é longe o suficiente para que eu não a queira caminhando sozinha no escuro. Ainda por cima bêbada.

— Posso levá-la — oferece Heath.

Então encaro as feições suaves e agradáveis de seu rosto. Sorriso fácil, olhos escuros, cabelo castanho-avermelhado sempre caído na testa, de modo que ele fica constantemente tirando-o dos olhos. Heath Belzer é fofo e adorável, embora as linhas de seu rosto lhe emprestem um quê meio bobo. Ele é um dos bons. Tem quatro irmãs mais velhas que já se formaram e saíram de Sparrow, mas durante toda vida foi conhecido como Baby Heath, o moleque que era espancado por garotas durante toda a infância. Uma vez eu o vi salvar um gaio-azul que ficou preso no laboratório de ciências da escola. Heath passou todo o horário de almoço tentando capturá-lo, depois finalmente o libertou por uma janela aberta.

— Não vai se esquecer dela? — pergunto a Heath.

— Vou me certificar de que ela chegará em casa — responde ele, me olhando direto nos olhos. — Eu prometo.

— Se algo acontecer a ela... — aviso.

— Nada vai acontecer comigo — resmunga Rose, apertando minha mão e me puxando para um abraço. — A gente se fala amanhã — sussurra ela em meu ouvido, o hálito impregnado de uísque.

— Tudo bem. E nada de mergulhos.

— Nada de mergulhos! — ela repete alto, erguendo a cerveja no ar, e um coro ecoa pelo grupo conforme todo mundo começa a gritar em uníssono:

— *Nada de mergulhos! Nada de mergulhos! Nada de mergulhos!*

Enquanto Bo e eu caminhamos até a falésia para pegar sua mochila, posso ouvir esse refrão se misturando ao canto de vozes distantes soprado pela maré crescente.

* * *

Otis e Olga estão esperando na doca quando manobro o esquife devagar ao longo do cais e desligo o motor. Atravessamos a baía no escuro, sem nem mesmo um facho de luz para marcar o caminho através dos naufrágios, o convite murmurado das irmãs Swan deslizando languidamente sobre a água, de modo que nos sentimos engolidos pela canção.

Amarro as cordas ao poste, depois paro para acariciar as costas esguias de cada gato, ambos um pouco úmidos e provavelmente insatisfeitos com meu retorno tardio.

— Vocês esperaram a noite toda? — sussurro para os dois.

Em seguida, ergo a cabeça para ver Bo saltando para a doca, a mochila em uma das mãos. Ele olha para o alto, estudando o farol. O feixe de luz nos ilumina por um instante, antes de prosseguir sua marcha contínua sobre o Pacífico.

No escuro, a ilha Lumiere parece sinistra e macabra. Um lugar de fantasmas e espaços cheios de musgo, onde marujos mortos há muito tempo certamente assombram os juncos e as árvores castigadas pelo vento. Mas não é a ilha que a pessoa deve temer. São as águas que a circundam.

— Não é tão assustadora à luz do dia — asseguro.

Enquanto digo isso, passo pelo velho veleiro de meu pai, o *Canção do vento*, oscilando do outro lado da doca de madeira, velas recolhidas, inalterado pelos últimos três anos. Meu pai não batizou o barco. Já se chamava assim quando ele o comprou, dez anos antes, de um homem que o atracava em um pequeno porto ao sul de Sparrow. Mas o nome *Canção do vento* sempre parecera apropriado, considerando as vozes que se erguiam do mar a cada verão.

Otis e Olga correm atrás de mim, e Bo os acompanha.

A ilha tem o formato de uma meia-lua, com o lado liso voltado para a costa, e o oposto curvado pelas inúmeras ondas que quebram contra suas margens. Minha mãe e eu moramos em um sobrado azul ciano perto do farol, mas há uma série de prédios espalhados pela ilha, construídos e demolidos e alterados ao longo dos anos. Existe um galpão para lenha e outro para as ferramentas. Tem uma estufa há muito abandonada e dois chalés para hóspedes — o Chalé do Velho Pescador e o Chalé da Âncora.

Guio Bo para o mais novo dos dois, um local onde no passado os empregados eram alojados — cozinheiros e a equipe de manutenção —, quando tais pessoas eram necessárias para manter o lugar funcionando.

— Sempre morou na ilha? — pergunta ele da escuridão, enquanto seguimos o sinuoso e mal conservado caminho de madeira pelo interior da ilha, o ar nebuloso e gelado.

— Eu nasci aqui.

— Na ilha? — pergunta.

— Minha mãe teria preferido um parto no hospital de Newport, a uma hora de distância, ou pelo menos na clínica de Sparrow, mas o destino é determinado pelo mar por aqui. Quando nasci, uma tempestade de inverno atingiu a costa, cobrindo a ilha com 30 centímetros de neve e deixando a baía com um nevoeiro cerrado. Então ela me deu à luz em casa. — O redemoinho vertiginoso do álcool ainda pulsa em mim, e minha cabeça parece vazia e dispersa. — Meu pai comentava que eu pertenço a este lugar, que a ilha não quer me deixar partir.

Meu lugar pode ser aqui na ilha, mas o de meu pai nunca foi. A cidade sempre odiou que uma pessoa de fora da cidade tivesse comprado a ilha e o farol; mesmo minha mãe sendo uma local.

Meu pai era um arquiteto freelancer. Projetava casas de veraneio ao longo da costa, e até uma nova biblioteca em Pacific Cove. Antes disso, trabalhou em uma firma de arquitetura em Portland, depois que minha mãe e ele se casaram.

Mas minha mãe sempre sentiu saudades de Sparrow, sua cidade natal, e desejava ardentemente voltar. Embora não tivesse família aqui, já que meus avós já haviam morrido e minha mãe era filha única, sempre considerara a cidade seu lar. Então, quando viram o classificado de venda da ilha Lumiere, incluindo o farol, que ia ser desativado pelo estado, já que Sparrow não era mais um grande porto, os dois sabiam que era exatamente o que queriam.

O farol era uma construção histórica, um dos primeiros prédios da cidade, e os pescadores ainda precisavam de sua luz para navegar pela baía. Era perfeito. Meu pai tinha até planejado reformar a casa de fazenda algum dia — consertá-la quando tivesse tempo, dar nossa cara —, mas ele não chegou a ter a chance.

Quando ele desapareceu, a polícia veio até a ilha, preencheu um relatório e não fez nada. O povo da cidade não se uniu, não organizou equipes de busca, não embarcou em barcos de pesca para esquadrinhar a enseada. Para eles, meu pai nunca havia pertencido à comunidade. Por isso, uma parte de mim odeia essa cidade, esse lugar e essas pessoas, por serem tão insensíveis. Elas temem qualquer um e qualquer coisa diferente. Assim como temeram as irmãs Swan há dois séculos... e as mataram por serem diferentes.

Viramos à direita, nos afastando das luzes brilhantes da casa principal, e nos embrenhamos no interior sem iluminação da ilha, até chegar ao pequeno chalé de pedra.

Pregadas à madeira da porta, estão as palavras CHALÉ DA ÂNCORA feitas de corda de pesca esfarrapada. A porta não está trancada e, felizmente, quando ligo o interruptor, um abajur de pé do outro lado da sala se acende.

Otis e Olga saltam sobre meus pés e para dentro do chalé, curiosos sobre o prédio, que raras vezes tiveram a oportunidade de explorar. Está frio e úmido, e o cômodo cheira a mofo.

Na cozinha, ligo o interruptor e uma luz tremula no teto. Eu me ajoelho, pego o fio da geladeira e ligo na tomada da parede. De imediato, o aparelho começa a zumbir. Um pequeno quarto fica logo depois da sala; uma cômoda de madeira descascada está encostada à parede, e uma cama de metal se encontra sob a janela. Há um colchão, mas nenhum travesseiro ou coberta.

— Vou trazer lençóis e uma colcha amanhã — aviso a ele.

— Trouxe um saco de dormir. — Bo larga a mochila no chão perto da entrada. — Vou ficar bem.

— Tem lenha no galpão logo acima no caminho, se quiser acender o fogo. Não há comida na cozinha, mas temos bastante na casa principal. Você pode passar lá pela manhã para o café.

— Obrigado.

— Só queria que não estivesse tão...

Não tenho certeza do que quero dizer, de como me desculpar pelo chalé estar tão escuro e mofado.

— É melhor do que dormir na praia — diz ele, antes que eu consiga encontrar as palavras certas, e sorrio, me sentido subitamente exausta e tonta e com sono.

— Vejo você pela manhã — digo.

Bo não responde, mesmo eu tendo ficado calada por um instante a mais, achando que talvez o fizesse. Então dou meia-volta, a cabeça rodando, e saio.

Otis e Olha me seguem, e nos arrastamos pela encosta até a casa principal, onde deixei a luz da varanda dos fundos acesa.

A ILHA

O vento é constante.

Uiva e destrói tapumes e arranca telhas. Com ele, traz chuva e ar salgado. No inverno, às vezes traz neve. Mas por um tempo, durante a primavera, carrega a lúgubre e sedutora voz de três irmãs cativas no mar, ávidas por atrair as garotas de Sparrow.

Das águas escuras da baía, sua canção penetra nos sonhos, permeia a grama frágil que cresce ao longo dos penhascos íngremes e das casas podres. Pousa nas pedras que sustentam o farol; flutua em torvelinho no ar, até se tornar tudo o que se consegue provar e respirar.

É o que desperta do sono as pobres de espírito. É o que as tira da cama e as atrai até a costa. Envolvendo suas gargantas, como garras, o som as arrasta até a parte mais profunda da enseada, entre os destroços de navios há muito abandonados, aprisionando-as até que o ar deixe os pulmões e algo novo possa se esgueirar para dentro.

É assim que elas fazem — como as irmãs são libertadas de seu túmulo salobro. Elas roubam três corpos e deles se apoderam. E, nesta temporada, elas o fazem com rapidez.

CINCO

Acordo com a sensação de estar me afogando. Eu me sento ereta, agarrando o lençol branco com as mãos. A sensação penetra meus pulmões, mas foi só um pesadelo.

Minha cabeça lateja, as têmporas pulsam, o gosto persistente de uísque ainda na língua.

Leva um tempo para eu me situar, a noite anterior ainda gira em minha mente. Afasto o lençol e estico os dedos no piso de madeira, me sentindo tensa e dolorida, como se um martelo acertasse o crânio pelo lado de dentro. A luz do sol se infiltra pelas cortinas amarelas, refletindo nas paredes brancas e na cômoda branca e no teto branco... me cegando.

Esfrego os olhos e bocejo. Vejo meu reflexo no espelho de corpo inteiro na porta do armário: Olheiras, parte de meu rabo de cavalo se soltou, de modo que algumas mechas de cabelo castanho-café colaram no rosto. Estou horrível.

O piso está gelado, mas eu me arrasto até uma das enormes janelas sobre o mar e abro a persiana.

No vento, posso ouvir: o débil choro de uma canção.

* * *

O aroma de açúcar de confeiteiro e xarope de bordo pairam no ar, como suaves flocos de neve no inverno. Eu encontro minha mãe na cozinha, parada ao fogão — o cabelo escuro trançado às costas, uma serpente castanha, torcida e enrolada. E tenho a sensação de estar presa em um sonho, a cabeça rodando, o corpo balançando de um lado para o outro, como se levado para a praia por uma maré invisível.

— Está com fome? — pergunta ela, sem se virar.

Assimilo seus movimentos, o modo entorpecido com que desliza a espátula por baixo da massa de panqueca e a vira na frigideira. Em geral, ela não prepara o café da manhã — não mais —, portanto esse é um fato raro. Algo aconteceu. Por um momento, deixo a memória se materializar em minha mente: minha mãe fazendo waffles com geleia caseira de amora, as bochechas coradas do calor do fogão, os olhos e lábios sorrindo, o sol da manhã em seu rosto. Ela foi feliz um dia.

Levo a mão ao estômago, embrulhado e indisposto.

— Na verdade, não — respondo.

Não consigo comer agora. A comida não ficaria muito tempo em meu estômago. Passo por ela a caminho do balcão, sobre o qual uma série de idênticas latas prateadas está perfeitamente disposta. Sem etiquetas, mas conheço o conteúdo de cada uma: camomila com lavanda, chá preto com rosas, chai cardamomo, chá marroquino de hortelã e chá verde com jasmim. Coloco a água para ferver, acrescento o chá — preto com rosas — e me apoio no balcão, inspirando o aroma doce e rústico.

— Temos convidados — diz ela de repente, passando as panquecas douradas para um prato branco.

Corro os olhos pela cozinha e depois a encaro. A casa está em silêncio.

— Quem?

Ela observa os vincos ao redor de meus olhos causados pela falta de sono, e nota o enjoo que chega em ondas quando comprimo os lábios com força para engolir o vômito. Ela me encara por um instante, os olhos semicerrados, como se não me reconhecesse. Então baixa o olhar.

— Aquele garoto que trouxe para a ilha ontem à noite — responde ela. A lembrança me atinge: a praia, Bo, a oferta de emprego na ilha. Esfrego os olhos de novo.

— Ele é daqui? — pergunta ela.

— Não. — Eu me recordo do momento em que Bo disse, nas docas, que estava procurando trabalho. — Chegou ontem à cidade.

— Para a temporada Swan? — pergunta ela, voltando a frigideira ao fogão e desligando o fogo.

— Não. Ele não é um turista.

— É confiável?

— Não sei — respondo, com sinceridade. Na verdade, não sei nada sobre ele.

— Bem — diz ela, dando meia-volta para me encarar e enfiando as mãos nos bolsos do roupão preto felpudo. — Ele acaba de acordar. Leve o café para ele. Não quero um estranho dentro de casa.

Este é um dos dons da minha mãe: ela sabe quando as pessoas estão próximas, quando estão chegando à ilha. Ela pressente sua chegada como um cutucar no fundo do estômago. O que explica por que ela decidiu fazer café; o que a tirou da cama pouco depois do amanhecer e a compeliu até a cozinha para acender o fogão e pegar a frigideira.

Ela pode não querer um estranho em casa, pode não confiar nele, mas não vai deixar que passe fome. Faz parte de sua natureza. O luto não levou sua bondade.

Ela despeja o xarope de bordo sobre uma pilha de panquecas quentes, em seguida me passa o prato.

— E leve alguns cobertores para o rapaz — acrescenta ela. — Ou ele vai congelar.

Ela não pergunta por que ele está aqui, por que eu o trouxe até a ilha... ou com que propósito. Quem sabe apenas não se importe.

Calço as galochas verdes de borracha ao lado da porta e coloco uma capa de chuva preta. Em seguida, pego um conjunto de lençóis e um cobertor grosso de lã no armário do hall. Com uma das mãos sobre o prato de panquecas, para evitar que a chuva as transforme em uma pilha empapada de açúcar e farinha, saio.

Ao longo do caminho, poças d'água se acumulam em buracos na grama. Às vezes a chuva parece vir do chão em vez de cair do céu — como em um globo de neve, mas com água. Um vento repentino castiga meu rosto enquanto desço até o chalé.

A porta de madeira maciça chacoalha quando bato, e Bo a abre quase imediatamente, como se estivesse prestes a sair.

— Bom dia — cumprimento.

Ele está vestindo jeans e uma capa de chuva cinza-grafite. Fogo crepita na lareira atrás de Bo. Ele parece descansado, de banho tomado e novo em folha. Diferente de como me sinto.

— Dormiu bem?

— Sim.

No entanto, sua voz soa abatida e rouca, talvez traindo a falta de sono. Seus olhos me encaram sem piscar, me devorando, e minha pele formiga com a intensidade. Ele não é o tipo de pessoa que olha para você de maneira indiferente. Seu olhar é afiado, incisivo, e um pudor se instala no fundo de minha alma, me fazendo querer desviar o olhar.

Bo fecha a porta atrás de mim, e eu coloco o prato de panquecas na pequena mesa de madeira da cozinha. Depois, esfrego as mãos na calça jeans, embora não tenha nada para enxugar. O chalé está diferente com sua presença, e o brilho das chamas suaviza todas as arestas, de modo que tudo parece calmo e ameno.

Coloco os lençóis e o cobertor de lá no sofá cinza mofado em frente à lareira, e ele se senta à mesa.

— Pode me mostrar o farol hoje? — pergunta, provando as panquecas.

Nessa luz, sob o matiz encarnado do fogo, ele me lembra dos meninos que chegam à cidade a bordo de barcos de pesca, imaturos e selvagens, como se tivessem sido soprados pelo vento, lançados à deriva.

Ele me lembra de alguém que deixou o passado para trás.

— Claro.

Mordo o canto de meu lábio inferior. Meus olhos examinam o chalé. As altas estantes de madeira ao lado da lareira estão abarrotadas de livros, velhos almanaques e tabelas de maré, tudo coberto por uma década de poeira. Pedaços de vidro do mar verde-água, recolhidos das margens rochosas da ilha ao longo dos anos, estão empilhados em um pequeno prato de porcelana. Na prateleira de cima, há um grande relógio de madeira que, provavelmente, já adornou o convés de um navio. Esse chalé serviu de moradia para uma variedade de funcionários e trabalhadores temporários, homens que ficavam por uma semana ou por anos, mas quase todos deixavam algo para trás. Bugigangas e lembranças, pistas de suas vidas, mas nunca a história completa.

Quando Bo termina o café da manhã — tão rápido que percebo o quanto ele devia estar faminto —, saímos do chalé aquecido e caminhamos em meio à garoa. O céu cinza-chumbo se abate sobre nós; um fardo quase tangível. Água pinga do meu cabelo.

Passamos pela pequena estufa onde ervas, hortaliças e tomates um dia foram cuidados e cultivados, as paredes de vidro agora oxidadas e embaçadas, impedindo a visão do interior. A ilha reclamou a maioria das construções: muros se encontram em decomposição e a podridão nasce do chão. O musgo cobre todas as superfícies: uma erva-daninha que se alimenta da constante umidade e que não pode ser detida. Ferrugem e mofo. Lama e barro. A morte se embrenhou em tudo.

— O canto não parou — constata Bo, quando estamos a meio caminho do farol, os pés ecoando, com passos ocos, contra a madeira do passeio.

Mas as vozes continuam no vento, esgueirando-se preguiçosamente com o ar marinho. Tão familiares que mal as distingo dos outros sons da ilha.

— Ainda não — concordo.

Não o encaro. Não permito que seus olhos encontrem outra vez os meus.

Chegamos ao farol, e eu abro a porta de metal, corroída nas dobradiças. Uma vez lá dentro, leva um tempo para os olhos se ajustarem à penumbra. O ar está pesado e cheira a madeira molhada e a pedra. Uma escada em caracol serpenteia pelo interior do farol até o alto, e indico a Bo onde não pisar enquanto subimos, já que muitos degraus apodreceram ou quebraram. De tempos em tempos, paro a fim de recuperar o fôlego.

— Já foi possuída alguma vez? — pergunta Bo, quando estamos quase no topo da escada.

— Não saberia se tivesse sido — respondo, arfando.

— Acredita mesmo nisso? Se seu corpo fosse tomado por alguma outra coisa, você não acha que saberia?

Paro em um degrau firme e olho para ele.

— Acho que é mais fácil para a consciência esquecer, sair de cena. — Ele não parecia satisfeito, o queixo inclinando para a esquerda. — Se o deixa mais tranquilo — digo, com um meio sorriso — se uma irmã Swan me possuir, eu conto depois como foi.

Ele ergue uma sobrancelha, mas seus olhos sorriem para mim. Eu me viro e continuo a subir a escadaria.

O vento sacode as paredes quanto mais alto subimos. Quando enfim alcançamos a sala da lâmpada, uma rajada uiva através das rachaduras na parede externa.

— O primeiro faroleiro era um francês — explico. — Ele batizou a ilha de Lumiere. Era muito mais trabalhoso manter um farol funcionando naquela época. Tinha que limpar as lâmpadas e os prismas etc., etc. Agora é praticamente automatizado.

— Como aprendeu tudo isso?

— Meu pai — respondo, sem pensar. — Ele pesquisou sobre faróis depois que minha mãe e ele compraram a ilha. Precisamos verificar o vidro e o bulbo todos os dias. E as peças precisam ser limpas algumas vezes por semana para impedir que a maresia se acumule. Não é difícil. Mas, durante uma tempestade ou um nevoeiro mais denso, este farol pode salvar a vida dos pescadores. Por isso temos que mantê-lo funcionando.

Bo assente, indo até as janelas para olhar a paisagem da ilha.

Eu o observo, delineando o contorno dos ombros, a curva de sua postura resoluta. Braços ao lado do corpo. *Quem é ele? O que o trouxe aqui?* A névoa se abateu sobre a ilha, criando um véu de puro cinza, tornando impossível discernir qualquer detalhe do terreno abaixo. Depois de olhar pelo vidro por alguns minutos, ele me segue pela porta, descendo a escada em caracol.

Otis está sentado no caminho de madeira do lado de fora, esperando, olhos piscando contra a chuva. Eu fecho a porta do farol. Olga está alguns metros acima no caminho, lambendo sua cauda laranja. Os dois estão acostumados à chuva implacável, o instinto felino para fugir do tempo úmido já dormente.

Subimos o caminho até o centro elevado da ilha, onde fileiras de macieiras Braeburn e pereiras D'Anjou crescem de modo selvagem e indisciplinado. As pessoas costumavam dizer que frutas não se dão bem com o ar marinho, mas sempre prosperaram na ilha Lumiere. Uma anomalia.

— E o pomar? — pergunta Bo, parando no fim de uma aleia.

— O que tem ele?

— Essas árvores não foram podadas em anos.

Semicerro os olhos para ele enquanto Bo estende a mão para tocar um galho nu e esquelético, como se pudesse sentir a história da árvore ao tocá-la.

— Elas precisam ser aparadas, e as mortas, derrubadas — comenta ele.

— Como você sabe? — pergunto, enfiando as mãos nos bolsos da capa de chuva. Começavam a ficar dormentes.

— Cresci em uma fazenda — responde, de forma vaga.

— Na verdade, minha mãe não liga muito para árvores — justifico.

— Alguém se importou com elas em algum momento.

Ele solta o galho fino, que chicoteia de volta ao lugar. Ele tem razão. De fato, alguém se importou com esse pomar um dia. E costumava haver mais fileiras e uma variedade maior de maçãs crocantes e peras. Mas não mais. As árvores, tomadas pelo mato e castigadas pelo vento, produzem apenas frutos pequenos, com frequência amargos.

— Podiam viver mais cem anos se alguém cuidasse delas — diz ele.

— Pode mesmo trazê-las de volta à vida?

— Claro, só precisam de um pouco de dedicação.

Sorrio de leve, esquadrinhando as fileiras de árvores. Sempre amei o pomar, mas fazia anos desde que testemunhara uma floração real. Assim como o restante da ilha, o espaço caiu em decadência. Mas, se as árvores podiam ser salvas, talvez a ilha também.

— Ok — digo. — Vamos nessa.

Ele sorri de forma suave, e nossos olhares se encontram por um instante.

Mostro a Bo os outros prédios da ilha, e damos a volta no perímetro. Ele toma cuidado para não caminhar muito perto de mim, evitando que o braço roce no meu quando andamos lado a lado, os passos deliberados e comedidos sobre a paisagem pedregosa. Mas seus olhos dardejam até mim quando ele pensa que não estou olhando. Engulo em seco. Contraio o maxilar. Desvio o olhar.

Quando chegamos aos penhascos da face oeste, o oceano quebrando em ondas violentas que aspergem spray e espuma contra as rochas, ele para.

Tão perto do mar, a canção das irmãs soa como um sussurro. Como se elas estivessem ali ao lado, o hálito em nossos pescoços.

— Quantas pessoas morreram? — pergunta ele.

— Como?

— Durante os meses do retorno das irmãs?

Cruzo os braços, o vento joga meu cabelo nos olhos.

— Cada uma delas afoga um menino… geralmente.

— Geralmente?

— Mais ou menos. Depende.

— De quê?

Dou de ombros, pensando nos verões em que cinco ou seis garotos foram trazidos pelas ondas até a costa. Areia no cabelo. Água salgada nos pulmões.

— Do quão vingativas estejam se sentindo… suponho.

— Como elas escolhem?

— Escolhem o quê?

— Quem vão matar?

O fôlego gruda na garganta, como um anzol preso na boca de um peixe.

— Provavelmente do mesmo modo que escolhiam seus amantes quando estavam vivas.

— Então elas amam os meninos que afogam?

Acredito que ele talvez esteja sendo irônico, mas, quando inclino os olhos para encará-lo, os olhos escuros e os lábios definidos e cheios enrijeceram.

— Não. Não sei. Duvido. Não tem a ver com amor.

— Vingança, então? — pergunta ele, ecoando minhas palavras da noite passada.

— Vingança.

— A justificativa perfeita para assassinato — acrescenta ele, o olhar deixando o meu para observar a bruma nebulosa se desprendendo do mar, como fumaça.

— Não é...

Mas hesito. *Assassinato*. É precisamente o que é. Chamar de maldição não mascara a verdade do que acontece aqui todos os anos: assassinato. Premeditado. Violento, cruel, bárbaro. Monstruoso, até. Duzentos anos de morte. Uma cidade revivendo um passado que não pode mudar, pagando o preço ano após ano. Olho por olho. Engulo em seco, sentindo uma dor no peito, nas entranhas.

Tão previsível como a maré e a lua. Altos e baixos. A morte vem e vai.

Bo não me pressiona a completar o pensamento. E não o faço. Minha mente está se recolhendo, como uma serpente, em uma toca escura e funda. Ergo os ombros e estremeço, o frio me cortando.

Observamos o mar bravio, então, pergunto:

— Por que está aqui mesmo?

— Era o ponto final do ônibus — repete ele. — Precisava de trabalho.

— E nunca ouviu falar de Sparrow?

Seus olhos encontram os meus, e a chuva se agarra a seus cílios, permanece em seu queixo e se derrama no cabelo escuro.

— Não.

Então algo muda no vento.

Um silêncio abrupto toma a ilha e envia um calafrio até a base de meu pescoço.

O canto parou.

Bo dá um passo na direção da beira do abismo, como se procurando ouvir o que não está mais ali.

— Se foi — diz ele.

— Todas as irmãs encontraram um corpo. — As palavras pareciam ter sido arrancadas de minha garganta. O silêncio se acomoda entre as minhas costelas, expande os meus pulmões, me lembra do que está por vir. — As três retornaram.

Fecho os olhos, concentrada na quietude. Nunca aconteceu tão rápido.

Agora os afogamentos vão começar.

UM AVISO

Esperamos a morte. Prendemos o fôlego.
Sabemos que está vindo. Ainda assim, nos encolhemos quando
rasga nossa garganta e nos puxa para o fundo.

— Placa pregada no banco de pedra da Ocean Avenue,
voltada para a enseada (encomendada em 1925).

SEIS

O solo esguicha debaixo de minhas galochas. Um chuvisco constante e ininterrupto se acumula nas mangas à prova d'água de minha capa de chuva conforme retorno pelas fileiras do pomar.

Bo está de volta ao chalé. Nós nos separamos há uma hora. E, muito embora eu tenha cogitado voltar para cama — a cabeça ainda lateja, a pele retesada contra os ossos —, decidi que queria ficar ao ar livre, sozinha.

Encontrei o antigo carvalho que cresce no centro do pomar, pelo qual Bo e eu passamos pouco tempo antes. Mas não paramos aqui.

Esse é o meu canto predileto na ilha, onde me sinto protegida e resguardada entre velhos pés apodrecidos de frutas. Onde permito que as lembranças me cortem como um riacho frio. Esse carvalho se ergue isolado, antigo e castigado pelo ar marinho; atrofiado. Mas está aqui desde o início, há quase dois séculos, quando as irmãs Swan pisaram nessa terra pela primeira vez, quando ainda estavam vivas.

Corro os dedos pelo coração grosseiramente esculpido na madeira, talhado por amantes mortos há muito tempo. Mas o coração perdura na casca da árvore desnuda, permanente.

Escorrego pelo tronco e me sento nas raízes, inclinando a cabeça para encarar o céu, salpicado de nuvens escuras presas nos caprichosos ventos do oceano.

A temporada Swan começou. E essa cidadezinha aninhada ao longo da costa não sairá ilesa.

* * *

Uma tempestade está se formando no oceano.

O relógio ao lado de minha cama marca onze da noite. Depois, meia-noite. Não consigo dormir.

Cruzo o quarto para o banheiro do outro lado do corredor, o pensamento perdido em Bo. Ele não está seguro, mesmo na ilha.

Posso ouvir o ventilador de minha mãe soprando em seu quarto, duas portas adiante, enquanto ela dorme. Ela gosta de sentir uma brisa, até no inverno; diz que tem pesadelos sem o vento. Ligo a luz do banheiro e observo meu reflexo no espelho. Meus lábios estão pálidos. Pareço não dormir há dias.

E, então, um raio de luz prateada pisca pela janela do banheiro e reflete no espelho. Levanto a mão para bloqueá-lo. Não é o facho de luz do farol. É outra coisa.

Semicerro os olhos pela janela. Um bote está atracando na margem inferior.

Alguém chegou.

* * *

Visto a capa de chuva, calço as botas e saio pela porta da frente em silêncio. O vento uiva sobre a paisagem rochosa da ilha, chicoteando as ervas marinhas e jogando meu cabelo no rosto.

Conforme me aproximo, vejo uma luz cruzar as docas — uma lanterna potente —, o tipo usado em nevoeiros, quando se está tentando abrir caminho entre os destroços na enseada e chegar ao porto. Há uma troca de palavras e um bater de pés na madeira do cais. Seja quem for, não estão tentando ser discretos ou passar incógnitos.

Ergo a mão para o rosto a fim de bloquear o vento. Em seguida, ouço meu nome.

— Penny?

No escuro, reconheço o cabelo selvagem de Rose na ventania.

— Rose... o que está fazendo aqui?

— Trouxemos vinho — diz Heath Belzer, o garoto que levou Rose para casa noite passada, depois da festa Swan.

Ele agora está ao seu lado, segurando uma garrafa para eu ver. O barco atrás de Heath foi amarrado à doca de maneira desleixada, as cordas dentro da água, e presumo que deva ser o barco de seus pais.

— O canto parou — diz Rose em um sussurro, como se não quisesse que a ilha ouvisse.

— Eu sei.

Ela se aproxima vários passos, cambaleando de leve, já um pouco bêbada. Heath olha para a baía, o mar lambendo a doca. Lá fora, na escuridão, é onde a vida dos garotos será ceifada.

— Podemos subir no farol? — pergunta Rose, mudando de assunto.
— Quero mostrar a vista para o Heath.

Suas sobrancelhas se erguem, e ela morde o lábio. Parece um querubim, com as bochechas rosadas e olhos arregalados. Não posso evitar amá-la, o modo como sempre ilumina tudo à sua volta, como se fosse uma lâmpada. Como se ela fosse um dia de verão e uma brisa fresca reunidos.

— Ok — concordo, e Rose abre um sorriso largo e bobo, me puxando pelo cais, Heath logo atrás.

— Lembro de um garoto com você na noite passada — sussurra ela em meu ouvido, o hálito quente e pungente com álcool.

— Bo — respondo. — Arrumei um emprego para ele na ilha. Está hospedado no Chalé da Âncora.

— Você fez o quê?

O queixo de Rose cai.

— Ele precisava de trabalho.

— Devia estar bêbada se considerou aceitar um cara de fora. Você tem noção de que ele é provavelmente apenas um turista?

— Não acho que seja.

— Então por que ele está aqui?

— Não tenho certeza.

— Penny — começa ela, diminuindo o passo. — Ele está morando na ilha com você! Pode matá-la enquanto dorme.

— Acho que ele tem mais a temer do que eu.

— Verdade — concorda ela, puxando as mangas do suéter branco de modo que seus dedos fiquem abrigados do vento gelado. — Ele não podia ter aparecido numa época pior. Vamos ver se dura até o solstício de verão.

Sinto um arrepio na espinha.

Assim que alcançamos o farol, Rose dá risadinhas enquanto bamboleia pela escada em caracol. Enquanto isso, Heath fica amparando-a para que não tropece degraus abaixo.

No topo das escadas, atravesso a porta para a sala da lâmpada. Mas não está escura como eu esperava. A lâmpada sobre o pedestal branco na parte direita da parede foi ligada, e uma silhueta está parada ao seu lado, um ombro apoiado contra o vidro.

— Bo? — chamo.

— Ei! — Ele dá meia-volta, e noto um livro em sua mão direita.
— Vim observar a tempestade.

— Nós também — guincha Rose. Ela se adianta para se apresentar.
— Sou a Rose.

— Bo. Prazer.

Rose sorri e vira o rosto para me olhar, dizendo *ele é gato* de um modo que ninguém mais consiga ver.

Bo e Heath apertam as mãos. Heath ergue a garrafa.

— Parece que temos uma festinha.

— É melhor eu descer — comenta Bo, enfiando o livro debaixo do braço.

— De jeito nenhum — diz Rose, sorrindo. — Você fica. Três pessoas não fazem uma festa, mas quatro é perfeito.

Bo me olha, meio que pedindo minha permissão, mas eu o encaro atônita, incerta quanto ao que pensar sobre ele aqui em cima, sozinho, lendo ou observando a tempestade. Qualquer que seja a verdade.

— Tudo bem — cede ele, um brilho de relutância no olhar.

Heath tira um saca-rolhas do bolso do casaco e começa a abrir a garrafa.

— Heath roubou duas garrafas da pousada dos pais — diz Rose.
— Bebemos uma no caminho.

O que explica por que já está tão alegre.

Não há copos, então Heath toma um gole do gargalo, mas, antes de passar a garrafa adiante, pergunta:

— Devemos apostar?

— Em quê? — indaga Rose.

— Quanto tempo até o primeiro corpo aparecer no porto.

— Que mórbido — critica Rose, com uma careta.

— Talvez. Mas vai acontecer, independentemente de querermos ou não.

Bo e eu trocamos um olhar.

Rose suspira.

— Três dias — diz ela, resignada, pegando a garrafa das mãos de Heath e tomando um gole.

— Três dias e meio — arrisca Heath, encarando-a.

Mas acho que ele só está querendo ser fofo, brincando com o número de Rose.

Rose passa a garrafa para Bo, e ele a mantém abaixada, descendo o olhar para o vinho, como se a resposta estivesse ali dentro, em algum lugar.

— Espero que não aconteça — diz ele, enfim.

— Não é bem um palpite — argumenta Rose, erguendo uma das sobrancelhas.

— Claro que é — defende Heath. — Ele está chutando nenhum dia. O que nunca aconteceu, mas acho que é possível. Talvez ninguém se afogue neste verão.

— Improvável — acrescenta Rose, parecendo um pouco enojada com a brincadeira.

Bo toma um rápido gole do vinho tinto, depois me entrega a garrafa. Eu a pego com cuidado, passando o polegar pelo gargalo, então encaro o grupo.

— Esta noite — sentencio, levando a garrafa aos lábios e tomando um longo gole.

Rose estremece, e Heath a envolve com o braço.

— Vamos falar de outra coisa — sugere ela.

— Você que manda. — E ele sorri.

— Quero contar fantasmas! — exclama ela, o bom humor de volta.

Heath a solta e franze o cenho, confuso.

— Você quer fazer o quê?

— É um jogo que Penny e eu inventamos quando éramos crianças, lembra, Penny? — Ela me olha, e eu faço que sim com a cabeça. — Procurávamos fantasmas no feixe de luz do farol conforme ele circundava a ilha. Você ganha pontos por cada um que encontrar. Um ponto se o vir na ilha e dois se o encontrar na água.

— E vocês viam mesmo esses fantasmas? — pergunta Heath, com o cenho franzido.

— Sim. Estão por toda a parte — responde Rose, com um sorriso astuto. — Só precisa saber para onde olhar.

— Me mostre — pede Heath.

E, embora pareça claramente cético, ele sorri enquanto Rose o leva até a janela. É um jogo infantil, mas eles pressionam as palmas contra o vidro, já rindo.

Devolvo a garrafa a Bo, e ele toma outro gole.

— O que você está lendo? — pergunto.

— Um livro que encontrei no chalé.

— Sobre o quê?

Ele tira o livro de baixo do braço e o coloca no pedestal. *Histórias e lendas de Sparrow, Óregon*. A capa é uma antiga fotografia da enseada, tirada da Ocean Avenue. Uma calçada de pedras portuguesas aparece ao fundo, e o porto está apinhado de antigos barcos de pesca e imensos barcos a vapor. É mais um panfleto que um livro de verdade, e você pode encontrá-lo com facilidade em qualquer café e restaurante, e no saguão de toda pousada da cidade. É um guia sobre tudo o que aconteceu em Sparrow dois séculos antes e desde então. Foi escrito por Anderson Fotts, um artista e poeta que morava em Sparrow até o filho se afogar há dois anos.

— Recapitulando a história de nossa cidade, hein?

— Não tem muito o que fazer durante a tarde por aqui.

Ele tem razão.

Eu olho o livro, conhecendo o conteúdo muito bem. Na página 37, há um retrato das três irmãs Swan, desenhado por Thomas Renshaw, um homem que alegava tê-las conhecido antes de serem afogadas. Marguerite está no canto esquerdo, a mais alta das três, com longo cabelo castanho-avermelhado, lábios cheios, um queixo afilado, olhando para a frente. Aurora é a do meio, o cabelo com suaves ondas, olhos brilhantes como a lua cheia. Hazel, à direita, exibe feições mais comuns, o cabelo trançado sobre o ombro. Os olhos estão fixos, como se concentrados em algum ponto a distância. Todas são bonitas, cativantes, como se bruxuleassem de leve na página.

— Então agora você acredita nas irmãs? — pergunto.

— Não decidi ainda.

O facho de luz desliza por seu rosto, e eu o acompanho até o mar, onde ele corta a tempestade e a chuva iminente, avisando aos marinheiros e pescadores que há uma ilha em seu caminho.

— De agora em diante, não deve ir à cidade se não precisar — aconselho.

Suas sobrancelhas se erguem.

— Por que não?

— É mais seguro ficar na ilha. Você não pode confiar em ninguém na cidade... Qualquer garota que encontrar pode ser uma das irmãs.

Suas pálpebras se fecham um pouco, escondendo em parte o tom escuro de seus olhos verdes brilhantes e tristes. Ele parece familiar de um jeito que não consigo determinar. Como reencontrar algum conhecido de muito tempo, mas que mudou com o passar dos anos, se tornando diferente e novo.

— Até mesmo você? — pergunta ele, como se fosse uma piada.

— Até eu.

Quero que ele entenda que eu falo sério.

— Então nada de conversas com garotas? — pergunta ele.

— Exatamente.

O lado direito de sua boca se ergue em um sorriso, um leve mover de lábios, e ele parece prestes a rir. Em vez disso, Bo toma um gole do vinho. Sei que soa absurdo, talvez até irracional, aconselhá-lo a não conversar com garotas. Mas eu não falaria se não fosse necessário. A maioria dos garotos locais vai se manter longe das garotas até o solstício de verão. Melhor minimizar os riscos. Mas Bo, como a maioria dos caras de fora, não leva o mito a sério. Corre perigo apenas por estar na cidade.

— Aquele é o três! — grita Rose da janela, e Heath balança a cabeça.

Ao que parece, Rose está ganhando o jogo de caça aos fantasmas. Como de hábito.

— De onde você é? — pergunto a Bo, depois que o facho de luz dá a volta no farol três vezes.

— Washington.

Arqueio uma das sobrancelhas, na esperança de que ele restrinja a uma cidade ou condado ou à Starbucks mais próxima. Mas ele não o faz.

— Isso é extremamente vago — digo. — Pode ser mais específico?

As maçãs do rosto se contraem, demonstrando tensão.

— Ali pelo meio. — É tudo o que ele oferece.

— Já vi que não vai ser fácil.

Passo a língua no céu da boca.

— O quê?

— Descobrir quem você é de verdade.

Ele tamborila na garrafa, no ritmo de uma canção, acho.

— O que quer saber? — pergunta ele.

— Você cursou o ensino médio nessa fictícia cidade *ali pelo do meio*?

De novo, acho que vai abrir um sorriso, mas ele o engole antes que escape de seus lábios.

— Sim. Eu me formei este ano.

— Então você se formou e logo fugiu de sua cidade de faz de conta?

— Basicamente.

— Por que partiu?

Ele para de bater os dedos na garrafa.

— Meu irmão morreu.

Uma rajada de vento, com uma chuva lateral, acerta as vidraças, e eu me encolho.

— Eu sinto muito.

Bo balança a cabeça e leva a garrafa aos lábios. Os minutos passam, e a pergunta presa em minha garganta começa a me estrangular, cortando o ar de meus pulmões.

— Como ele morreu?

— Foi um acidente. — Ele gira a garrafa, e o vinho carmim rodopia contra o vidro. Um miniciclone.

Ele desvia o olhar, como se cogitasse caminhar até a porta e partir. Desejar boa noite e sumir na tempestade.

Apesar de curiosa quanto a que tipo exato de acidente, não insisto. Noto que ele não quer falar no assunto. E não quero que Bo se vá, mesmo que nossa conversa soe acanhada, entrecortada e forçada, porque ele está sonegando informações.

Existem coisas de que gosto em Bo. *Não*, essa frase não está certa. Não é bem ele. Sou eu. Gosto de como me sinto perto dele. Pacificada por sua presença. O constante vibrar em meus pensamentos, a dor em meu peito amortecidos. Suavizados.

Por isso pego a garrafa de suas mãos e me sento de pernas cruzadas no piso gelado, encarando a tempestade. Sei como é perder alguém. E tomo um longo, lento gole de vinho, aquecendo meu estômago e fazendo minha cabeça rodar, lavando minha ressaca. Bo se senta do meu lado, os antebraços sobre os joelhos dobrados.

— Já se meteu em muitas brigas? — pergunto, depois de um instante de silêncio.

— O quê?

— Na praia, ontem à noite, com Lon, você não parecia com medo de enfrentá-lo.

— Não gosto de brigas, se é o que quer dizer. Mas, sim, já estive em algumas. Embora não por escolha. — Ele suspira, devagar, e acho que vai mudar de assunto. Seus lábios se abrem de leve. — Meu irmão vivia se metendo em confusão. Gostava de se arriscar, mergulhar em rios no meio do inverno, escalar pontes para assistir ao nascer do sol, dirigir sua caminhonete em alta velocidade só pela adrenalina. Coisas assim. E às vezes dizia coisas que não devia, ou dava em cima de garotas que não devia, e acabava em uma briga. — Bo balança a cabeça. — Ele achava engraçado, mas era sempre eu que tinha que intervir e salvar sua pele. Ele era meu irmão mais velho, mas meus pais sempre me pediam para ficar de olho nele. Mas desde que morreu... — Seu olhar cai para o chão. Sua voz trêmula, as memórias o tomando de assalto. — Não precisei mais defendê-lo. — Passo a garrafa para ele, e Bo toma um longo gole. Segurando o vinho entre os joelhos com as duas mãos, ele pergunta: — Nunca pensou em sair dessa cidade?

Ergo o queixo.

— Claro.

— Mas?

— É complicado.

Ele bate com o polegar no gargalo.

— Não é o que as pessoas dizem quando não querem admitir a verdade?

— Provavelmente... mas a verdade é complicada. Minha vida é complicada.

— Então, depois de se formar, não vai deixar Sparrow... Não vai fazer faculdade em algum lugar?

Dou de ombros.

— Talvez. Não é algo em que penso. — Eu me remexo no chão, inquieta, desejando poder desviar o assunto de volta a ele.

— O que a mantém aqui?

Quase rio, mas não o faço, porque a resposta não é engraçada. Não há nada engraçado nas razões que me prendem aqui.

— Minha família — respondo enfim, porque tenho de falar alguma coisa. — Minha mãe.

— Ela não quer que você se vá?

— Não é isso. Ela apenas... não anda bem.

Desvio o olhar, balançando a cabeça. A verdade mostra seu rosto em meio às mentiras.

— Não quer falar sobre isso? — pergunta ele.

— Tanto quanto você quer falar sobre de onde veio — digo, com suavidade. — Ou o que aconteceu a...

Quase trago seu irmão de volta à conversa, mas me interrompo a tempo. Ele suspira baixinho, depois passa a garrafa para mim. Estamos alternando goles de vinho em vez de compartilhar a verdade. Como um jogo alcoólico: se não quer falar sobre algo, tome uma dose.

— Sempre há razões para ficar — diz ele. — Precisa apenas encontrar uma para partir.

Seus olhos encontram os meus, e algo familiar desperta dentro de mim... algo que prefiro fingir não estar ali. Um lampejo que ilumina a parte mais escura de meu ser. E eu o absorvo como um raio de sol.

— Acho que ainda não encontrei essa razão — admito.

Sei que meu rosto está pegando fogo, posso sentir o calor em minha pele, mas não desvio o olhar.

A tempestade sopra contra as janelas, chacoalhando os vidros nas molduras.

Bo olha para a chuva, e eu o observo, desejando conhecê-lo melhor. Há dor no fundo de seus olhos, e me flagro querendo tocar seu rosto, sua pele, a ponta de seus dedos.

Então, como uma máquina sendo desligada, o vento lá fora cessa, a chuva rareia e se torna névoa, e as temperamentais nuvens carregadas se afastam mais para o sul, revelando uma paisagem de céu noturno, salpicado de estrelas.

Rose se levanta do chão e gira em um círculo.

— Precisamos fazer desejos — anuncia ela. — Esta noite.

— O cemitério de navios? — pergunta Heath de seu canto, ainda jogado no chão.

— O cemitério de navios! — repete ela.

— O que é o cemitério de navios? — pergunta Bo, descolando o olhar do meu pela primeira vez.

— Você vai ver — responde Rose.

* * *

Atravessamos a escuridão e descemos o passadiço de madeira até a doca. Heath insiste que peguemos seu barco, e nos amontoamos no pequeno bote estreito. Bo segura a minha mão, embora eu não precise disso para me equilibrar — sou tão firme no mar quanto em terra. Ele não a larga até que eu esteja sentada ao seu lado em um dos bancos.

O interior está vazio e arrumado, uma pilha de coletes salva-vidas laranja presa à lateral. Heath puxa a corda do motor uma vez, e o barco ganha vida.

Talvez eu não devesse acompanhá-los. É tarde, e minha cabeça oscila com a indolência do vinho correndo em minhas veias. Mas o relaxamento também é viciante; apara as arestas de minha mente e ameniza a preocupação sempre presente, que vive debaixo das unhas e na base do meu pescoço.

Portanto agarro a beirada do banco e, devagar, chapinhamos pela baía, estranhamente calma. É como se a água tivesse morrido, se rendido após a tempestade. Os destroços de navios naufragados parecem lápides se projetando da água à frente, picos serrilhados de metal, enferrujados, virando areia com a maré incansável.

— Queria que tivéssemos mais vinho — murmura Rose, mas sua voz soa suave e despreocupada, então ninguém responde.

O mastro, coberto por uma camada de musgo e algas, se ergue altivo dos naufrágios na enseada, a bandeira que há muito tremulara em seu topo já desintegrada e levada pelo vento.

Heath diminui a velocidade conforme nos aproximamos. Em seguida, desliga totalmente o motor, de modo que ficamos à deriva a poucos metros do mastro. A silhueta escura e sombria dos restos do navio jaz abaixo, perto o bastante para rasgar a hélice do barco de Heath se ele não tivesse desligado o motor. É perigoso chegar tão perto dos destroços, mas também é a razão para as crianças virem até aqui, para por sua coragem à prova. Se não fosse perigoso, não seria divertido.

— Alguém trouxe moedas? — pergunta Rose.

Bo olha de Rose para mim.

— Para quê?

— Para fazer um pedido — respondo.

— Este é um navio pirata — explica Heath. — A lenda diz que se você jogar uma moeda para os piratas mortos que ainda assombram o navio, eles lhe concedem um desejo.

— Provavelmente há centenas, não, milhares de dólares em moedas lá embaixo — diz Rose, acenando como se fosse um mágico.

— Ou apenas uma pilha de centavos — argumento.

Heath procura nos bolsos e descobre uma moeda de 10 e outra de 25 centavos. Bo acha três de 25 e várias de 1 centavo.

— Quanto maior o valor da moeda, maior a chance de realizar seu desejo. Piratas são gananciosos — explica Rose, enquanto pega a moeda de 25 da mão de Heath.

Bo e eu pegamos 1 centavo cada, e Heath fica com a de 10. Ao que parece, Bo e eu não estamos muito otimistas quanto à probabilidade de nossos desejos virarem realidade.

Ainda assim, sei qual será meu desejo. É o mesmo de sempre.

Esticamos os braços para a lateral do barco, punhos cerrados, e Rose faz uma contagem regressiva de três.

— Dois... um — enumera ela, e abrimos as palmas, deixando as moedas escorregarem para a água.

Elas afundam com rapidez, brilhantes a princípio, enquanto afundam entre os cavernosos ângulos do naufrágio. Por fim, elas somem. E nós ficamos imóveis por um instante, prendendo o fôlego... esperando que algo aconteça de imediato. Quando nada acontece, Bo suspira e eu cruzo os braços, me sentindo gelada. Ansiosa até.

Não devíamos estar aqui, penso, de repente. Na água, tão logo após o retorno das irmãs. É perigoso, arriscado para Heath e Bo. E algo não parece certo.

— Devíamos voltar para a ilha — sugiro, tentando não soar desesperada, encarando Heath, na esperança de que ligue o motor.

O oceano parece muito calmo. O canto se foi, a tempestade passou. Apenas uma ondulação toca a lateral do barco.

Eu sinto antes de ver: a temperatura cai; o céu se abre de tal modo que as estrelas poderiam nos engolir, como uma baleia a um cardume de peixes. O mar vibra.

Meus olhos enquadram algo escuro, oscilando com a corrente. Um corpo boia de costas, a alguns metros do barco, olhos abertos, mas sem nenhuma cor. O primeiro garoto morto.

* * *

— Ai, meu Deus! — guincha Rose, com os olhos arregalados, o dedo apontando para o cadáver.

Os braços estão abertos, as pernas meio submersas, e um suéter azul-marinho solto no peito, parecendo dois manequins maior.

— Merda — resmunga Heath, como se tivesse medo de acordar o morto se falasse muito alto.

A lua aparece entre as nuvens, brilhando sobre a água. Mas não reluz branco leitosa, e sim vermelho pálido. Sangue na lua... um mau presságio. Não devíamos ter vindo até aqui.

— Quem é? — pergunta Rose, a voz trêmula, os dedos procurando no que se agarrar. Como se ela quisesse alcançar o corpo.

O rosto fica visível: cinzento, descarnado. Cabelo loiro curto flutuando do escalpo pálido.

— Gregory Dunn — responde Heath, passando a mão no rosto. — Se formou este ano. Ia para uma faculdade da costa leste no outono. Boston, acho.

Bo e eu ficamos em completo silêncio. Ele toca a lateral do barco, pisca, mas não fala nada.

— Temos que fazer alguma coisa! — diz Rose, ficando em pé de repente. — Não podemos deixá-lo na água.

Ela dá um passo adiante, a estibordo do bote, que já flutuou para perto do corpo. Mas o movimento muda o centro de gravidade do barco, e ele balança perigosamente.

— Rose — grito, esticando o braço para ela.

Heath também tenta agarrá-la, mas o impulso balançou demais a embarcação. Rose vacila, as pernas trôpegas, as mãos à procura de algo onde segurar. Ela mergulha de cabeça na água congelante.

Pela primeira vez, Bo reage. Chega à lateral do barco antes mesmo de eu ter tempo de processar o que houve. Ondulações cascateiam na direção do corpo de Gregory Dunn. Felizmente, Rose não aterrissou *em cima* do cadáver quando caiu.

Bo se inclina a estibordo, enfia os braços na água gelada, enganchando as mãos sob os braços de Rose, e a iça para o barco em um único movimento fluido. Ela desaba instantaneamente, joelhos encolhidos, tremendo e convulsionando de maneira incontrolável. Heath pega um cobertor de baixo de um dos assentos e o enrola em volta dela.

— Temos que levá-la até a margem — sussurra Bo.

Heath liga o motor outra vez. Eu me agacho perto de Rose, um braço ao seu redor, e corremos em direção à marina, deixando o corpo de Gregory Dunn para trás.

Quando chegamos à costa, caminho apressada pelas docas até o sino de metal pendurado em um arco de madeira de frente para a baía. O Sino da Morte, é como o chamam. Sempre que um corpo é descoberto, alguém toca o sino para alertar a cidade. Foi instalado há vinte anos. Durante o mês de junho, até o solstício de verão, seu dobre se torna o som da morte.

Toda vez que toca, os cidadãos se encolhem e os turistas pegam suas câmeras.

Estendo a mão para a fibra rústica da corda e a puxo duas vezes. Um dobrar oco ecoa pela cidade, ricocheteando nas paredes úmidas de lojas e lares, acordando a todos.

* * *

Leva uma hora até a polícia e os pescadores locais finalmente chegarem ao porto, depois de resgatar o corpo de Gregory Dunn da água. Eles coletam todas as evidências, que se provarão infrutíferas. Nenhum sangue, nenhuma marca, nenhum sinal de luta. Nunca há.

Rose está tremendo ao meu lado, bebericando entorpecida uma xícara de chocolate quente que Heath conseguiu no Chowder. A lanchonete abriu mais cedo, às 3 da madrugada, para servir o povo da cidade, que acordou para ver o primeiro corpo ser retirado do mar.

Todos aguardamos nas docas, assistindo à procissão de barcos cruzar a água. As pessoas estão de pijamas, toucas de lã e galochas. Até as crianças foram tiradas da cama, tropeçando em cobertores enrolados nos ombros, para testemunhar esse terrível evento anual.

Mas os policiais aprenderam a minimizar o espetáculo. E, quando transferem o corpo para uma maca no porto, se certificam de que está completamente coberto. Mas os turistas ainda tiram fotos, as crianças ainda começam a chorar, e as pessoas ainda soluçam, cobrindo as faces com as mãos enluvadas.

— Você tinha razão — sussurra Bo em meu ouvido quando a ambulância se afasta, levando o corpo de Gregory Dunn amarrado a uma maca de metal na traseira. — Você disse que aconteceria esta noite, e aconteceu.

Balanço a cabeça. Não era uma competição e eu não queria ganhar.

A multidão ao redor se dispersa aos poucos. Minutos depois, as pessoas começam a voltar para suas camas ou para o Chowder a fim de discutir o primeiro afogamento. Heath se aproxima, o cenho franzido.

— Vou levar Rose para casa — avisa. — Ela está bem abalada.

— Ok.

Olho para Rose, que já se afastou de mim e caminha pelo cais, o cobertor cinza e vermelho do bote de Heath caindo dos ombros. Parece atônita, e sei que eu devia ir até ela, mas Rose parece querer apenas a companhia de Heath no momento, então o deixo acompanhá-la.

— Volto para levar vocês até a ilha — diz Heath, antes de ir atrás de Rose.

Assinto. Em seguida, Bo e eu seguimos o fluxo preguiçoso de pessoas até o Shipley Pier, onde uma garçonete do Chowder está vestindo um pijama de bolinhas azuis e botas Ugg felpudas.

— Café? — oferece ela.

Examino seu rosto, me demorando nos olhos, mas ela parece normal. Humana.

— Claro — responde Bo.

— Chá preto, por favor — peço a ela.

Ela bufa, como se o meu pedido por chá exigisse mais esforço do que estava disposta a fazer a essa hora. Enquanto a garçonete se arrasta para longe, Bo e eu ficamos parados no final do píer, apoiados no corrimão e encarando o mar, esperando a alvorada.

Vozes murmuram à nossa volta, e a especulação começa quase imediatamente. Nas próximas semanas, vamos testemunhar uma verdadeira caça às bruxas.

Várias garotas da escola se reuniram no deque externo, tomando café e beliscando bolinhos de amora e biscoitos, conversando alto apesar de ser madrugada e parecer impossível elas estarem completamente despertas. Estudo suas feições, o tom de seus olhos, a porcelana pálida de sua pele. Procuro algo sobrenatural, uma criatura translúcida, suspensa sob a carne humana. Mas não a encontro.

A garçonete traz nossas bebidas sem nem mesmo um sorriso.

— Como Gregory Dunn foi atraído para a enseada sem ninguém ver? — pergunta Bo, mantendo baixo o tom de voz, segurando o café entre as mãos, mas ainda sem beber nem um gole.

Encolho os ombros, mordendo o lábio inferior.

— As irmãs Swan não *querem* ser vistas — respondo. — Vêm fazendo isso há duzentos anos. Elas se aperfeiçoaram. Ficaram boas na fuga.

Corro o dedo pela borda da xícara branca.

— Fala como se não quisesse que elas fossem descobertas, como se a cidade merecesse esse destino.

— Talvez mereça. — A raiva que sinto por essa cidade, essas pessoas, queima dentro de mim... lateja contra meu crânio. Tantas injustiças, tanta morte. Sempre trataram as pessoas de fora com crueldade, desprezando-as porque não se adequavam. — As irmãs foram assassinadas pelo povo desta cidade — argumento, o peso de algo que não soava como eu mesma na voz. — Afogadas injustamente porque se apaixonaram pelos homens errados. Talvez tenham direito a sua vingança.

— Matando pessoas inocentes?

— Como sabe se Gregory Dunn não fez por merecer?

Mal posso acreditar em minhas próprias palavras.

— Não sei — responde ele, incisivo. — Mas duvido de que cada pessoa afogada tenha merecido esse destino.

Sei que ele tem razão. No entanto, me sinto inclinada a argumentar. Só quero que entenda *por que* aquilo acontece. Por que as irmãs retornam todo ano. Não é gratuito.

— É sua retribuição — digo.

Bo se endireita e toma um gole de seu café.

— Veja bem, não estou dizendo que é certo — acrescento. — Mas não pode começar a achar que é possível impedir ou mudar o que acontece aqui. Gregory Dunn foi apenas o primeiro. Vai haver mais. Tentar evitar apenas piorou as coisas.

— O que quer dizer?

— Os cidadãos mataram garotas inocentes porque pensaram que estavam possuídas por uma das irmãs. É melhor deixar quieto. Não há nada que possa fazer.

O sol começa a despontar no leste, rosa à princípio. Na marina, os pescadores invadem as docas, em direção a seus barcos. E então avisto Heath, caminhando pela Ocean Avenue, de volta para nos dar uma carona até a ilha.

Bo não fala. Com certeza sua cabeça está processando os pensamentos que não se encaixam: tentando destrinchar o que testemunhou esta noite. Um corpo. Uma maldição de duzentos anos. Uma cidade que aceitou seu destino.

É muito para assimilar. E ele acaba de chegar. Vai piorar.

Enveredamos pelo cais, a luz mudando, tornando-se laranja pálido conforme risca a cidade. Duas garotas vêm em nossa direção. Estão a caminho do Chowder. Corro os olhos por elas rapidamente.

São Olivia e Lola, as melhores amigas que dançaram em volta da fogueira na festa Swan, pouco depois da canção começar. Estão completamente vestidas, nada de pijamas ou cabelo despenteado, como se a morte de Gregory Dunn fosse um evento que não se atreveriam a perder. Um que estavam esperando. O cabelo tingido de preto de Lola está preso em uma trança embutida. O de Olivia está solto sobre os ombros, longo e ondulado. Seu piercing de nariz brilha no alvorecer do sol.

E, quando encontro seus olhos, eu sei: Marguerite Swan possuiu seu corpo.

A imagem branca e espectral de Marguerite paira sobre a pele suave de Olivia. É como olhar através de uma vidraça, ou sob a superfície de um lago, até o leito arenoso. Não é a silhueta clara, nítida de Marguerite, mas uma memória, ondulante e incerta, flutuando no corpo dessa pobre garota.

Eu a encontrei.

Uma parte de mim se atreveu a ter esperança de que eu não as veria este ano, que eu conseguiria evitar as irmãs, evitar o ritual de morte que recai sobre essa cidade. Mas não tive tanta sorte afinal.

Queria não estar olhando através da pele branca como a neve de Olivia, direto para Marguerite, escondida sob ela. Mas estou. E sou a única no Shipley Pier que consegue. Esse é o segredo que não posso contar a Bo; a razão pela qual sei que as irmãs Swan são reais.

Seu olhar lúgubre pousa sobre mim, não o de Olivia, mas o de Marguerite. Ela sorri levemente enquanto passa por mim.

Por um instante, me sinto paralisada. Meu lábio superior treme. Elas seguem pelo píer, Lola conversando sobre algo que meus ouvidos parecem incapazes de ouvir, alheia ao fato de que sua melhor amiga não é mais sua melhor amiga. Pouco antes de chegarem ao Chowder, olho para as duas por sobre o ombro. O cabelo de Olivia cascateia graciosamente sobre seus ombros e costas.

— Você está bem? — pergunta Bo, olhando para trás a fim de observar Olivia e Lola.

— Precisamos voltar para a ilha — respondo, virando para a frente. — Aqui não é seguro.

Marguerite encontrou um hospedeiro no corpo de Olivia Greene. E Marguerite é sempre a primeira a matar. Gregory Dunn foi obra dela. A temporada dos afogamentos começou.

PERFUMARIA

As irmãs Swan podem ter se envolvido com bruxaria nos anos anteriores à sua chegada a Sparrow — um feitiço ou poção ocasional para despistar esposas ciumentas ou maus espíritos —, mas certamente não se consideravam bruxas. E essa foi a acusação feita pelo povo de Sparrow.

Eram mulheres de negócio, donas de loja e, quando chegaram a Sparrow havia dois séculos, trouxeram com elas uma variedade de aromas exóticos para ser transformada em delicados perfumes e bálsamos. No início, as mulheres da cidade se reuniam na Perfumaria Swan, sedentas por aromas que lhes lembravam o mundo civilizado. Compravam pequenos frascos de água de rosas e mel, capim-limão e gardênia. Tudo perfeitamente misturado, sutil e intrincado.

Até que Marguerite, com 19 anos e a mais velha das irmãs, foi flagrada na cama de um capitão de navio. Daquele dia em diante, tudo começou a ruir. As irmãs não tinham culpa. Não foi feitiçaria que seduziu os homens de Sparrow — foi algo bem mais simples. Como a mãe, as irmãs Swan tinham um encanto inato no sangue. Os homens não conseguiam resistir à suavidade de sua pele ou ao brilho de seus olhos turquesa.

O amor as visitava com facilidade e frequência. Enquanto Marguerite gostava de homens mais velhos, com dinheiro e poder, Aurora se apaixonava por garotos com fama de inacessíveis. Ela gostava do desafio, em geral se apaixonando por mais de um ao mesmo tempo. Hazel era mais específica. Não se deleitava com a atenção de vários homens, como as irmãs. Mesmo assim, eles a adoravam. Hazel era a responsável por uma fila de garotos de coração partido.

As irmãs teceram a própria sorte, como alguém que toca um arbusto de hera venenosa no escuro, indiferente às consequências que viriam pela manhã.

SETE

Por três terríveis semanas, turistas e locais vão acusar quase toda garota de ser uma irmã Swan. Qualquer ofensa, qualquer desvio de conduta — um súbito interesse em garotos que costumavam desprezar, sair várias noites, um piscar ou toque que pareça despropositado — vai torná-la suspeita.

Mas eu sei quem as irmãs realmente são.

Heath nos dá uma carona para atravessar a baía e, quando chegamos à ilha, nós nos despedimos rapidamente, e então ele retorna à cidade.

Bo e eu não conversamos enquanto subimos o caminho, até que alcançamos o local onde o passeio de madeira se bifurca. Um monte de boias antigas e de armadilhas para caranguejo trazidas pelo mar ao longo dos anos se encontra à esquerda do caminho. Uma pilha em decomposição. Um lembrete de que esse lugar traz mais morte do que vida.

— Lamento — digo. — Não devíamos ter ido até lá. — Estou acostumada ao terrível choque da morte, mas Bo não. E tenho certeza de que ele está começando a cogitar partir assim que possível. E eu não o culparia se estivesse.

— Não foi culpa sua — diz ele, chutando uma pedra no caminho. Ela aterrissa em um trecho de grama amarelada e desaparece.

— Eu devia dormir um pouco — digo.

Na verdade, nós dois passamos a noite acordados, e o delírio da exaustão está começando a parecer o som de um trem de carga indo e vindo em meus ouvidos.

Ele assente, tira as mãos dos bolsos do casaco e se dirige ao Chalé da Âncora. Nem mesmo se despede.

Não ficaria surpresa se ele começasse a arrumar as malas assim que chegar ao chalé.

Minha mãe já está acordada, ouvindo o rádio na cozinha, quando atravesso a porta dos fundos. É uma estação local, que divulga avisos de tempestade e relatórios de marés. Hoje, o apresentador Buddy Kogens está falando do corpo que as autoridades tiraram da água logo pela manhã.

— Essa cidade está associada à escuridão da morte — comenta, soturna, de frente para a pia, as mãos agarrando a borda de ladrilhos brancos. — Está saturada com ela.

Não respondo. Estou muito cansada. Então fujo para o corredor e para o andar de cima, até meu quarto. Da janela, posso ver Bo andando em direção ao Chalé da Âncora, perto do centro da ilha. Seu ritmo é lento e deliberado. Ele olha para trás uma vez, como se me percebesse observando-o, então me afasto da janela.

Algo me incomoda. Mas não sei o que é.

* * *

O céu da tarde se estilhaça, revelando uma faixa de azul leitoso.

Noite passada, encontramos o corpo de Gregory Dunn na enseada.

Esta manhã, assistimos ao nascer do sol no píer enquanto seu corpo era trazido à costa.

Primeiro dia da temporada Swan: um garoto morto.

Ainda grogue, eu saio da cama e esfrego os olhos, embora o sol já esteja brilhando há horas lá fora. Visto um par de jeans surrados e um suéter azul-marinho. Não me apresso. Paro em frente à cômoda, sem fitar meus olhos no espelho da parede, passando os dedos sobre uma miríade de pequenas coisas. Levo até o nariz um velho frasco de perfume de minha mãe. O aroma de baunilha se tornou acre e almiscarado, assumindo o matiz do álcool. Há um pires de prata cheio de pedrinhas recolhidas na praia: turquesa, coral e verde-esmeralda. Duas velas estão em um dos cantos da cômoda, os pavios praticamente intocados. E, pendurado no alto do espelho, em uma fita amarela, está um triângulo de vidro com flores pressionadas entre as lâminas. Não consigo conjurar a memória de onde ele veio. Um presente de aniversário, talvez? Algo que Rose me deu? Estudo o triângulo, as pequenas flores cor-de-rosa prensadas e secas, preservadas pela eternidade.

Eu me viro e me apoio na cômoda, fazendo um inventário do quarto. Pequeno e arrumado. Paredes brancas. Tudo branco. Limpo. Nada de cores em lugar algum. Meu quarto diz pouco sobre mim. Ou talvez diga tudo. Um quarto facilmente abandonável. Deixado para trás, sem quase nenhuma pista de que uma garota já o ocupou afinal.

Minha mãe não está em casa. O assoalho range quando desço as escadas e entro na cozinha. Bolinhos de laranja recém-assados estão sobre a mesa. São dois dias seguidos em que ela preparou o café da manhã. As duas manhãs com Bo na ilha. Ela não consegue evitar. Não vai permitir que um estranho passe fome, muito embora possa facilmente deixar a mim ou a si própria passar fome. Velhos hábitos. O decoro de cidade pequena: alimente as visitas.

Pego dois bolinhos, então sigo para a varanda.

O ar está quente, calmo e sereno. As gaivotas voam em círculos vertiginosos, mergulhando no litoral íngreme, pegando os peixes presos nas piscinas deixadas pela maré. Flagro a silhueta de minha mãe dentro da estufa, caminhando entre as plantas decompostas.

Espio o Chalé da Âncora do outro lado da ilha. Bo ainda está lá dentro? Ou arrumou suas coisas e achou um modo de sair da ilha enquanto eu dormia? Sinto um nó no estômago. Se eu encontrar o chalé vazio, frio e escuro, como me sentirei? Desesperada, como se tivessem arrancado meu coração?

Mas pelo menos saberia que ele está em segurança, livre dessa cidade, antes que acabasse como Gregory Dunn.

Um barulho desvia minha atenção do chalé. Um som baixo, de serra — o cortar de madeira. Ecoa por toda a ilha. E vem do pomar.

Sigo o caminho de ripas até o interior da ilha. Antes mesmo de pisar entre as fileiras de árvores perfeitamente espaçadas, posso dizer que as coisas estão diferentes. A escada de madeira que, em geral, repousava contra uma pereira D'Anjou quase morta, protegida do vento, foi movida para o centro do bosque e colocada ao lado de uma das macieiras.

E, parado no degrau mais alto, inclinado na direção de um emaranhado de galhos, está Bo.

Ele não partiu. Não fez a coisa inteligente e fugiu quando teve a oportunidade. O alívio me inunda o peito.

— Ei — diz ele para mim de cima, se segurando em um dos galhos mais baixos. O sol projetando longas sombras em meio às árvores. — Está tudo bem?

Ele desce vários degraus, o boné virado para trás.

— Tudo — respondo. — Só pensei que você talvez...

— O quê?

— Nada. Só estou feliz que ainda esteja aqui.

Ele semicerra os olhos e enxuga a testa.

— Achou que eu iria embora?

— Talvez.

A luz do sol reflete em seus olhos, transformando o verde-escuro em cacos de vidro esmeralda, um mundo inteiro contido ali. Sua camiseta cinza está justa no peito e nos braços; o rosto, corado. Eu o observo um instante a mais.

— Você dormiu? — pergunto.

— Ainda não.

Ele sorri de esguelha; seu humor parece ter melhorado um pouco desde de manhã. Enquanto eu estava encolhida na cama, os lençóis sobre a cabeça para tapar o sol, Bo trabalhava aqui fora. O sono com certeza parecia uma impossibilidade depois da noite passada.

— Queria começar logo o pomar — explica ele.

Bo engancha o serrote em um galho baixo, torto, depois desce a escada, limpando as mãos na calça jeans. Entrego a ele um dos recém--assados bolinhos de laranja.

— O que você está fazendo exatamente?

Ele inclina a cabeça para os galhos emaranhados acima de nós. A cicatriz debaixo do olho esquerdo se contrai.

— Podando qualquer broto novo. Queremos que apenas os galhos mais velhos fiquem, porque são esses que dão fruta. E vê como alguns galhos crescem direto para cima ou para baixo? Esses também precisam ser cortados.

Ele pisca contra o sol, em seguida me encara.

— Posso ajudar?

Bo pousa o bolinho em um dos degraus da escada, então tira o boné da cabeça e passa a mão pelo cabelo curto.

— Se quiser.

— Quero.

Ele pega uma segunda escada no velho galpão e encontra outro serrote, menor. Depois, apoia a escada no tronco da árvore, ao lado da que estivera podando. Eu subo com cuidado até o topo, um pouco insegura no início, conforme o degrau oscilava a meus pés. Assim que me equilibro, percebo que estou envolta em um véu de ramos, escondida em um mundo de galhos.

Bo sobe atrás de mim, parando um degrau abaixo. Ele me entrega o serrote e, em seguida, abraça minha cintura e segura a escada, para evitar que eu caia.

— O que está vendo? — pergunta, a voz contra meu pescoço.

Estremeço de leve ao sentir seu hálito em minha pele.

— Não tenho certeza — respondo, com sinceridade.

— As árvores ainda não floresceram — explica ele. — Mas o farão em breve, então temos de limpar todos os brotos que estejam atulhando os galhos mais velhos... a *madeira velha*, como são chamados.

— Este pequeno aqui — indico. — Está crescendo de um galho mais grosso e ainda parece meio verde.

— Exato — elogia ele.

Eu levanto a serra, pressionando os dentes no broto. Em meu primeiro golpe, o serrote escorrega. Acabo me inclinando para a frente a fim de evitar que caia. Bo me aperta com mais força, e a escada balança embaixo de nós. Meu coração acelera.

— Leva um tempo para se acostumar com a ferramenta — acrescenta ele.

Assinto, segurando o topo da escada. E então sinto uma forte ardência em meu indicador esquerdo. Viro a palma para cima a fim de examiná-la, e o sangue brota da ponta de meu dedo. Quando a lâmina escorregou, devo ter ferido a mão que segurava o galho. Bo nota o que aconteceu ao mesmo tempo que eu.

Inclinando-se em minha direção, ele estende a mão para pegar meu dedo.

— Você se cortou — diz ele.

O sangue pinga da ponta de meu dedo e cai até o chão, quase 2 metros abaixo. Vejo Otis e Olga sentados em uma nesga de sol entre fileiras, cabeças tigradas para cima, nos observando.

— Está tudo bem — digo. — Não é muito fundo.

Mesmo assim, Bo pega um lenço branco do bolso de trás e o pressiona no corte, estancando o sangramento. Dói bastante. O tecido branco fica vermelho quase instantaneamente.

— Melhor limpar isso — aconselha.

— Não. Sério, estou bem.

Perto assim, com seu rosto colado ao meu, posso sentir cada respiração conforme Bo expande seu peito, ver seus lábios tremerem quando exala. Seu coração bate mais rápido do que devia, como se estivesse preocupado que eu pudesse ter cortado a mão fora. Isso seria sua culpa, por ter permitido que eu empunhasse um serrote.

Ele afasta o lenço para inspecionar o corte.

— Vamos precisar amputar? — pergunto de brincadeira.

— Provavelmente.

Seus olhos encontram os meus, o canto da boca se ergue. Ele rasga um pedaço do lenço, segurando minha mão, em seguida amarra o estreito pedaço de tecido em volta de meu dedo, em um torniquete improvisado. — Isso deve impedir que o dedo caia até que possamos operá-lo.

— Obrigada — agradeço, sorrindo, apesar de ainda sentir dor.

Meus lábios estão tão perto dos de Bo que quase posso sentir o sal de sua pele.

Ele coloca o que sobrou do lenço no bolso e se endireita atrás de mim, de maneira que seu peito não pressiona mais minhas costas.

— Provavelmente é mais seguro com apenas uma pessoa na escada — comenta.

Balanço a cabeça, de acordo, e ele desce, pulando os últimos centímetros até o chão. Eu me sinto frágil sem ele ao meu lado na escada.

Ele sobe na própria escada e trabalhamos lado a lado, podando os galhos de cada árvore. Tomo o cuidado de manter os dedos fora do caminho, e logo me sinto confiante com o serrote. É um processo lento e tedioso, mas, aos poucos, terminamos a primeira fileira.

Aquilo se tornou rotina.

Toda manhã, nós nos encontramos no pomar, colocando as escadas em uma nova fileira. Trazendo as árvores frutíferas de volta à vida. Não me importo com o trabalho. Soa como um propósito. No fim da semana, minhas mãos estão ásperas como nunca; minha pele, bronzeada; e meus olhos se semicerram contra o sol. Não choveu sequer uma vez a semana toda. E o verão parece leve, alegre e doce.

No sábado, reunimos todos os galhos cortados e os empilhamos na extremidade norte do pomar. E, logo após o pôr do sol, nós os acendemos.

O céu noturno, sujo de fuligem, faísca e cintila, as estrelas embotadas pelo inferno que criamos na terra.

— Amanhã vamos cortar as árvores mortas — diz Bo, de braços cruzados, encarando o fogo.

— Como? — pergunto.

— Vamos serrá-las em pequenos tocos, depois queimá-las até não restar nada.

— Quanto tempo vai levar?

— Alguns dias.

Nessa última semana, eu me senti como se estivesse suspensa no tempo, protegida de uma temporada que todo ano chega como uma tempestade violenta. Em alguns momentos, até me esqueci completamente do mundo fora da ilha. Mas sei que ele vai encontrar uma porta e entrar.

Ele sempre encontra.

* * *

Leva três dias para desmembrarmos as duas macieiras mortas e uma pereira. No fim do terceiro dia, mal consigo mexer os braços. Sinto dor até ao passá-los pelas mangas da camiseta pela manhã.

Atravessamos o pomar, analisando nosso trabalho duro. Hoje vamos queimar as três toras de árvores.

Bo para ao lado do carvalho solitário no centro do bosque, aquele com o coração gravado no tronco. Parece uma árvore fantasma, musgo branco pendurado nos galhos, duzentos anos de história escondidos em seu cepo.

— Talvez devêssemos queimar essa também — sugere ele, examinando os galhos. — É bem velha e nada saudável. Podemos plantar uma macieira no lugar.

Pressiono a palma contra o tronco, sobre o coração entalhado.

— Não. Quero mantê-la.

Ele ergue a mão para bloquear o sol.

— Parece errado derrubá-la — acrescento. — Esta árvore significava algo para alguém.

Uma brisa gentil balança meu rabo de cavalo.

— Eu duvido que quem tenha gravado esse coração ainda esteja vivo para se importar — argumenta ele.

— Talvez não. Ainda assim, quero preservá-la.

Ele dá um tapinha no tronco do carvalho.

— Tudo bem. O pomar é seu.

Bo é cuidadoso e preciso antes de incendiar as três árvores mortas, se certificando de que temos vários baldes de água e uma pá ao lado de cada uma, caso precisemos conter as chamas. Ele acende um fósforo e, imediatamente, o primeiro toco pega fogo. Ele faz o mesmo às outras duas árvores. Aos poucos, assistimos às chamas consumirem a madeira.

O sol some no horizonte. Enquanto isso, as labaredas lambem os troncos, como braços estendidos na direção das estrelas.

Preparo duas canecas de chá preto com cardamomo e as levo até o pomar. Ficamos acordados durante a noite, para assistir ao fogo queimar. O ar está esfumaçado e carregado com o aroma doce de maçãs que jamais florescerão, porque as árvores chegaram ao fim.

Nós nos sentamos em uma pilha de galhos cortados, assistindo ao fogo por quase uma hora.

— Ouvi falar que sua mãe costumava ler as folhas de chá — diz Bo, assoprando seu chá para esfriá-lo.

— Onde ouviu isso?

— Na cidade, quando estava procurando por emprego e encontrei o anúncio. Perguntei como chegar à ilha, e pensaram que eu queria saber o meu futuro.

— Ela não faz mais isso, não desde que meu pai se foi.

Eu me inclino para a frente e arranco um punhado de grama seca, em seguida o enrolo em minhas palmas para esmagá-lo, sentindo as fibras partidas antes de jogar os pedaços de volta à terra. Eu me lembro de meu pai caminhando pela ilha, se ajoelhando de vez em quando para colher um punhado de dentes-de-leão, trevos ou musgo, então enrolá-los entre as mãos ásperas. Meu pai gostava de sentir o mundo. Barro e verde. A terra ofertando o que, com frequência, ignorávamos. Afasto a lembrança com um rápido piscar de olhos. Dói pensar nele A angústia se espalhando em meu peito.

— Você lê as folhas de chá? — pergunta ele, com um erguer de sobrancelhas.

— Na verdade, não. — Uma risada curta escapa de minha garganta. — Então não se anime. Não vou revelar seu futuro tão cedo.

— Mas você *consegue*?

— Costumava ler. Mas estou enferrujada.

Ele estende a caneca em minha direção para que eu a pegue.

— Você não acredita totalmente nas irmãs Swan, mas acredita que o futuro está nas folhas de chá? — pergunto, sem pegar a xícara.

— Sou imprevisível.

Sorrio e ergo as duas sobrancelhas.

— Não posso ler a sorte com chá ainda na caneca. Você precisa terminar de beber, e então o padrão deixado pelas folhas é onde seu futuro reside.

Ele baixa o olhar para a xícara, como se pudesse ler a própria sorte.

— Falou como uma verdadeira bruxa.

Balanço a cabeça e sorrio. Essa prática mal configura como bruxaria. Não envolve feitiços, poções ou qualquer coisa tão intrigante. Mas não o corrijo.

Ele toma um longo gole do chá e o termina de uma só vez. Em seguida, me entrega a caneca.

Hesito. Na verdade, não quero fazer isso. Mas Bo me olha com tamanha ansiedade que pego a xícara e a seguro entre as mãos. Eu a inclino para um lado, depois para o outro, analisando o redemoinho de folhas ao longo das bordas.

— Hmm — digo, como se considerasse algo importante.

Bo parece ter se afastado para o canto do tronco, quase prestes a cair se eu não revelar logo o que vejo. Levanto a cabeça e o encaro.

— Vida longa, amor verdadeiro, pilhas de ouro — digo, depois pouso a caneca no tronco no espaço entre nós.

Ele ergue uma das sobrancelhas. Olha para a xícara, depois para mim. Tento manter a expressão impassível, mas meus lábios começam a se curvar nos cantos.

— Leitura muito astuta — elogia ele, sorrindo também, então gargalhando. — Talvez deva considerar uma carreira como leitora de folhas. E espero que tenha razão sobre meu futuro, em todos os critérios.

— Ah, tenho razão — asseguro, ainda sorrindo. — As folhas não mentem.

Ele ri de novo, e tomo um gole de meu próprio chá.

Faíscas dançam e serpenteiam até o céu. E me dou conta de como é fácil estar aqui com Bo. Como parece normal, como se fosse algo que fizéssemos toda noite: incendiar árvores e rir juntos no escuro.

Não sinto a sensação na base do crânio que me atormenta a cada verão — uma contagem regressiva dos dias para o solstício e o fim da temporada Swan. Bo me distraiu de todas as coisas horríveis espreitando a cidade, a baía… e minha mente.

— As pessoas costumavam dizer que as maçãs e peras cultivadas na ilha tinham poderes mágicos de cura — digo a ele, inclinando a cabeça para trás a fim de observar as ondas de fumaça espiralando para o alto, como minitornados. — Acreditavam que as frutas podiam curar enfermidades, como mordidas de abelha, febre do feno ou até mesmo um coração partido. Custavam o dobro na cidade.

— Sua família costumava vendê-las? — pergunta ele.

— Não. Isso foi bem antes de minha família morar aqui. Mas, se o pomar puder produzir frutas comestíveis outra vez, talvez nós possamos vendê-las.

— No próximo verão, você já será capaz de colher de 2 a 5 quilos por árvore. Vai dar trabalho, então é provável que precise contratar mão de obra.

Ele fala "você" como se não fosse estar presente para ver acontecer.

— Obrigada por trazer as árvores de volta à vida — agradeço.

Ele assente e eu toco meu indicador, agora envolto em um curativo. A ardência se foi, mas com certeza deixará uma pequena cicatriz. Meu olhar se volta para Bo, para a cicatriz sob o olho esquerdo.

— Como conseguiu isso? — indico a suave linha na pele pálida.

Ele pisca, a cicatriz se contraindo, como se ele revivesse a dor.

— Pulei de uma árvore quando tinha 9 anos. Um dos galhos me cortou.

— Precisou levar pontos?

— Cinco. Lembro que doeu pra cacete.

— Por que pulou de uma árvore?

— Meu irmão me desafiou. Ele passou uma semana tentando me convencer de que eu podia voar se ganhasse velocidade suficiente. — Bo sorri com a lembrança. — Acreditei nele. Também é provável que eu quisesse apenas impressioná-lo, já que era meu irmão mais velho. Então pulei.

Ele inclina a cabeça para trás, a fim de olhar para o céu, costurado de estrelas.

— Talvez não tenha ganhado velocidade suficiente — sugiro, sorrindo e inclinando a cabeça para encarar as mesmas estrelas.

— Pois é. Mas não creio que vá testar a teoria de novo. — Seu sorriso desaparece. — Meu irmão ficou muito mal — continua. — Ele me carregou durante todo o caminho até nossa casa enquanto eu chorava. Depois que eu levei os pontos, ele passou uma semana sentado em minha cama, lendo gibis para mim. Até parecia que eu tinha perdido uma perna, pelo modo como se sentiu culpado.

— Ele parece um bom irmão — digo.

— Sim. Ele era.

Um sopro de silêncio paira entre nós.

As faíscas se desprendem do tronco incinerado para a escuridão. Bo pigarreia, ainda encarando as chamas.

— Há quanto tempo o veleiro está atracado no cais?

A pergunta me pega de surpresa. Não a esperava.

— Há alguns anos, acho.

— Pertencia a quem?

Seu tom de voz é cuidadoso, como se não tivesse certeza se devia perguntar. O foco passou rapidamente de Bo para mim. De uma perda para outra.

Deixo as palavras repicarem em meu crânio antes de responder, invocando um passado que jaz adormecido em minha mente.

— Meu pai.

Ele espera um pouco antes de falar outra vez, ao perceber que está se aventurando em terreno delicado.

— O barco ainda navega?

— Acho que sim.

Baixo o olhar para a caneca que seguro entre as mãos, absorvendo seu calor.

— Gostaria de velejar com ele algum dia — diz Bo, com cautela. — Ver se ainda navega.

— Sabe velejar?

Seus lábios se abrem em um sorriso gentil. Ele olha para os pés, como se estivesse prestes a revelar um segredo.

— Quando era criança, passava quase todos os verões velejando no lago Washington.

— Você morou em Seattle? — pergunto, na esperança de restringir a busca por sua cidade natal.

— Ali perto. — Sua resposta é tão vaga quanto da última vez que perguntei. — Mas em uma cidade bem menor.

— Sabe que tenho mais perguntas do que respostas quando o assunto é você? — Bo foi feito para guardar segredos, o rosto não revela sequer uma pista do que esconde dentro de si. Algo tão intrigante quanto enlouquecedor.

— Posso dizer o mesmo de você.

Franzo os lábios e aperto a caneca com força nas mãos. Ele tem razão. Estamos empatados em uma disputa de segredos. Nenhum de nós disposto a contar a verdade. Nenhum de nós disposto a se abrir para o outro.

— Você pode sair com o veleiro se quiser — digo, me levantando e prendendo uma mecha de cabelo teimosa atrás da orelha. — Está tarde. Acho que vou para casa.

As chamas em cada tronco haviam sido reduzidas a brasas, aos poucos consumindo o restante da madeira.

— Vou ficar acordado e me assegurar de que o fogo se apague por completo.

— Boa noite — digo, hesitando ao encará-lo.

— Boa noite.

OITO

O pomar parece diferente. Podado e organizado, como um bem-cuidado jardim inglês. Um lembrete de como costumava ser em verões passados, quando frutas maduras pendiam brilhantes e exuberantes sob o sol, seduzindo pássaros para bicar as que caíam no solo. O ar sempre cheirava a doce e sal. Fruta e mar.

No alvorecer, percorro as fileiras. Os três troncos queimados liberam fiapos de fumaça, embora nada mais sejam que uma pilha de cinzas agora.

Eu me pergunto até que horas Bo ficou acordado, observando a última brasa arder. Será que ele chegou a dormir? Caminho até seu chalé e paro de frente à porta. Ergo o punho, prestes a bater, quando a porta se abre.

Assustada, eu prendo o fôlego.

— Ei — diz ele, pensativo.

— Ei... desculpe. Já ia bater à po-porta — gaguejo. — Vim para desejar... bom dia.

Uma explicação idiota. Eu nem tinha certeza do motivo que me trouxera ali.

Suas sobrancelhas se franzem em confusão, mas os lábios se curvam em um meio sorriso tranquilo. Ele veste uma camiseta branca simples e jeans baixo, seu cabelo está colado em um dos lados, como se tivesse acabado de levantar.

— Estava indo checar as árvores — diz ele. — Me certificar de que não voltaram a queimar nas últimas horas.

— Estão apenas fumegantes. Acabo de voltar de lá.

Ele assente, então estende o braço para abrir mais a porta.

— Quer entrar? Posso fazer café.

Passo por ele, sentindo o calor do chalé me acolher.

Otis e Olga já estão ali dentro, encolhidos no sofá, como se o chalé fosse seu novo lar. Como se agora pertencessem a Bo. Não há fogo na lareira, mas as janelas estão todas abertas, uma brisa cálida se derramando pelo ambiente. O tempo mudou, ficou agradável e leve; o vento soprando do mar sacode a poeira e espanta os fantasmas. A cada dia que ele passa na ilha, sinto o chalé mudar e se tornar mais vivo.

Bo está parado na cozinha, de costas para mim. Ele abre a torneira da pia, enchendo o bule com água. Está bronzeado depois de uma semana trabalhando ao ar livre. E os músculos em seus ombros se contraem debaixo do algodão fino de sua camiseta.

— Como gosta do café? — pergunta Bo, dando meia-volta para me encarar.

Desvio o olhar rapidamente para que ele não me flagre observando-o.

— Puro está ótimo.

— Bom... porque não tenho mais nada.

Eu me pergunto se ele comprou grãos de café na cidade antes de eu convidá-lo para ficar na ilha. Trouxe na mochila? Já que duvido de que houvesse café aqui quando se mudou.

Uma pilha de livros ocupa a mesa baixa em frente ao sofá, e mais livros estão alinhados no chão, todos fora das prateleiras. Pego um dos livros de cima do braço do sofá. *Enciclopédia: mitos e fábulas celtas, vol. 2.*

— O que são estes livros? — pergunto.

Bo enxuga as mãos em um pano de prato e vem até a sala. Otis acorda e começa a roçar uma das patas na orelha.

— Todos os livros no chalé são sobre lendas e folclore — responde.

Corro um dedo sobre uma fileira de livros na prateleira ao lado da lareira. As lombadas exibem títulos como *Lendas nativo-americanas do Nordeste, Como quebrar uma maldição indesejada* e *Bruxas e feiticeiros: um guia para a compreensão.* São todos assim. Uma biblioteca de livros especializados no sobrenatural, no místico, coisas similares ao que ocorre em Sparrow. Reunidos por alguém e guardados no chalé... *Mas por quem?*

— Não sabia? — pergunta ele.

O café começa a encher a jarra de vidro atrás de Bo, o aroma quente da torra impregnando o cômodo.

Balanço a cabeça. *Não, não sabia que esses livros estavam aqui. Não fazia ideia.* Afundo no sofá, tocando a página de um livro aberto sobre uma das almofadas.

— Por que está lendo isso? — pergunto, fechando o livro e colocando-o na mesinha.

— Não sei. Porque estão aqui, acho.

Olga salta do sofá e se esfrega nas pernas de Bo, ronronando. Ele se abaixa para coçá-la atrás da orelha.

— E quanto às irmãs Swan? Acredita nelas agora?

— Na verdade, não. Mas também não acredito que as pessoas se afoguem sem razão.

— Então por que estão se afogando?

— Não tenho certeza.

Bato o pé no chão. Meu coração martela o peito... a insinuação de um pensamento. *Tantos livros. Todos esses livros. Armazenados aqui... escondidos aqui.*

— E quanto à canção das profundezas? Como explica aquilo?

— Não sei — responde ele. — Mas não significa que eventualmente não se descubra uma explicação. Já viu essas rochas no Vale da Morte, que se movem pelo deserto por conta própria? Por anos, as pessoas não entendiam como aquilo acontecia. Algumas pedras pesavam mais de 250 quilos e deixavam rastros na areia, como se tivessem sido rebocadas. As pessoas achavam que podiam ser alienígenas ou qualquer outro evento cósmico bizarro. Mas pesquisadores enfim descobriram que é apenas gelo. O solo do deserto congela, e então fortes ventos deslizam esses pedregulhos maciços pela areia. Talvez a lenda das irmãs Swan seja igual. O canto e os afogamentos apenas não foram explicados. Mas ainda pode haver um motivo perfeitamente lógico para acontecerem.

A cafeteira parou de cuspir atrás de Bo, mas ele não faz menção de voltar para a pequena cozinha.

— Gelo? — repito, encarando Bo como se jamais tivesse ouvido nada tão absurdo na vida.

— Só estou dizendo que talvez algum dia descubram que nada disso tem a ver com três irmãs assassinadas há duzentos anos.

— Mas você viu em primeira mão o que acontece aqui. Viu o corpo de Gregory Dunn na baía.

— Vi um corpo afogado. E só.

Pressiono os lábios. Enterro as unhas no tecido do sofá.

— Veio mesmo a Sparrow por acaso? — pergunto, a questão cortando o ar entre nós.

Aquilo vinha me incomodando desde que Bo apareceu, uma agulha na base de meu pescoço, uma pergunta que eu queria fazer, mas que achava melhor não. Como se a resposta pouco importasse. Mas talvez sim. Talvez importe mais que tudo. Ele está me escondendo alguma coisa. Uma parte de seu passado, ou talvez do presente, algo intrínseco, um propósito; o motivo de sua vida. Eu sinto. E, embora não queira afastá-lo, preciso saber.

O raio de sol que atravessa a janela divide seu rosto ao meio: luz e escuridão.

— Já disse — insiste ele, a voz soando um pouco magoada.

Mas balanço a cabeça, sem acreditar.

— Você não veio até aqui por acidente, porque era a última parada do ônibus. Existe outro motivo. Está... está escondendo alguma coisa.

Tento ver em seus olhos, em seus pensamentos, mas ele é feito de pedra e tijolo. Sólido como os penhascos ao redor da ilha.

Seus lábios se abrem, o queixo se contrai.

— Assim como você — retruca Bo, como se estivesse pensando nisso há algum tempo.

Eu me remexo no sofá, desconfortável. Não consigo encará-lo. Ele vê a mesma coisa em mim: um talho de segredos tão profundo, vasto e sem fim que sangra com a mesma profusão do suor. Ambos o carregamos. Um sinal na pele, uma marca queimada na carne pelo peso de nosso passado. Talvez apenas aqueles com cicatrizes semelhantes possam reconhecê-lo nos outros. O medo estampado em nossos olhos.

Mas se ele soubesse a verdade... Se ele soubesse o que vejo quando olho para Olivia Greene, a criatura escondida em seu corpo. Se Bo descobrisse as coisas que assombram meus sonhos despertos. Se visse o que vejo.

Se *visse*, deixaria a ilha e nunca mais voltaria. Ele iria embora da cidade. E não quero ficar sozinha na ilha outra vez. Até ele chegar, só existiram fantasmas aqui, sombras de pessoas de outrora. Não posso perdê-lo. Então não conto nada.

Eu me levanto antes que nossas palavras rompam a frágil atmosfera entre nos Antes que Bo exija a verdade que não posso revelar. Nunca devia ter lhe perguntado por que veio a Sparrow, a não ser que estivesse disposta a entregar uma parte de mim.

Otis pisca da almofada cinza, incomodado por meu movimento súbito. Passo por Bo no caminho para a porta e, por um instante, acho que ele vai me alcançar, a fim de me impedir. Mas ele nem me toca, e meu coração se quebra. Os cacos se espalham pelo chão, caem pelas frestas no assoalho de madeira.

Uma explosão brilhante de luz invade o chalé quando abro a porta. Otis e Olga nem mesmo tentam me seguir. Antes que possa fechar a porta, ouço algo a distância, além do litoral da ilha. Não há vento para transportar o som através da água, mas a calma o torna audível.

O sino na marina de Sparrow está tocando.

Um segundo corpo foi encontrado.

TAVERNA

As irmãs Swan nunca foram comuns, mesmo ao nascer. Todas as três nasceram no primeiro dia de junho, com exatamente um ano de diferença. Primeiro Marguerite. Um ano depois, veio Aurora. Por fim, no ano seguinte a este, nasceu Hazel. Elas não tinham o mesmo pai, mas o destino as trouxe a este mundo precisamente no mesmo dia. A mãe então havia lhes contado que eram destinadas uma à outra, unidas como irmãs pelas estrelas.

Em seu aniversário, no primeiro ano em Sparrow, elas fecharam a loja mais cedo e marcharam até a taverna e pousada White Horse. Pediram canecas de cerveja e uma garrafa de conhaque. O líquido era escuro, avermelhado e agridoce, e elas o dividiram entre si, bebendo direto da garrafa.

Os homens na taverna balançaram a cabeça e resmungaram sobre o atrevimento das irmãs. Era muito raro que mulheres entrassem no estabelecimento, mas as irmãs eram diferentes das demais mulheres da cidade. Elas riam e derramavam vinho no piso úmido de madeira. Cantavam músicas que haviam ouvido dos marinheiros a caminho do mar, seduzindo o vento, para que se mantivesse calmo e gentil. As três se jogavam nas cadeiras. Brindavam à mãe, de quem mal se lembravam agora, por trazê-las ao mundo no mesmo dia.

A lua brilhava sobre a enseada, e as lamparinas a óleo de baleia cintilavam em cima de cada uma das mesas da taverna. Marguerite

subiu na cadeira, esquadrinhando o salão bolorento, cheio de pescadores, fazendeiros e marinheiros que ficariam na cidade por apenas
uma semana antes de zarpar de novo. Ela sorriu, encarando os homens
com o calor do álcool no rosto.

— Todos pensam que somos bruxas — sibilou para as irmãs, balançando a garrafa de conhaque no ar.

Os boatos vinham fervilhando na cidade por meses, a suspeita
fincando raízes na estrutura das casas ao longo do porto, viajando
dos lábios aos ouvidos até que cada conto se tornava mais torpe que o
anterior. O povo de Sparrow havia começado a odiar as irmãs.

— Sim, bruxas. — Aurora riu. Ela jogou a cabeça para trás e quase
caiu da cadeira.

— Não, não *pensam* — protestou Hazel, franzindo o cenho.

Mas Aurora e Marguerite riram ainda mais, pois sabiam o que a
irmã caçula queria dizer com aquilo. A cidade inteira já *tinha decidido*
que elas eram bruxas. Um conciliábulo de três irmãs, que foi para
Sparrow a fim de desencadear traições e malfeitos.

— Todos vocês acham que somos bruxas, certo? — gritou
Marguerite.

Os homens sentados no bar se viraram para olhar. O dono do bar
pousou a garrafa de uísque que tinha na mão. Mas ninguém respondeu.

— Então eu amaldiçoo todos vocês — anunciou ela, ainda sorrindo,
os lábios rubros do conhaque. Ela circulou um dedo no ar, depois o
apontou para um homem sentado em uma mesa próxima. — Você vai
ganhar uma barba de serpentes marinhas. — Ela deu uma gargalhada,
em seguida desviou o dedo para um homem encostado à parede. —
Você vai tropeçar e cair no caminho de casa hoje à noite, bater a cabeça
e ter uma visão da própria morte. — Seus olhos, diriam mais tarde,
pareciam em brasa, como se ela estivesse conjurando feitiços de um

128

inferno que queimaria qualquer um preso em sua mirada. — Você vai se casar com uma sereia — disse a outro homem. — Vai sentir gosto de peixe pelo resto da vida, não importa o que coma — falou para um homem curvado sobre o bar.

E, conforme Marguerite acenava com o dedo pelo salão, rogando feitiços imaginários, os homens começaram a fugir, certos de que suas maldições iriam se concretizar. Aurora gargalhava, assistindo à irmã assustar até mesmos os mais fortes de Sparrow. Mas Hazel, horrorizada pela expressão no rosto dos homens, agarrou as irmãs e as arrastou para fora da taverna enquanto Marguerite continuava a gritar coisas sem sentido no ar salobro da noite.

Quando saíram, as três irmãs se deram os braços. Até Hazel riu conforme cambaleavam pela Ocean Avenue, passando as docas, até o pequeno espaço que dividiam atrás da perfumaria.

— Não pode fazer isso — censurou Hazel, em meio às gargalhadas. — Eles vão pensar que somos bruxas de verdade.

— Eles já pensam, minha doce irmã — argumentou Aurora.

— Eles apenas não nos entendem — ponderou Hazel, e Marguerite beijou sua bochecha.

— Acredite no que quiser — murmurou Marguerite, inclinando a cabeça para o céu estrelado, para a lua, que parecia aguardar seu comando. — Um dia, eles virão atrás de nós. — Todas as três ficaram em silêncio, o vento soprando seu cabelo, como se nada pesasse. — Até lá, beberemos.

Ela ainda trazia a garrafa de conhaque, e as irmãs a compartilharam, deixando as constelações as guiarem para casa.

Mais tarde, quando Arthur Helm bateu a cabeça, ele jurou ter visto a própria morte, como previra Marguerite. Muito embora, na verdade, não tenha caído no caminho para casa depois da taverna. Arthur levou um coice na cabeça de seu cavalo do arado, uma semana depois.

Mesmo assim, a cidade ainda acreditava que Marguerite havia sido a responsável. E quando Murrey Coats se casou com uma mulher com longas mechas de cabelo da cor do trigo, as pessoas começaram a cochichar de que certamente se tratava de uma sereia que ele havia pegado em sua rede — prova da veracidade do feitiço de Marguerite.

Quatro semanas depois, no solstício de verão de 1823 — um dia escolhido pelo povo da cidade porque se dizia que o solstício garantia a morte de uma bruxa —, as três irmãs foram jogadas ao mar, acusadas de bruxaria. Marguerite era a mais velha, com 19 anos; Aurora com 18; Hazel, 17.

Nascidas no mesmo dia. Mortas no mesmo dia.

NOVE

Assim que as badaladas do sino começaram a esvanecer, no outro lado da enseada, Bo surgiu atrás de mim na soleira.

— Outro? — perguntou ele, a mão erguida, como se pudesse ver por todo o caminho, sobre a água, até o cais.

— Outro.

Ele se desvia de mim, o ombro esbarrando no meu, então começa a descer a trilha.

— Aonde está indo?

— Para a cidade — responde.

— É mais seguro aqui — grito, mas ele não para.

Não tenho escolha, a não ser segui-lo. Não posso deixar Bo ir sozinho. Marguerite possuiu Olivia Greene. E essa última morte provavelmente foi obra de Aurora. Mas ainda não a vi. Não sei de quem roubou o corpo. Por isso, quando Bo chega ao esquife, embarco logo atrás e ligo o motor.

Um amontoado de barcos se reuniu na baía, ao largo de Coppers Beach.

Não consigo ver o corpo dessa distância, mas sei que deve haver um, recém-descoberto e boiando, sendo içado para uma das embarcações. Seguimos para a marina, a expressão severa de Bo contra o vento tempestuoso.

131

Atracamos o esquife e vemos que a multidão já se reuniu na Ocean Avenue, esperando o retorno dos barcos da polícia costeira, câmeras de prontidão. Há placas no alto da marina, com os dizeres: SOMENTE MEMBROS, PROIBIDO TURISTAS. Mas tem sempre quem ignore os sinais e marche pelas docas, em especial depois do toque do sino.

Atravesso a horda de turistas, passando pelo banco de pedra de frente para a baía, quando alguém agarra meu braço. É Rose. Heath está parado ao seu lado.

— Há dois deles — avisa ela, a voz trêmula, os olhos azuis arregalados.

Ela continua pálida e frágil, como se ainda tentasse espantar o frio que sentiu depois de cair no mar a poucos centímetros do corpo de Gregory Dunn, uma semana antes.

— Dois corpos? — pergunta Bo, parando ao meu lado, de modo que nós quatro formamos um círculo restrito na calçada, nosso hálito se condensando em jorros brancos.

Rose assente.

Aurora, penso. Ela é ávida e impulsiva, incapaz de se decidir, então pega dois garotos ao mesmo tempo.

— Isso não é tudo — diz Heath. — Viram uma das irmãs Swan.

— Quem? — pergunto.

Heath e Rose se entreolham.

— Lon Whittamer saiu com o barco do pai esta manhã para patrulhar. Davis e ele decidiram fazer turnos. Acharam que poderiam flagrar uma das irmãs. Ao que parece, Lon foi o primeiro a avistar os dois corpos na baía. Então ele viu algo mais: uma garota nadando, a cabeça pouco acima da superfície. Estava se debatendo freneticamente, de volta a Coppers Beach.

Heath hesita e parece que o tempo para. Todos nós prendemos o fôlego.

— Quem Lon viu? — insisto, meu coração subindo pela garganta, prestes a explodir.

— Gigi Kline — responde ele de uma só vez.

Pisco, um frio espiral de gelo serpenteia por minha coluna.

— Quem é Gigi Kline? — pergunta Bo.

— Uma garota da escola — respondo, a voz quase um sussurro. — Ela estava na festa Swan, na praia.

— Ela entrou na água?

— Não tenho certeza.

Olho para a Ocean Avenue, onde a multidão de pessoas cresceu, os turistas aglomerados, tentando conseguir uma visão livre do cais em que os corpos vão ser desembarcados. É por *isso* que vieram, para vislumbrar a morte, prova de que a lenda das irmãs Swan é real.

— Quem sabe sobre Gigi? — pergunto, outra vez encarando Heath.

— Não sei. Encontrei Lon quando ele chegou às docas, e ele me contou o que viu. Agora Davis e ele estão procurando por ela.

— Merda — resmungo.

Se a encontrarem, quem sabe o que farão?

— Acha que é verdade? — pergunta Rose. — Gigi pode ser uma delas?

Sua expressão reflete tensão e ansiedade. Rose nunca acreditou nas irmãs Swan antes. É assustador para ela a ideia de que possam ser reais, que ela pode ser possuída e nem saber. É um mecanismo de defesa de Rose, e compreendo como funciona. Mas agora o tremor em sua voz me faz pensar que ela não sabe mais no que acreditar.

— Não sei — respondo.

Não saberei até vê-la.

— Eles já a encontraram — interrompe Heath, o celular na mão, a tela acesa com um tom vibrante de azul.

— O quê? — pergunto.

— Davis e Lon a encontraram. — A voz presa na garganta. — E a estão levando para a velha casa de barcos depois de Coppers Beach. Todo mundo está indo para lá. — As notícias voam, pelo menos nas altas esferas dos alunos da Sparrow High. — Vou até lá — acrescenta Heath, desligando o telefone.

Bo assente e Rose entrelaça os dedos aos de Heath. Vamos todos, aparentemente. Todo mundo vai querer constatar se Gigi Kline, princesa do baile e líder de torcida, foi possuída por uma irmã Swan. Mas sou a única que pode dizer ao certo.

* * *

Enquanto atravessamos a multidão, em direção ao limite da cidade, os barcos da polícia costeira estão retornando ao porto, trazendo dois corpos cujas identidades ainda não sabemos. Passamos por Copper Beach, em seguida dobramos em uma estrada de terra quase completamente tomada por amoreiras e arbustos castigados pelo vento.

O ar cheira a mato aqui, úmido e pesado, mesmo com a intensa luz do sol. Nenhum carro usa essa estrada. A propriedade está abandonada. Quando saímos do denso matagal, a casa de barcos surge à beira d'água. As velhas paredes da estrutura estão aos poucos se tornando verde-amarronzadas por causa das algas agarradas às pedras, e o telhado de madeira parece coberto por uma camada escorregadia de musgo. Um penhasco se ergue do lado direito da construção, e um aterro rochoso à esquerda. Não é possível ver a cidade ou a praia daqui. É completamente isolado. Por isso a galera vem para cá, a fim de fumar, namorar ou matar aula. Não é um lugar para passar mais do que uma tarde.

Conforme nos aproximamos, noto que a pequena porta da casa de barcos está entreaberta. Vozes ecoam de seu interior.

Heath é o primeiro a entrar no ambiente escuro, e vários rostos se viram para nos encarar quando o seguimos. O cheiro é pior ali dentro. O cômodo tem um piso retangular rebaixado, perto das portas externas, onde barcos ficavam protegidos das intempéries e onde a água do mar podia se agitar, batendo nas paredes. O fedor de combustível, tripas de peixe e algas marinhas permeia o lugar.

Davis McArthurs e Lon Whittamer estão de pé perto da parede do lado direito, no estreito passadiço de um metro que corre ao longo das laterais da casa de barcos. Três outras garotas que conheço da escola — mas de cujos nomes não me recordo — se aglomeram na porta, como se temessem chegar muito perto da água que espirra do piso a cada onda. E, sentada em uma cadeira de plástico, entre Davis e Lon, com lacres de plástico nos punhos e uma bandana quadriculada em vermelho e branco sobre a boca, está Gigi Kline.

Parece que interrompemos uma discussão em andamento, porque uma das garotas, usando uma jaqueta cor-de-rosa brilhante, diz:

— Você não tem certeza. Para mim, ela parece ok.

— É essa a questão — comenta Davis, projetando o maxilar quadrado. — Elas se parecem com qualquer uma. Ela matou aqueles dois caras na enseada. Lon a viu.

Davis me lembra um pedaço de carne, largo e grosso. Com o nariz de um touro. Não há nada delicado no garoto. Nem gentil, a propósito. Ele é um *bully*. E escapa ileso por conta de seu tamanho.

— Você não pode mantê-la amarrada — argumenta outra garota, o cabelo liso e escuro preso em um rabo de cavalo, apontando para Gigi Kline com um dedo fino, comprido.

— Porra, claro que podemos — retruca Lon, enquanto Davis franze o cenho para a garota.

Lon veste uma de suas clássicas camisas havaianas; azul-claro com âncoras amarelo-néon e papagaios. Sinto Bo se aproximar de mim, como se quisesse me proteger do que quer que esteja se desenrolando à nossa frente. E me pergunto se reconhece Lon da noite da festa Swan, quando o garoto estava bêbado e ele o jogou no mar.

— Não há como provar que ela fez qualquer coisa — pondera a garota do rabo de cavalo.

— Olhe para a porra de suas roupas e cabelo — diz Lon, incisivo. — Ela está ensopada.

— Talvez ela...

Mas a garota de rabo de cabelo emudece.

— Talvez ela tenha caído na água — arrisca a garota de jaqueta cor-de-rosa.

Mas todo mundo sabe que é uma desculpa esfarrapada e pouco convincente, dadas as circunstâncias. Os dois garotos estão sendo içados do mar enquanto conversamos. Gigi Kline é encontrada completamente ensopada. Não é difícil juntar as peças.

Davis descruza os braços e dá um passo na direção do grupo.

— Ela é uma das irmãs — diz ele, friamente, sem pestanejar. — E todos vocês sabem que é verdade.

Ele diz aquilo com tamanha convicção que todo mundo fica em silêncio.

Meus olhos examinam Gigi Kline, o cabelo loiro e curto pingando no piso de madeira. Os olhos vermelhos, como se tivesse chorado, os lábios separados para acomodar a bandana esticada em sua boca e amarrada na nuca. Ela parece gelada, miserável, aterrorizada. Mas, enquanto todos ainda especulam se é ou não Gigi Kline, sei a verdade. Posso enxergar através das delicadas feições de seu rosto, através da pele manchada de lágrimas, direto em seu âmago.

Uma criatura perolada, espraiada, habita logo abaixo da superfície; sedosa, caprichosa, cambiando atrás de olhos humanos. O fantasma de uma garota há muito morta.

Gigi Kline é agora Aurora Swan.

Seu olhar circula pelo lugar, como se procurasse alguém para ajudá-la, desamarrá-la. Quando os olhos pousam em mim, desvio os meus rapidamente.

— E agora — diz Davis, passando a língua pelo lábio inferior — vamos achar as outras duas.

Penso em Olivia Greene, agora possuída por Marguerite Swan. Mas pegá-la será difícil. Marguerite é cuidadosa, precisa, e não vai permitir que esses garotos descubram o que de fato é.

No momento em que pondero isso, Olivia e Lola entram na casa de barcos pela pequena porta atrás de nós. Quase ninguém percebe sua chegada.

— Como vamos encontrá-las? — pergunta a terceira garota, mascando chiclete e falando pela primeira vez.

Se ela soubesse, se *todos* soubessem, como estavam perto.

— Montamos uma armadilha — sugere Lon, sorrindo como se estivesse prestes a esmagar um inseto debaixo da sola do sapato. — Temos uma delas agora. As outras irmãs virão buscá-la. Gigi é nossa isca.

Uma risada curta irrompe dos fundos do grupo, engolindo as palavras de Lon.

— Acha que as irmãs Swan seriam estúpidas de se deixarem enganar? — Foi Marguerite quem falou, e ela revira os olhos quando todos dão meia-volta para encará-la.

— Não vão abandoná-la aqui — argumenta Davis.

— Talvez achem que ela mereça ser amarrada por ter sido estúpida o bastante para ser capturada. Talvez queiram que aprenda uma lição.

Marguerite encara Gigi fixamente quando pronuncia as palavras, o olhar penetrante, de modo que Aurora saiba quem está falando com ela: de uma irmã Swan para outra. É uma ameaça. Marguerite está irritada porque Aurora foi capturada.

— Acho que vamos descobrir — comenta Davis. — Até lá, não vamos deixar nenhuma garota se aproximar da casa de barcos.

— Não é justo — comenta a garota de jaqueta cor-de-rosa. — Gigi é minha amiga e...

— E talvez você seja uma delas — dispara Davis, interrompendo a menina.

— Isso é loucura. — Ela bufa. — Eu nem entrei na água na festa Swan.

— Estão devíamos interrogar todas que o fizeram.

A garota com o rabo de cavalo perfeito baixa o olhar para o chão.

— Quase todas mergulharam naquela noite.

— Nem todas — acrescenta Lon. — Mas você sim. — Os olhos a atravessam. — Rose também.

Ele assente para Rose, parada meio metro atrás de mim, ao lado de Heath.

— Isso é ridículo! — Heath ergue a voz. — Seus idiotas. Não podem acusar toda garota que estava na festa aquela noite. Pode nem ter acontecido na festa. As irmãs podem ter roubado seus corpos mais tarde, depois que todo mundo estava doido demais para se lembrar de qualquer coisa. Ou até mesmo pela manhã.

Lon e Davis se entreolham, mas parecem determinados, porque Davis diz:

— Todas são suspeitas. E Gigi fica aqui até encontrarmos as outras duas.

— Ela não pode ficar aqui até o solstício de verão! Ainda falta mais de uma semana — diz a garota de jaqueta, a voz aguda.

— Bem, com certeza não podemos deixá-la ir — refuta Davis. — Ela vai matar de novo. Provavelmente *nós*, por amarrá-la.

Davis dá um tapa no ombro de Lon, que se encolhe de leve, como se não tivesse considerado a hipótese de que Davis e ele poderiam ser os próximos na lista dos afogados por capturar uma irmã Swan.

Gigi tenta balançar a cabeça, falar alguma coisa, mas apenas murmúrios abafados e inaudíveis escapam de sua boca. A bandana está muito apertada.

Com certeza os pais de Gigi vão desconfiar quando ela não voltar para casa. A polícia será chamada e uma equipe de buscas, montada. Mas os garotos acertaram em um ponto: Gigi Kline *é* uma irmã Swan… O único problema é que não podem provar. E não pretendo lhes contar a verdade.

Ainda assim, isso é péssimo. Aurora foi capturada. Marguerite sabe. E o solstício de verão chegará em breve. As coisas estão ficando complicadas. A prisão de Aurora tornou tudo complicado. E quero apenas ficar o mais longe possível das irmãs e dessa bagunça.

Heath já aguentou o bastante, e eu o vejo pegar a mão de Rose.

— Vamos — sussurra para ela e, em seguida, a leva para fora da casa de barcos.

139

Um novo grupo de três rapazes — um dos quais reconheço como Thor Grantson, cujo pai é dono do jornal *Catch* — e uma garota passam pela porta, determinados a ver Gigi Kline e descobrir por si mesmos se acham que ela foi possuída por uma das irmãs Swan.

O lugar de repente parece claustrofóbico.

— De jeito nenhum! — diz Davis, em um tom de voz alterado, apontando um dedo para Thor. — É melhor não escrever sobre nada disso em seu jornalzinho de merda, Thor, você não vai contar para o seu pai.

Thor ergue as duas mãos em um gesto de inocência.

— Só vim vê-la — explica, amigável. — Só isso.

— Você é um maldito enxerido, e todo mundo sabe — interrompe Lon.

A garota da jaqueta cor-de-rosa começa a discutir com Davis, em defesa de Thor, e logo o cômodo se transforma em uma cacofonia estridente, enquanto Gigi Kline continua amarrada a uma cadeira e Olivia Greene aguarda calmamente na retaguarda do grupo, apoiada na parede.

Não consigo mais ficar aqui. Atravesso o novo grupo de pessoas e saio para a luz do dia, abrindo a boca para inspirar o ar quente e salgado.

Rose e Heath estão parados a alguns metros, mas os braços de Rose estão cruzados.

— São uns valentões fazendo *bullying*. — Eu a ouço dizer. — Não podem fazer isso. Não é certo.

— Não há nada que possamos fazer — argumenta Heath. — Vai ser uma caça às bruxas. E eles podem prender você com a mesma facilidade.

— Ele tem razão — digo, e ambos me encaram. — Nenhuma de nós está segura.

— E nós vamos deixá-los prendê-la e acusar quem quiserem?

— Por enquanto — respondo. — Sim, faremos isso.

A porta da casa de barcos se abre, e Bo sai atrás de mim, piscando com a luz do sol.

— Talvez tenham razão — sugere Heath, esticando a mão para tocar o braço de Rose. — Talvez Gigi tenha afogado aqueles dois garotos. Talvez seja uma delas. É melhor que fique aqui, onde não pode matar mais ninguém.

— Vocês acham mesmo que aquela menina pode ser perigosa? — pergunta Bo, cruzando os braços.

Olho para ele por sobre o ombro, e um silêncio nos envolve. Cada um de nós está considerando o quanto Gigi pode ser perigosa, imaginando suas mãos ao redor da garganta de um garoto, os olhos corrompidos pela vingança conforme ela o puxa para as profundezas, esperando que as bolhas escapem de suas narinas e estourem na superfície.

— Penny? — pergunta Rose, na esperança de que eu tivesse uma resposta.

Como se eu pudesse consertar as coisas e deixar tudo bem. De repente, sinto o impulso de contar a verdade: que Gigi está, de fato, possuída por Aurora Swan, e que a cidade está mais segura com ela presa na velha casa de barcos. Que preparar uma armadilha para pegar as duas irmãs Swan restantes pode ser uma jogada inteligente.

Em vez disso, respondo:

— Precisamos ter cuidado. Agir normalmente. Não dar nenhuma razão para suspeitarem de que podemos ser uma delas.

— Mas não somos uma delas! — diz Rose, incisiva.

Meus olhos parecem ressecados, incapazes de piscar. Rose soa tão certa, tão segura de que compreende o mundo à sua volta. Ela considera que seria capaz de ver a maldade de uma irmã Swan dentro de Gigi

Kline. Rose acredita que seus olhos lhe diriam a verdade. Mas ela não consegue ver nada.

— Eles não sabem disso — argumento. — Nem devíamos estar aqui; não devíamos chegar perto de Gigi.

Tenho um lampejo, uma lembrança de Rose conversando com Gigi no corredor C, ano passado. Estavam rindo de alguma coisa, não consigo me lembrar do quê. Não importa. Mas isso me faz lembrar de que elas foram amigas um dia, no ensino fundamental, e talvez Rose esteja mais abalada com o que aconteceu porque envolve Gigi, alguém de quem já foi próxima. E se pode acontecer com Gigi, pode acontecer com ela, ou até mesmo comigo.

A porta da casa de barcos se abre de novo, e várias pessoas saem, conversando em voz baixa. Lola caminha sozinha, olhando para o celular, provavelmente enviando mensagens sobre o presente encarceramento de Gigi na casa de barcos.

— Quero dar o fora daqui — murmura Rose, e Heath entrelaça os dedos aos dela e a guia pela estrada.

— Está mesmo de boa em deixar aquela garota lá dentro, amordaçada e amarrada a uma cadeira? — pergunta Bo para mim.

— No momento, não temos escolha.

— É sequestro e cárcere privado. Podíamos chamar a polícia.

— Mas e se eles estiverem certos? — considero. — E se ela for uma irmã Swan, que acabou de matar aqueles dois garotos?

— Então a polícia vai prendê-la.

De canto de olho, vejo Olivia Greene enfim sair da casa de barcos, o cabelo ônix brilhando sob o sol, a pele fina e translúcida, e assim consigo enxergar a coisa inumana escondida em seu interior. Uma imagem aquosa, cinzento-perolada, que cintila e tremeluz, como um velho filme em preto e branco. Jamais tomando forma ou se solidificando, sempre líquida — ondulando elegante, mas de forma cruel, sob as feições de Olivia. Os olhos escuros como piche de Marguerite dardejam sob o crânio de Olivia e pousam em mim.

— Vamos — chamo Bo, tocando seu antebraço para encorajá-lo a me acompanhar.

Caminhamos pela estrada, Rose e Heath com uma boa vantagem sobre nós, já atravessando o matagal denso.

— O que foi? — pergunta Bo, percebendo meu desconforto.

Antes que eu possa responder, ouço a voz de Olivia penetrando o quebrar das ondas e o grasnar das gaivotas que circulam as piscinas de maré na costa escarpada.

— Penny Talbot! — exclama ela.

Tento continuar andando, mas Bo para e dá meia-volta.

Olivia já se afastou do grupo reunido do lado de fora da casa de barcos e caminha em nossa direção.

— Não pare — sibilo para Bo, mas ele me olha como se não entendesse nada. Não se dá conta do perigo que corre apenas por estar perto de Olivia.

— Partindo tão cedo? — pergunta ela, parando na nossa frente com uma das mãos plantada de maneira pretensiosa no quadril, as unhas ainda pintadas de um preto brilhante, mórbido.

Marguerite se apossou mesmo desse corpo. Parece adequado, complementa sua já vã e petulante personalidade.

— Já vimos o bastante — respondo, na esperança de que Bo não fale, não faça contato visual com Olivia ou permita que ela o toque.

— Mas não conheci seu novo amigo — diz ela, com um sorriso sedutor, os olhos azuis-claros passeando por Bo como se pudesse devorá-lo. — Sou Olivia Greene — mente ela, estendendo a outra mão. Ela cheira a alcaçuz.

Bo levanta o braço para apertar sua mão, mas seguro seu pulso antes que se toquem, e o empurro para baixo. Ele franze o cenho, mas eu o ignoro.

— Precisamos mesmo ir — digo, mais para ele do que para Olivia. E avanço mais alguns passos na estrada, esperando que ele me siga.

— Ah, Penny — diz Olivia alegremente, então avança e para a apenas alguns centímetros de Bo, os olhos o devorando. — Você não pode mantê-lo só para si naquela ilha.

Antes que eu possa impedir, ela desliza os dedos pela clavícula de Bo, encarando-o. E agora ele não tem escolha, não pode desviar os olhos. Um prisioneiro de seu olhar. Ela se inclina, de modo que o rosto está colado ao dele, os lábios perto da orelha. Não consigo discernir o que está dizendo, mas ela sussurra alguma coisa para Bo, palavras sinuosas que não podem ser desditas. Promessas e juras, a voz enredada a seu coração, arrancando-o do peito, fazendo que ele a deseje... anseie por ela. Uma *vontade* plantada bem fundo, que não pode ser saciada até que ele a veja de novo, até que possa sentir sua pele contra a dele. Os dedos de Olivia fazem uma trilha pescoço acima até suas maçãs do rosto, e uma fúria de emoções toma as minhas entranhas. Não apenas medo, mas algo mais: *ciúme*.

— Bo — insisto, segurando seu braço, e Olivia o liberta de seu feitiço.

Ele pisca, ainda a encarando, como se Olivia fosse uma deusa feita de sedas, crepúsculo e ouro. Como se jamais houvesse visto nada tão perfeito ou fascinante em toda a vida.

— Bo — repito, ainda o segurando e tentando libertá-lo de seu devaneio.

— Quando enjoar daquela ilha — diz Olivia, piscando para ele.

— Quando enjoar *dela*... me procure.

Então ela dá meia-volta, caminhando de volta ao grupo.

Ela o tocou. Marguerite teceu palavras em seu ouvido, enfeitiçando-o. Ela o quer para si, pela eternidade, quer atraí-lo até o mar e afogá-lo. Ela coleciona garotos e agora enfiou suas delicadas e encantadoras garras em Bo.

DEZ

Acendo a lareira no chalé de Bo.

Sei que não devo confiar nesse sentimento, nessa clareza em meu coração. Vai acabar em confusão, mas preciso protegê-lo. Ver Olivia subir os dedos por sua garganta, tocando a linha definida do maxilar, despertou um pavor no fundo de meu estômago. *Não se deixe envolver*, recito em minha mente. Garotos morrem com muita frequência nesta cidade. Mas talvez as palavras de Marguerite não funcionem, não vinguem. Talvez ele resista. Só preciso mantê-lo em segurança até o solstício de verão, impedi-lo de se aventurar no mar à procura dela, e então ele vai deixar a ilha e a cidade, e nunca mais nos veremos. Simples. Descomplicado.

Eu me levanto assim que as labaredas começam a queimar a lenha, enviando um ciclone de faíscas pela chaminé. Bo está sentado no sofá, cotovelos nos joelhos, a testa apoiada nas mãos.

— O que Olivia sussurrou para você? — pergunto, sentando ao seu lado.

Ele baixa as mãos, a testa franzida em confusão.

— Não sei.

— Não se lembra de nada?

Seu polegar batuca a parte interna do joelho.

— Eu me lembro dela. — Bo ergue o olhar, encarando o fogo. Não sei se quero ouvir o que ele lembra sobre ela, mas ele me conta mesmo assim. — Ela estava tão perto, era como se sua voz estivesse dentro de minha cabeça. E ela era... linda.

Ele engole em seco logo depois de dizer as palavras, como se não pudesse acreditar no que disse. Eu me levanto do sofá e cruzo os braços ao lado do fogo.

— Não consigo parar de pensar nela — acrescenta, balançando a cabeça, como se pudesse espremê-la de sua mente. Mas não seria tão fácil.

— É como funciona — digo, me inclinando para colocar outra tora no fogo crescente.

Ele me encara.

— Acha que ela é uma das irmãs?

— Sei que não acredita em nada disso, mas como você explica não se lembrar de nada que ela disse? E não parar de pensar nela; que subitamente esteja tão fascinado por ela?

— Não estou...

Mas as palavras lhe faltam. Bo sabe que tenho razão: sabe que sua mente continua voltando a Olivia Greene. Os dedos dela em sua pele, os olhos presos aos dele, como se lhe descortinasse a alma. Uma parte de Bo a deseja agora, tanto quanto ela o quer. E aquilo o dilacera. Ele não será capaz de parar de pensar nela até que se encontrem outra vez.

— Não sei de mais nada. Não confio em meus pensamentos.

Caminho pela sala. *Como desfaço isso? Como arranco Olivia de sua mente?* Não creio que tenha sido feito antes, nem creio que seja possível. Ele agora pertence a ela.

Corro a língua pelos dentes.

— Você precisa sair daqui. Precisa deixar a cidade.

Bo se levanta do sofá, e o movimento me faz encolher. Ele caminha até a lareira, parando à minha frente, me obrigando a encará-lo, mas não posso. Ele me enerva, disseca minhas entranhas. Só posso tentar combater essa sensação, afastá-la.

Por entre os cílios, eu o vejo contrair os lábios. Nossa respiração parece encontrar o mesmo ritmo. Quero que ele fale, que quebre o silêncio. Subitamente eu me sinto tonta. Como se precisasse de seu apoio para me equilibrar. Mas então ele diz, quase em confissão:

— Meu irmão se afogou em Sparrow.

Seus olhos param de piscar, o corpo uma silhueta de pedra à minha frente.

— O quê?

Ergo o olhar.

— Por isso estou aqui. Por isso não posso partir… ainda não. Contei a você que ele morreu, mas não como. Ele morreu afogado na enseada.

— Quando?

Meus dedos começam a formigar; os pelos de minha nuca se arrepiam, como se uma brisa gelada varresse minha pele.

— No verão passado.

— Por isso você veio até Sparrow?

— Não sabia sobre as irmãs Swan. Não sabia de nada disso. A polícia nos disse que ele cometeu suicídio, mas eu nunca acreditei nisso.

Balanço a cabeça uma fração de centímetro, tentando entender.

— Ele se chamava Kyle — começa ele. É a primeira vez que pronuncia o nome do irmão em voz alta para mim. — Depois da formatura do ensino médio, ele e dois amigos pegaram a estrada e desceram a costa. Deveria ser uma viagem de surfe; planejavam dirigir até o sudeste da Califórnia, mas nunca chegaram tão longe. — Ele engasga, a emoção ameaça perfurar o muro que ele colocou à sua volta. — Pararam em

Sparrow por uma noite. Não acho que soubessem nada sobre a cidade, sobre os afogamentos. Eles se hospedaram na pousada Whaler. Kyle deixou o quarto logo depois do pôr do sol. E nunca voltou. Seu corpo foi encontrado na manhã seguinte, preso em uma rede de pesca não muito longe da costa.

— Eu... sinto muito — balbucio, quase em um sussurro.

A sugestão de algo se insinua. Uma dor que esmago dentro de mim.

— Ele ganhou uma bolsa para a Montana State no outono. Tinha uma namorada com quem queria se casar. Não faz sentido. Sei que ele não cometeria suicídio. E era um ótimo nadador. Surfava todo verão; não poderia ter se afogado acidentalmente.

Ele recua um passo, me libertando, e deixo escapar um suspiro que nem percebi estar prendendo.

— Nenhum deles se suicidou — afirmo, pensando em todos os garotos que mergulharam na baía, atraídos para a morte.

Nós nos encaramos, os segundos se alongando.

— Talvez você esteja errada sobre as irmãs Swan — diz ele, esticando o braço para tocar a cornija da lareira, o indicador esfregando um arranhão na madeira. O calor do fogo fez seu rosto corar, os lábios rosados. — Talvez seja só uma história que os locais contam para explicar por que tantas pessoas se afogaram. Talvez alguém esteja mesmo matando esses caras. Talvez a garota na casa de barcos, Gigi Kline, seja a culpada. Não porque incorporou alguma antiga bruxa vingativa, mas apenas porque é uma assassina. E talvez não seja a única; talvez existam outras garotas que também estejam matando... Só sei que alguém matou o meu irmão.

— Mas isso não explica por que garotos se afogaram em Sparrow nos últimos dois séculos.

Preciso que ele acredite... que saiba que as irmãs Swan existem.

— Talvez seja uma espécie de culto — argumenta ele, se recusando a aceitar a verdade. — E, a cada geração, seus membros afogam pessoas por causa de um sacrifício inexplicável ou qualquer coisa.

— Um culto?

— Olhe, não sei como os cultos funcionam. Só estou tentando entender tudo isso.

— Então, se acredita mesmo que é uma espécie de culto... e daí?

— Tenho que impedir que matem mais pessoas.

— Pensei que queria ir até a polícia e contar sobre a prisão de Gigi Kline na casa de barcos? Deixar que cuidem de tudo?

— Talvez não seja o bastante. Talvez não faça justiça ao meu irmão, a todos que foram mortos.

— E depois? O que seria justo?

— Pôr um fim ao que quer que esteja acontecendo nesta cidade.

— Quer dizer matar uma irmã Swan? Matar Gigi?

— Talvez seja a única maneira — responde ele.

Balanço a cabeça.

— Há outra opção... Você pode deixar Sparrow — sugiro. — Pode partir e nunca mais voltar, e talvez um dia até comece a se esquecer deste lugar, como se jamais tivesse estado aqui.

Não acredito nas palavras que digo. Não quero que ele se vá. Não de verdade. Mas preciso que ele parta para não se machucar, para que não tenha o mesmo destino do irmão.

Uma tempestade nubla suas feições, há uma frieza em seus olhos que eu nunca tinha visto.

— Você não sabe o que é... ter uma dor que nunca cessa — diz ele. — Sei que meu irmão faria o mesmo por mim. Ele não desistiria até encontrar o responsável por minha morte. E ele se vingaria.

— A vingança é o alicerce desta cidade — retruco. — Mas não tornou nada melhor ou mais justo.

— Não vou partir — diz ele, com tanta convicção que sinto um aperto na garganta.

Eu o encaro, como se o visse pela primeira vez, a determinação em seus olhos, a raiva em seu queixo. Ele está procurando uma maneira de se livrar da dor de perder o irmão, e está disposto a sacrificar tudo, fazer o que for preciso, pagar qualquer preço. Até mesmo acabar com a vida de outra pessoa.

— Não é culpa das garotas — explico a ele, implorando que entenda. — Mas da coisa dentro delas.

— Talvez — admite ele, erguendo o olhar. — Mas talvez não haja diferença entre as garotas e seja qual for o mal que as obrigue a matar.

O fogo crepita, cuspindo faíscas na madeira do piso, que então escurecem e se transformam em cinzas. Caminho até a estante do lado da lareira, examinando a lombada de cada livro, procurando um modo de fazê-lo entender sem revelar o que sei... o que posso ver.

— Como tem tanta certeza de que é real? — pergunta ele, lendo meus pensamentos.

Deixo a mão esquerda se afastar do livro e me viro para encará-lo. Ele se aproxima de mim, está tão perto que eu poderia estender o braço e tocar seu peito com a ponta dos dedos. Poderia avançar e contar tudo a ele, contar todos os meus segredos, ou poderia beijá-lo e silenciar o tumulto rompante em minha mente. Em vez disso, ignoro cada impulso correndo em minhas veias.

Pressiono os lábios antes de confessar, cuidadosa em controlar cada palavra.

— Queria poder contar — digo, uma tonelada de pedras pesando em meu estômago. — Mas não posso.

Seus olhos se concentram em mim no exato instante que o fogo consome um galho seco e inunda a sala com um súbito brilho laranja.

Eu estava certa e errada sobre Bo: ele não chegou a Sparrow por acaso. Mas também não é apenas mais um turista. Ele veio por causa do irmão. E o que descobriu aqui é bem pior do que poderia ter imaginado.

A pressão em minha cabeça aumenta, as paredes do chalé parecem rodar sobre o eixo, como uma montanha-russa desgovernada, e me sinto enjoada. Não posso ficar aqui com ele. Não confio em mim mesma. Não confio no meu coração, batendo descompassado, como se eu pudesse fazer algo imprudente e sem volta. Não sei o que devia sentir nem o que dizer. *Não devia me permitir sentir qualquer coisa.* São perigosas essas emoções, o medo martelando no peito, estalando em cada costela. Meu cérebro não está pensando direito; está emaranhado em meu coração, não confiável.

Então caminho até a porta e seguro a maçaneta, passando os dedos pelo metal suave. Fecho os olhos por meio segundo e ouço os sons da lareira a minhas costas — fogo e fúria, o mesmo conflito explosivo de minha mente. Por fim, abro a porta e fujo para a luz da noite.

Bo não tenta me impedir.

O FORASTEIRO

Um ano antes, cinco dias após o início da temporada Swan, Kyle Carter deixou a pousada Whaler assim que a chuva estiou. As calçadas estavam escuras e escorregadias, o céu coberto por um manto de suaves nuvens brancas. Ele não sabia por quê, mas o chamado da marina o atraía.

O garoto chegou ao passadiço de metal que levava ao porto, fileiras de barcos alinhados como sardinhas em lata, e viu uma jovem caminhando pelo cais, o cabelo castanho-escuro solto balançando às costas. Ela o olhou por cima do ombro, pousou os olhos profundos da cor do oceano nos de Kyle, e então o garoto se flagrou seguindo-a.

Ela era a coisa mais deslumbrante que já vira... graciosa e sedutora. Uma espécie rara de garota. Quando a alcançou, passou uma das mãos por seu cabelo e a puxou para um beijo. Ela o queria, o desejava. E ele não podia resistir. Então a deixou entrelaçar os dedos aos dele e puxá-lo para o mar. Seus corpos se fundiram, lânguidos e insaciáveis. Kyle nem mesmo sentiu a água lhe invadir os pulmões. Tudo no que conseguia pensar era ela: os dedos cálidos contra sua pele, os lábios tão suaves que se derretiam em sua carne, os olhos que desnudavam seus pensamentos.

E então o oceano o clamou.

ONZE

Minha mente se agita com todos os segredos cativos ali dentro. Não serei capaz de dormir. Não agora que sei a verdade sobre Bo, sobre a morte de seu irmão.

E preciso mantê-lo em segurança.

Preparo uma xícara de chá de lavanda, ligo o rádio e sento à mesa da cozinha. O locutor repete a mesma informação a cada vinte minutos: a identidade dos garotos afogados ainda não foi divulgada, mas a polícia não acredita que sejam locais. De vez em quando, o zumbido da voz do locutor se transforma em uma canção lenta, preguiçosa; uma melodia ao piano. A culpa me consome, mil arrependimentos, e desejo coisas que não posso ter: um modo de desfazer todas as mortes, de salvar as pessoas que se perderam. Garotos morrem ao meu redor e eu não posso fazer nada.

Não percebo que adormeço até ouvir o toque do telefone preso à parede da cozinha.

Eu me endireito de um salto na cadeira e olho pela janela sobre a pia. O sol mal saiu. O céu ainda esmaecido, cinza pálido. Eu me levanto e tateio atrás do telefone.

— Alô?

— Acordei você? — É a voz de Rose do outro lado da linha.

— Não — minto.

— Fiquei acordada a noite toda — diz ela. — Minha mãe não para de me dar seus bolos, na esperança de que eu me esqueça do que aconteceu na última semana, mas estou tão acelerada por conta do açúcar que foi pior.

Eu me sinto distraída, e as palavras de Rose ecoam sem registro em minha mente. Não paro de pensar em Bo e seu irmão.

— Enfim — continua Rose quando não respondo. — Queria pedir que evitasse a cidade hoje.

— Por quê?

— Davis e Lon embarcaram em algum tipo de cruzada. Estão interrogando todo mundo. Encurralaram Ella Garcia no banheiro feminino do Chowder, não a deixaram sair até que provasse que não era uma irmã Swan.

— Como ela fez isso?

— Quem sabe? Mas Heath ouviu dizer que ela começou a chorar e Davis imaginou que uma irmã Swan não seria tão histérica.

— Ninguém fez nada para impedi-los?

— Sabe como são essas coisas — responde Rose, a voz sumindo por um instante, como se estivesse longe do telefone, procurando algo. — Contanto que não quebrem nenhuma lei, todo mundo ficaria aliviado se Davis e Lon de fato descobrissem quem são as irmãs, e talvez assim pudessem pôr um fim a tudo isso.

— Não há fim, Rose — retruco, relembrando minha conversa com Bo em seu chalé, ontem à noite.

Bo também queria acabar com aquilo. Olho por olho. Uma morte por outra. Mas ele jamais havia tirado uma vida; não era assim. Aquilo o transformaria. Ouço um *ding* no telefone de Rose.

— Heath está me mandando mensagem — explica ela. — Era para eu ter ido até a casa dele.

158

— Talvez seja melhor você não sair de casa também — aviso.

— Minha mãe ainda não sabe sobre Heath, então não posso convidá-lo. Ela pensa que estou com você para um café.

— Só tome cuidado.

— Pode deixar.

— Quero dizer, cuidado com Heath.

— Por quê?

— Nunca se sabe o que pode acontecer. Ainda falta uma semana.

— Ele pode se afogar, é isso? — pergunta ela.

— Não quero que perca ninguém com quem se importa.

— E quanto a Bo? Não está preocupada que possa perdê-lo?

— Não — respondo rápido demais. — Ele não é meu namorado, então não...

Mas sinto a mentira queimando em meu peito, o que tira o peso das minhas palavras. Estou preocupada... e preferia não estar.

Outra mensagem apita em seu telefone.

— Preciso ir — diz ela. — Mas falo sério quanto a não vir à cidade.

— Rose, espere — peço, como se tivesse algo mais a lhe dizer: um aviso, algum conselho para manter Heath e ela a salvo das irmãs Swan. Mas ela desliga antes que eu consiga falar.

* * *

Pego minha caneca de chá frio de cima da mesa e vou até a pia. Estou prestes a derramar o líquido quando ouço um estalo no assoalho.

— Está praticando a leitura das folhas? — pergunta ela da porta.

Abro a torneira.

— Não.

— Devia praticar todos os dias.

Minha mãe está mordendo o canto da boca, vestindo o robe preto, o tecido sobra no corpo. Logo emagrecerá tanto que o vento vai carregá-la de sua vigília na beira do penhasco. Talvez seja esse o desejo dela.

Quando encontro seus olhos, ela me encara como se eu fosse uma estranha, uma garota que não reconhece mais. Não sua filha, apenas uma lembrança.

— Por que não lê mais as folhas? — pergunto, lavando a xícara e observando o chá âmbar escoar pela pia.

Sei que a pergunta pode despertar uma memória ruim... mas também me pergunto se falar sobre o passado pode trazê-la de volta, tirá-la de seu estado de miséria.

— O destino me abandonou — responde ela. Um arrepio a percorre, e ela inclina a cabeça, como se ouvisse vozes que não estão ali. — Não confio mais nas folhas. Elas não me avisaram.

O velho rádio prateado no balcão da cozinha ainda está ligado. Eu me esqueci de desligá-lo antes de adormecer na mesa. Agora uma música suave ecoa pelos alto-falantes. Mas logo a canção acaba e o locutor retorna de pronto:

— Ela foi identificada como Gigi Kline — anuncia ele. — Ela saiu de casa na Woodlawn Street, na manhã de terça-feira, e não foi vista desde então. Há alguns boatos relacionando seu sumiço com a temporada Swan, mas a polícia local pede que qualquer um que a viu ou conversou com ela entre em contato com o Departamento de Polícia de Sparrow.

— Você conhece Gigi? — A voz de minha mãe treme quando ela faz a pergunta, os olhos perfurando o rádio. O locutor repete a mesma informação, então entra o comercial.

— Na verdade, não.

Penso em Gigi passando a noite dentro da casa de barcos, provavelmente com frio e com fome. Mas não é Gigi que vai se lembrar de ser amarrada a uma cadeira. Apenas Aurora — a coisa dentro da garota — vai se recordar das noites frias, trêmulas nos anos vindouros. E provavelmente vai tentar se vingar de Davis e Lon; se não no corpo de Gigi Kline, no ano que vem, incorporada em outra garota. Isso é, supondo que eles libertem Gigi em algum momento e Aurora seja capaz de retornar ao oceano antes que a temporada Swan termine.

— Quando seu pai sumiu, eles também anunciaram no rádio — acrescenta ela, olhando pela janela, enfiando as mãos nos bolsos do roupão. — Convocaram voluntários para fazer buscas na baía e bancos de areia atrás de qualquer sinal. Mas ninguém apareceu para ajudar. O povo dessa cidade nunca o aceitou. Seus corações são tão frios quanto aquele oceano. — Sua voz cedeu, então encontrou forças de novo. — Não importa. Eu sabia que ele não estava na enseada. Estava em mar aberto... ele se fora, e nunca o encontrariam.

É a primeira vez que a ouço falar dele como se estivesse morto, como se não fosse voltar.

Pigarreio, tentando não me deixar levar pela onda de emoção.

— Vou preparar seu café — ofereço, passando por ela.

A luz do sol bate em seu rosto, emprestando à pele um tom pálido anormal. Abro o armário e coloco uma das tigelas brancas no balcão.

— Quer mingau de aveia? — pergunto, supondo que ela precisará de algo quente para espantar o frio da casa.

Mas seus olhos me examinam. Ela segura o meu pulso direito, os dedos se enrolando em minha pele.

— Eu sabia — disse ela, com frieza. — Eu sabia a verdade do que aconteceu a ele. Sempre soube.

Quero desviar o olhar, mas não consigo. Minha mãe olha através de mim, para o passado, para um tempo que ambas gostaríamos de esquecer.

— Que verdade? — pergunto.

Seu cabelo escuro está enrolado e preso, e ela parece não ter dormido. Seus olhos se afastam dos meus, como um paciente acordando de um coma.

Gentilmente, liberto o braço e posso ver que ela já se esqueceu do que disse.

— Talvez seja melhor voltar para cama — sugiro.

Ela assente, sem protestar. Dá meia-volta, atravessa o piso de ladrilhos brancos da cozinha e sai para o corredor. Posso ouvir seus passos lentos, muito leves, conforme ela sobe as escadas até o quarto, onde com certeza vai dormir pelo restante do dia.

Eu me apoio na quina do balcão, fechando os olhos com força, depois os abro. No papel amarelo-manteiga na parede oposta da cozinha, vejo minha sombra, distorcida e alongada pelo sol que entra através da janela sobre a pia. Eu a encaro por um instante, tentando discernir cotovelos, pernas e pés. Quanto mais encaro a silhueta contra o desbotado papel da cor do narciso, mais irreal me parece. Como o esboço abstrato de um artista.

Eu me afasto do balcão e me encaminho para a porta da frente. Não rápida o bastante.

* * *

O esquife flutua perfeitamente imóvel na doca. Nenhuma ondulação na água ou sopro de vento da baía. Está calor. Um peixe pula na superfície da água, depois mergulha de volta às profundezas.

Mal comecei o processo de desamarrar o barco e jogar as cordas pela lateral quando sinto alguém me observando. Bo está a estibordo do veleiro, o *Canção do vento*, um dos braços erguidos, apoiado no mastro.

— Há quanto tempo está aí? — pergunto, sobressaltada.

— Desde o amanhecer. Não consegui dormir; minha mente não desligava. Precisava fazer alguma coisa.

Eu o imagino aqui fora, embarcando no veleiro, o sol ainda baixo, verificando as velas, o cordame e o casco, para checar o que ainda está intacto e o que vai precisar de reparo depois de tantos anos. Sua mente analisando os problemas, qualquer coisa para impedi-lo de pensar sobre a véspera, na casa de barcos, sobre a noite passada no chalé. *Tenho que impedir que matem mais pessoas*, Bo havia me dito.

A promessa, a ameaça, que ele encontraria o assassino do irmão.

— Vai até a cidade? — pergunta ele, os olhos de jade tremeluzindo nos primeiros raios de sol.

— Sim. Tenho coisas a fazer.

— Vou com você — anuncia.

Balanço a cabeça, jogando a última corda na proa do barco.

— Preciso fazer isso sozinha.

Ele afasta o braço do mastro e caminha até a amurada do veleiro, então pula para o cais em um único e fluido movimento.

— Preciso conversar com a menina na casa de barcos... Gigi — diz ele. — Preciso perguntar sobre meu irmão, descobrir se ela se lembra dele.

— Não é uma boa ideia.

— Por que não?

— Olivia pode estar esperando você.

— Não estou preocupado com Olivia.

— Devia estar — argumento.

— Acho que posso resistir aos poderes de sedução que você pensa que ela tem sobre mim.

Solto uma risada curta.

163

— Já conseguiu parar de pensar em Olivia desde ontem?

Seu silêncio é a única resposta de que preciso. Mas também sinto uma punhalada no coração, ao saber que Bo pensou nela a noite toda, a manhã toda, incapaz de rechaçar a imagem de Olivia. Somente ela.

— Está mais seguro aqui — aviso a ele, entrando no esquife assim que começa a se afastar da doca.

— Não vim até aqui para ficar preso em uma ilha — diz ele.

— Lamento. — Ligo o motor com um rápido puxão na corda.

— Espere — chama Bo, mas engato a ré e manobro para fora do cais, fora de alcance.

Não posso arriscar levá-lo comigo. Preciso fazer isso sozinha. Se Marguerite o vir na cidade, pode tentar atraí-lo para a água, e não sei se consigo impedi-la.

＊

Hoje é o Festival Anual Swan na cidade.

Balões flutuam e se retorcem no céu. As crianças imploram por raspadinha e caramelo de água salgada. Uma faixa vermelha e amarela esticada sobre a Ocean Avenue anuncia o festival, com teias de aranha, luas cheias e corujas impressas em cartolina nos cantos.

É o dia mais agitado do ano. As pessoas vêm de carro das cidades vizinhas ao longo da costa, ou viajam de ônibus e saltam em Sparrow de manhã cedo, depois os pegam de volta à noite. A cada ano, o público aumenta. Este ano a cidade parece prestes a explodir.

A Ocean Avenue foi fechada ao trânsito e está cercada de barracas e estandes que vendem toda sorte de itens bruxos e não bruxos: sinos de vento, birutas e geleia caseira de amoras híbridas. Há uma cervejaria ao ar livre, vendendo cerveja artesanal em canecas enormes, uma mulher fantasiada de irmã Swan, lendo a sorte nas palmas da mão, e até uma barraca oferecendo perfumes supostamente feitos a partir das fragrâncias originais, outrora vendidas pelas irmãs em sua perfumaria — muito embora toda Sparrow saiba que não são autênticos. A maior parte das pessoas traja roupas de época, vestidos de cintura alta, com babados nas mangas e decotes profundos. Mais tarde, à noite, no palco perto do píer, vão encenar uma reconstituição do dia em que as irmãs foram condenadas e afogadas — um evento que evito todos os anos. Não suporto assistir. Não suporto a espetacularização de tudo.

Abro caminho pela multidão, ziguezagueando pela Ocean Avenue. Mantenho a cabeça baixa, já que não quero ser vista por Davis ou Lon. Não preciso de um interrogatório no momento. Deixo a cidade e o burburinho do festival, pegando a estrada que serpenteia pelos arbustos até a casa de barcos. Não há outro caminho a não ser esse. Não tenho escolha.

Gaivotas circulam acima de mim, como abutres esperando a morte, pressentindo-a.

Quando a estrada se alarga e o oceano surge à vista, sereno e brilhante, a casa de barcos parece pequena e simples, mais afundada na terra do que na véspera. Lon está sentado em um tronco do lado direito da construção. A princípio, acho que está observando o céu, aproveitando o sol, mas, conforme me aproximo, me dou conta de que está dormindo, a cabeça encostada na parede externa. Com certeza, ficou aqui fora a noite toda, vigiando Gigi. Uma de suas pernas está esticada à frente, os braços caídos ao lado do corpo, a boca ligeiramente aberta. Está vestindo uma de suas estúpidas camisas floridas: azul-petróleo com flores púrpuras. Se não fosse o cenário deprimente, quase passaria por alguém em uma praia tropical por aí, reforçando um bronzeado inexistente.

Avanço em silêncio, com cuidado para não pisar em um graveto ou folha seca que possa me denunciar. Quando chego à casa de barcos, paro e observo Lon. Por um instante, penso que talvez não esteja respirando, mas então vejo seu peito subir e a garganta oscilar.

A porta de madeira não está trancada, e eu a empurro com facilidade.

Gigi ainda está sentada na cadeira branca de plástico, braços amarrados, queixo no peito, como se tivesse adormecido. Mas seus olhos estão abertos, e ela os ergue para encontrar os meus assim que entro.

Caminho até ela e tiro a mordaça de sua boca, então dou um ligeiro passo para trás.

— O que está fazendo aqui? — pergunta ela, levantando o queixo, o curto cabelo loiro descortinando seu rosto.

Ela me encara através dos cílios. Seu tom não é nada doce, mas baixo, quase gutural. A silhueta cintilante e etérea se agita preguiçosa sob sua pele. Mas seus olhos esmeralda, o mesmo tom herdado por todas as irmãs Swan, piscam viperinos para mim.

— Não vim salvá-la, se é o que está pensando — digo, mantendo distância da cadeira branca que se tornou sua jaula.

— Então o que quer?

— Você matou aqueles garotos que tiraram da água, não matou?

Ela me olha como se procurasse entender a verdadeira intenção por trás de minha pergunta. Qual o propósito do questionamento.

— Talvez.

Seus lábios se curvam nos cantos. Está prendendo o riso; ela acha o assunto engraçado.

— Duvido de que tenha sido Marguerite. — Com isso, ela arregala os olhos em globos perfeitos. — Só você afogaria dois garotos de uma vez.

Ela mexe o maxilar de um lado para o outro, então balança os dedos, como se quisesse esticá-los, os pulsos presos por lacres. O esmalte verde-lima está começando a descascar, e suas mão parecem enrugadas e pálidas.

— Veio até aqui apenas para me acusar de matar aqueles garotos? — pergunta ela.

Olho através do exterior translúcido, para além de Gigi, encontrando o monstro ali dentro... e sustento o olhar de Aurora. E ela sabe. Sabe que estou encarando seu verdadeiro eu.

Sua expressão se transforma. Ela sorri, revelando os dentes perfeitamente alinhados e clareados de Gigi.

— Você quer alguma coisa — diz ela, direta.

Inspiro fundo. *O que eu quero?* Quero que ela pare de matar. Pare de buscar vingança. Pare esse círculo vicioso que teve início há tanto tempo. Sou uma tola por acreditar que vai me ouvir. Mas tento mesmo assim. Por Bo. Por mim.

— Pare — respondo, enfim.

— Parar?

A língua comprime o lado interno da bochecha, e ela me avalia, olhos semicerrados.

— Pare de afogar garotos.

— Não posso afogar muita gente amarrada aqui, posso? — Ela suspira lentamente, e fico surpresa quando não faz uma careta. A casa de barcos fede mais do que eu lembrava. Ela semicerra os olhos. — Se me soltar, então podemos discutir sua ideia.

Examino os lacres em seus pulsos e tornozelos. Um puxão e talvez eu consiga parti-los. Se tivesse uma faca, poderia cortar o plástico com facilidade. Mas não farei isso. Não vou deixá-la solta em Sparrow de novo.

Balanço a cabeça.

— Não posso.

— Não confia em mim?

Ela nem mesmo tenta disfarçar o maldoso franzir do lábio superior ou o cínico arco da sobrancelha esquerda. Sabe que não confio nela; por que o faria?

— Confiança é uma palavra irrelevante, de qualquer forma — zomba, quando não respondo. — Apenas uma mentira que contamos uns aos outros. Aprendi a não confiar em ninguém. Com dois séculos de existência, você tem tempo de sopesar tais coisas. — Ela inclina a cabeça, me olhando de lado. — Me pergunto em quem você confia? A quem confiaria sua vida?

Encaro a coisa sob a pele de Gigi, olhos leitosos a me observar.

— A quem confiaria a sua? — retruco.

Isso lhe arranca uma gargalhada, os olhos se enchendo d'água. Eu recuo um passo. Então seu riso para, o cabelo loiro cai para a frente e cobre uma parte do rosto. Seus braços lutam contra as amarras e seus olhos me esquadrinham. A boca franzida em um esgar.

— Ninguém.

A porta atrás de mim se abre de repente, e Lon invade o salão.

— O que está fazendo aqui?

Seus olhos estão arregalados. Olho de Gigi para ele.

— Apenas perguntando algumas coisas a ela.

— Ninguém pode entrar aqui. Ela vai convencer você a soltá-la.

— Isso só funciona em machos de mente fraca — explico a ele.

Seus lábios se comprimem, e ele avança em minha direção.

— Suma daqui. A não ser que queira confessar ser uma das irmãs, então vou trancá-la aqui também, de bom grado.

Olho para Gigi sentada ali. Ela devolve o olhar, desafiadora, um dos cantos da boca erguido. Parece capaz de arriscar um sorriso — acha essa ameaça divertida —, mas prende o riso. Em seguida, atravesso a porta para a luz do dia.

— Você entende que a polícia está procurando por Gigi — digo a Lon enquanto ele me acompanha até lá fora, fechando a porta com um estrondo.

— Só tem idiotas na polícia desta cidade.

— Talvez. Mas é apenas uma questão de tempo até que cheguem a casa de barcos.

Ele acena com desdém, a manga da camisa florida balançando com o gesto, e retoma seu posto no tronco, apoiado contra a parede. Lon fecha os olhos, nem um pouco preocupado com uma fuga de Gigi.

— E fale para sua amiga Rose não voltar também.

Paro a meio caminho.

— O quê?

— Rose... sua amiga — diz ele, debochado, como se eu não soubesse de quem se trata. — Ela esteve aqui há vinte minutos. Eu a peguei se esgueirando pelos arbustos.

— Ela falou com Gigi?

— Meu trabalho é manter as pessoas longe, então não. Não deixei que falasse com Gigi.

— O que ela queria? — pergunto, embora tenha certeza de que qualquer desculpa dada por Rose seria mentira.

— Sei lá. Ela disse que se sentia mal por Gigi ou qualquer besteira assim. Falou que era cruel mantê-la trancada. É melhor que as duas mantenham distância, se não quiserem ser consideradas suspeitas. — Seu tom de voz diminui um pouco, como se estivesse me contando um segredo, como se estivesse tentando me ajudar. — Vamos encontrar todas as irmãs Swan, de um jeito ou de outro.

Eu me viro e pego a estrada.

* * *

A Bolos Desmemoriados da Alba cheira a cobertura de baunilha e bolo de limão. Quando atravesso a porta, vejo uma dúzia de pessoas se amontoando na pequena loja — algumas vestindo suas fantasias para o festival, as crianças com os rostos pintados com glitter. Estão escolhendo pequeninos bolos nas vitrines, para serem empacotados e embrulhados com fita rosa chiclete. A Sra. Alba está parada atrás de um dos mostruários de doces, atendendo um freguês, colocando *petit fours* cuidadosamente dentro de caixas brancas. Dois outros funcionários também se movimentam com desenvoltura pela loja, organizando as pessoas e respondendo perguntas sobre a eficácia dos bolos em apagar velhas lembranças.

Mas Rose não está ali. Espero vários minutos até que a Sra. Alba fique desocupada.

Pouso os dedos em uma vitrine, na esperança de chamar sua atenção.

— Penny — arrulha a Sra. Alba quando me vê, seu sorriso se alarga nas feições suaves. — Como está?

— Estou procurando por Rose — digo, rápido.

Sua expressão se fecha e seus olhos se semicerram.

— Achei que ela estivesse com você.

No telefone, Rose comentou que havia mentido para a mãe, dizendo que ia me encontrar para um café quando, na verdade, estava com Heath. Como me pareceu óbvio que ela não estava com Heath, a não ser que tenham ido juntos até a casa de barcos ver Gigi, pensei que a Sra. Alba tinha visto a filha.

— Ah! Acho que confundi o horário ou o lugar onde devíamos nos encontrar — explico com um sorriso franco. Não quero colocar Rose em apuros. — Achei que ela talvez estivesse aqui.

— Pode olhar no apartamento — diz ela, desviando o olhar quando mais fregueses entram na loja.

— Obrigada — agradeço, mas ela já se foi para atender os novos clientes.

De volta à rua, dobro à direita e subo os degraus cobertos até o segundo andar. As paredes cinzentas do prédio são protegidas da chuva por um telhado estreito. No topo da escada, há uma porta vermelha em um arco branco. Aperto a campainha, e o som ecoa pelo apartamento espaçoso. O cão da família, Marco, começa a latir furiosamente. Posso ouvir o tamborilar de suas patas conforme corre até a porta, latindo do outro lado. Espero, mas ninguém aparece. E não tem como Rose estar ali dentro e não notar alguém na porta.

Desço as escadas e abro caminho pela multidão na Ocean Avenue. Cruzo o Shipley Pier até o Chowder, quando vejo Davis McArthurs. Davis está parado a meio caminho do cais, entre a aglomeração de pessoas, conversando com uma garota que reconheço da casa de barcos. Ela havia criticado Davis por manter Gigi presa. Ele está de braços cruzados, os olhos vigiando as mesas do lado de fora, à procura de qualquer garota que possa ter deixado escapar — que ainda não interrogou para determinar a possibilidade de ser uma irmã Swan.

Uma fúria avassaladora arde dentro de mim ao ver Davis. Mas não há nada que eu possa fazer.

Rose não estaria no píer de qualquer forma, não com Davis perambulando por ali. Provavelmente estava na casa de Heath, mas não sei onde ele mora. Também não quero perguntar e me fazer notar. Então corro de volta para a marina antes que Davis me veja, e cruzo a baía até a ilha.

PRESSÁGIO

Uma mulher atravessa a porta da Perfumaria Swan em uma manhã de quinta-feira, uma semana depois da noite das irmãs na taverna.

Aurora estava varrendo o chão e Marguerite se encontrava apoiada no balcão, sonhando acordada com um garoto que vira trabalhando nos cordames de um navio no porto, na manhã da véspera. Hazel tomava notas para uma nova essência que vinha imaginando: mirra, atanásia e rosa mosqueta, uma fragrância para aplacar a tristeza e superar a desconfiança.

Quando a mulher entrou, Marguerite se endireitou e sorriu de maneira agradável, como sempre fazia quando um novo cliente visitava a loja.

— Bom dia — disse Marguerite com elegância, como se tivesse sido criada pela realeza, quando, na verdade, as três irmãs foram criadas por uma mulher que borrifava perfume entre as pernas para enfeitiçar os amantes.

A mulher não respondeu. Em vez disso, caminhou até uma parede que abrigava frascos de perfumes, todos com nuances cítricas e de outras frutas, feitos para uso diurno, com frequência conjurando memórias de brisas de verões tardios e noites quentes.

— Uma loja de perfumes é um empreendimento um pouco presunçoso para esta cidade — disse a mulher por fim — Ilícito até.

— Mulheres de qualquer cidade merecem o fascínio de uma boa fragrância — respondeu Marguerite, erguendo uma sobrancelha.

Marguerite não deixou transparecer, mas reconheceu a mulher. Era a esposa do homem com quem havia flertado três dias antes, no lado de fora do armazém-geral Collins & Gray.

— *Fascínio* — repetiu a mulher. — Uma interessante escolha de palavra. E esse fascínio... vem dos feitiços que lançam em seus perfumes?

Um dos cantos da boca de Marguerite se curvou de modo peculiar.

— Sem feitiços, madame. Apenas fragrâncias perfeitamente combinadas.

A mulher encarou Marguerite, em seguida foi direto para a porta.

— Seu trabalho insidioso não passará despercebido por muito tempo. Sabemos o que realmente são.

E, em um redemoinho de ar salobro, ela abriu a porta e saiu apressada para a rua, deixando as três irmãs atônitas.

— Eles acham mesmo que somos bruxas, não acham? — perguntou Hazel, em voz alta.

— Deixe que pensem. Nos dá poder sobre eles — respondeu Marguerite.

— Ou dá a eles motivo para nos enforcarem — argumentou Aurora.

Marguerite caminhou até o centro da loja, piscando para as irmãs.

— Todos os garotos parecem gostar — retrucou, com um meneio de quadril.

Tanto Hazel quanto Aurora riram. Marguerite sempre fora ousada e elas sempre admiraram essa qualidade dela, embora aquilo lhes causasse problemas às vezes. As três irmãs eram próximas, devotadas umas às outras. Suas vidas entrelaçadas como um nó de marinheiro.

Elas ainda não imaginavam as coisas que as dividiriam.

Pois, em um lugar como Sparrow, os boatos se espalhavam com rapidez, como catapora ou cólera, confundindo mentes, se enraizando na alma da cidade, até que não houvesse como discernir verdade de especulação.

DOZE

Telefono para o celular de Rose quando chego em casa, mas ela não atende, então deixo uma mensagem: Me ligue quando ouvir isso. Não sei por que ela foi visitar Gigi na casa de barcos. Seja qual for a razão, preciso pedir que fique fora dessa história.

Pela janela da cozinha, vejo minha mãe parada no rochedo, o roupão preto ondeando ao redor de suas pernas com o vento ascendente. Aparentemente, ela não ficou na cama.

Fico aguardando ao lado do telefone, mas Rose não liga para mim. Tento seu número mais três vezes, mas ela não atende. Onde Rose está?

Eu me encolho na cama, joelhos junto ao peito, enquanto o sol começa a se pôr sobre o oceano. Adormeço com o vento chacoalhando a vidraça das janelas, o ar marinho lutando para entrar na casa.

Logo após o alvorecer, a chuva começa a gentilmente tamborilar no telhado. O céu está pintado de violeta e rosa-pêssego. Continuo no quarto, ainda sem notícias de Rose. A chuva prende todo mundo em casa. Minha mãe se tranca em seu quarto, e não vejo Bo deixar o chalé. Há coisas que eu deveria dizer a ele, confissões enterradas em mim. O modo como meu coração se sente vulnerável quando estou com Bo. Minha mente se perde em pensamentos que não consigo explicar. Eu devia me desculpar. Devia atravessar a chuva e bater à porta dele. Devia tocar sua pele com meus dedos e dizer que o quero, que o desejo. Mas como uma pessoa pode se expor assim, sabendo que sua armadura é a única coisa que a mantém segura?

Então não digo nada. Mantenho meu coração escondido na escuridão profunda do peito.

A noite chega e eu afundo na poltrona ao lado da janela, observando o céu se abrir e as nuvens de chuva sumirem. As estrelas iluminam o breu. Mas me sinto ansiosa, querendo apenas que Rose ligue e me explique por que foi até a casa de barcos. Ela está agindo de forma suspeita... parecendo ser uma das irmãs. Por quê?

E então vejo alguma coisa pela janela.

Um movimento na trilha, uma silhueta atravessando o luar azulado. É Bo, ele está a caminho da doca.

E meu instinto me diz que algo não está certo.

Visto um suéter preto e comprido sobre a minha regata e o meu short de algodão e desço as escadas, correndo até a porta da frente. O ar me atinge em cheio quando saio, um jato frio que penetra meus ossos.

Eu o perco de vista por um momento, a escuridão o absorvendo. Quando chego ao trecho da trilha que se inclina até a água, eu o vejo de novo. Ele está quase na doca.

O vento noturno se agitou no oeste, de onde empurra as ondas até a costa em intervalos, se derramando sobre as rochas e deixando para trás uma camada de espuma. O cheiro da umidade da chuva me invade. Meus pés descalços correm pela madeira. Ainda assim, eu só o alcanço quando Bo hesita na extremidade da doca.

— Bo? — chamo.

Mas ele não se move, não se vira para me encarar. Como se não pudesse me ouvir. Abaixo do céu noturno e da pálida lua cheia, percebo que Bo está fora de si.

Eu me aproximo com cautela.

— Bo — repito, tentando chamar sua atenção. Mas, em um movimento súbito, ele avança e se joga da beira da doca, direto na água.

— Não! — grito, correndo em sua direção.

O mar está agitado. Ele já submergiu, afundando entre as ondas. Prendo o fôlego, contando os segundos. Quanto tempo tenho antes que não haja mais ar em seus pulmões? Esquadrinho a água, com medo de piscar. Então ele reaparece, metros à frente, tomando ar conforme rompe a superfície. Mas não volta para a margem. Nem mesmo olha por sobre o ombro. Ele continua nadando mais para dentro da baía.

Não, não, não. Isso é péssimo.

Tiro o suéter preto e o largo na doca. Tomo fôlego e mergulho atrás de Bo.

A água gelada pinica minha pele como agulhas. Quando engulo o ar noturno, este queima as paredes de meus pulmões. Mas começo a nadar.

Determinado, ele já tem uma boa vantagem, sendo atraído para o centro da baía. Meus braços e minhas pernas encontram um ritmo constante, mais rápido que o dele. Seus pés, ainda calçados, deixam pequenas explosões de água em seu encalço. Quando enfim estou perto o bastante, agarro sua camiseta e o puxo com força. Ele interrompe as braçadas e para de bater as pernas. Então ergue a cabeça, o cabelo encharcado e os lábios abertos, e me encara.

— Bo — digo, encontrando seus olhos baços. Água do mar pinga de seus cílios, sua expressão impassível, inconsciente de onde está ou do que está fazendo. — Precisamos voltar — grito por cima do murmúrio do vento.

Ele não balança a cabeça, não protesta, mas também não parece registrar o que eu disse. Apenas baixa o olhar e se afasta com brusquidão, retomando o nado pela enseada. Tomo fôlego. O facho do farol circula à nossa volta, varrendo o oceano e iluminando os mastros dos navios naufragados. Ele está sendo chamado ao cemitério de navios, por ela.

— Merda.

Minha pele está gelada e minhas roupas me puxam para o fundo. Mas movimento as pernas e nado atrás dele, através da escuridão, sabendo que seria improvável que um barco nos visse a tempo. Seríamos engolidos pela proa, mastigados pelas hélices e, talvez, jamais voltássemos à superfície. Mas, se eu deixá-lo ir, sei o que vai acontecer. Vou perdê-lo de vez.

Bato as pernas com força, os braços cortando a água, o frio começa a diminuir meus batimentos cardíacos e o fluxo sanguíneo bombeado para as extremidades. Mas, depois de várias rotações do farol — minha única medida de tempo —, consigo alcançá-lo de novo. Agarro a bainha de sua camiseta e o puxo em minha direção. Ele se vira para me olhar, a mesma expressão gravada permanentemente no rosto.

— Você precisa acordar — berro. — Não pode fazer isso!

Bo franze o cenho por um segundo. Ele me ouve, mas também está enfeitiçado por Marguerite; a voz ecoando em sua mente, chamando, implorando que a encontre em algum lugar adiante.

— Bo — digo, mais incisiva desta vez, trazendo-o para perto. Minhas pernas não param embaixo de mim, impedindo que eu afunde. — Acorde!

Ele pisca. Os lábios exangues, sem nenhuma cor. Ele abre a boca, fecha os olhos e uma palavra se forma, suave, em sua boca.

— Quê?

— Ela está em sua mente, forçando-o a fazer isso. Você precisa bloqueá-la, ignorar o que está dizendo. Não é real.

Vários metros à frente, na direção da boca do porto, o sino da boia badala com a força das ondas. Um som fantasmagórico carregado pela água.

— Tenho que encontrá-la — diz ele, com a voz pastosa.

Conheço a imagem que ela conjurou em sua mente: Marguerite, nadando em um vestido branco-perolado, o tecido fino e transparente flutuando ao redor de seu corpo, o cabelo longo e sedoso, a voz sedutora nos ouvidos de Bo. As palavras prometem calor, o veludo de seu beijo, o corpo pressionado contra o seu. Ele está enfeitiçado.

Ela vai afogá-lo, como aos outros.

— Por favor — imploro, encarando olhos sem foco, capazes de ver apenas Marguerite. — Volte comigo.

Ele balança a cabeça lentamente.

— Eu... não posso.

Cerro os dentes e enlaço seu pescoço, trazendo-o para tão perto que nossos corpos são levados juntos pela água. É uma atitude impensada e mal consigo respirar, mas eu o beijo. A água salpica entre nós, e sinto o gosto do mar em sua pele. Cravo as unhas em seu pescoço, tentando acordá-lo do transe. Meu coração acelera no peito e pressiono os lábios com mais força. Abro a boca para engolir o calor de seu hálito, mas ele não se move, não reage. Talvez isso não funcione. Talvez seja um erro.

Mas então um de seus braços desliza ao meu redor, apertando meus ombros. Sua boca se abre e, de repente, o calor de seu corpo me invade. Sua outra mão encontra o meu rosto e, em seguida, se enterra em meu cabelo. Ele me traz mais para perto, me aninhando em seus braços. Com meus lábios, apago a memória de Marguerite Swan de sua mente. Eu o chamo de volta, e ele atende. Bo me beija como se me quisesse mais do que já quis qualquer outra coisa. E, por um segundo, nada daquilo parece real. Não estou nadando na enseada. Estou apenas envolta nos braços de Bo, sua boca na minha, meu coração palpitando com selvageria contra o peito. Estamos em outro lugar, longe daqui, enrolados um no outro sob um sol cálido, areia quente às costas e hálito morno nos lábios. Dois corpos unidos. Destemidos.

Devagar, ele afasta a boca e tudo volta ao normal. Fico aguardando que ele me liberte, para continuar seu nado pela baía, mas ele mantém uma das mãos agarrada à base de minha nuca, a outra às minhas costas, nossas pernas batendo no mesmo ritmo. Há apenas água à nossa volta.

— Por que fez isso? — pergunta ele, a voz rouca e hesitante.

— Para salvar você.

Seus olhos disparam para o oceano sombrio e tenebroso, como se despertasse de um pesadelo muito real.

— Precisamos voltar para a costa — aviso a ele, e Bo assente, os olhos ainda turvos e sem foco, como se ainda não estivesse completamente certo de onde está ou por quê.

Nadamos lado a lado de volta à doca. Não tinha me dado conta do quanto a corrente havia nos afastado. Depois de vários minutos nadando com vontade, enfim alcançamos a doca. Ele envolve minha cintura com as mãos e me levanta até a beirada do cais, depois ele mesmo sobe. Estamos congelados demais para falar, caídos com as costas no píer, arfantes no ar gelado da noite. Sei que precisamos entrar e nos aquecer antes que a hipotermia se instaure. Então toco seu braço, e ambos nos levantamos, correndo pela passarela de madeira até o chalé.

* * *

Bo se ajoelha ao meu lado na lareira e nós dois tiramos os sapatos — algumas brasas ainda estão acesas sob os troncos queimados. Eu me encolho no sofá com dois cobertores de lã enrolados nos ombros.

Otis e Olga vêm do quarto, sonolentos e se espreguiçando. Eles têm passado todo o tempo aqui com Bo. Parecem gostar dele. Talvez mais do que de mim.

Bo coloca mais lenha no fogo, e rastejo para o chão ao seu lado, esticando os braços para aquecer as palmas em meio às chamas escassas. Meus dentes tilintam e meus dedos estão enrugados.

— Você está congelando — diz ele, observando meu corpo trêmulo sob os cobertores. — Precisa tirar essas roupas.

Ele se levanta e vai até o quarto, retornando um momento depois com uma simples camiseta branca e uma cueca samba-canção verde.

— Aqui — oferece. — Vista isso.

Cogito dizer que estou bem, mas não estou. Meu short e regata estão tão encharcados que começaram a ensopar os cobertores também. Então me levanto, agradeço, e levo as roupas comigo para o banheiro.

O piso de ladrilho branco está gelado sob meus pés. Por um instante, fico parada, observando o banheiro minúsculo. Uma lâmina de barbear e uma escova de dentes estão sobre a pia; uma toalha pendurada no porta-toalhas. Pistas de que, depois de tantos anos abandonado, alguém tem morado no chalé. Dispo as roupas devagar, largando-as pesadamente em uma pilha no chão. Nem mesmo me preocupo em dobrá-las.

A blusa e a cueca de Bo têm o cheiro dele, doce e fresco, mas também tem perfume de floresta. Inspiro fundo e fecho os olhos antes de voltar para a sala. O fogo agora crepita, e as labaredas sobem pela chaminé, aquecendo o chalé.

Sento no chão ao lado de Bo e aperto os cobertores ao meu redor. Ele não se vira para me encarar; está observando as chamas, mordendo o lábio inferior. Enquanto eu estava no banheiro, Bo se trocou, vestindo jeans secos e uma camiseta azul-marinho.

— O que aconteceu lá fora? — pergunta ele.

Ajusto os cobertores no peito. A chuva tamborila o teto; o vento uiva.

— Você estava sendo atraído para a baía.

— Como?

— Você sabe como.

— Olivia — diz ele, como se o nome estivesse preso em seus lábios havia dias. — Consegui vê-la... na água.

— Ela estava chamando você. A voz se infiltrou em sua mente.

— Como? — pergunta ele de novo.

— Ela sussurrou alguma coisa em seu ouvido na casa de barcos. Ela o reivindicou para si, tornando impossível que você pensasse em outra coisa ou outra pessoa. Era apenas uma questão de tempo até que ela o evocasse. Como você estava na ilha, ela não podia forçá-lo a entrar na água, então teve que infiltrar a voz em sua mente e fazer com que saísse à procura dela.

Ele balança a cabeça, incapaz de compreender o que acabou de acontecer.

— Olivia Greene — revelo, sem rodeios — é Marguerite Swan. Ela o aguardava na água. Atraiu você com a intenção de afogá-lo.

Ele se inclina sobre os joelhos, os dentes cerrados. Eu observo a cicatriz sob seu olho esquerdo, suas maçãs do rosto começam a corar com o calor do fogo. Meu foco volta para seus lábios, o que me faz recordar de nosso beijo.

— Mas como sabe disso? — pergunta ele. — Como pode ter tanta certeza de que é Marguerite Swan que tomou o corpo de Olivia Greene? E não uma das outras irmãs?

Bo semicerra os olhos, como se não acreditasse na própria pergunta.

— Precisa confiar em mim — respondo. — Marguerite quer matar você. E não vai parar até encontrar um modo de fazê-lo.

— Por que eu? — pergunta ele.

— Porque ela o viu comigo na casa de barcos.

— O que isso tem a ver com qualquer coisa?

Meus dedos tremem de leve. Meu coração bate forte, me avisando para não admitir a verdade. Mas a verdade tem sabor de liberdade, como o brilho da luz do sol em um dia de primavera, e minha cabeça começa a latejar com cada batida.

— Posso vê-las — confesso, as palavras escapando antes que eu consiga contê-las.

— Vê-las?

— As irmãs. Consigo ver Aurora dentro de Gigi Kline, e Marguerite dentro de Olivia Greene. Sei que corpos elas possuíram.

Ele se endireita, levantando os cotovelos dos joelhos.

— Como isso é possível?

Balanço a cabeça. O ar me escapa dos pulmões e um arrepio percorre todo o meu corpo.

— Você consegue vê-las e não disse nada?

— Ninguém sabe.

— Mas... — Sua boca se abre, os olhos se estreitam. — Você pode ver quem são de verdade?

— Sim.

Eu me levanto, cruzando os braços. Noto que ele está tentando juntar as peças, mas sua mente questiona. Ele não quer acreditar que o que estou dizendo pode ser verdade.

— Há quanto tempo é capaz disso?

— Desde sempre.

— Mas como?

Dou de ombros.

— Não sei. Quero dizer… é algo que sempre consegui fazer… Eu… — balbucio, perdida na explicação. Na farsa sob a verdade.

— Sua mãe também consegue vê-las?

Balanço a cabeça. Bo franze o cenho e baixa o olhar para o fogo, esfregando a nuca com a mão direita.

— Elas sabem? As irmãs sabem que você é capaz de vê-las?

— Sim.

Mais uma vez, sua boca se abre, escolhendo as palavras, a pergunta certa para dar sentido a isso tudo.

— E quanto à terceira… a terceira irmã?

— Hazel — respondo por ele.

— Onde ela está? Que corpo ocupou?

— Não sei.

— Ainda não a viu?

— Não.

— Mas ela está lá fora, em algum lugar?

— Sim.

— E ainda não matou ninguém?

Balanço a cabeça.

— Ainda não.

— Então ainda há tempo de achá-la e impedi-la.

— Não é possível impedi-las — argumento.

— Já tentou?

Não consigo encará-lo.

— Não. É inútil tentar.

Lembro do meu encontro com Gigi na casa de barcos. Boba, cheguei a pensar que talvez pudesse conversar com ela, com a verdadeira Aurora. Talvez ainda lhe restasse um pouco de humanidade, ainda tivesse um coração, cansado da matança. Mas Lon nos interrompeu. E percebi que ela já não tinha salvação. Minhas palavras nunca seriam o bastante.

Bo tira a mão da nuca. Posso ver em seus olhos que começa a acreditar em mim.

— Porra, Penny — diz ele, se levantando e dando um passo em minha direção. — Então Lon e Davis tinham razão? Estão mesmo com uma irmã Swan trancada na casa de barcos?

Assinto.

— E Olivia... ou Marguerite, seja qual for seu nome, está tentando me matar?

— Ela já se infiltrou em sua mente. Pode fazê-lo ver coisas que não existem, sentir coisas que não são reais.

— Quando eu a vi na água... esperando por mim... senti como se precisasse dela, como se fosse morrer se não chegasse até ela. Como...

Ele engole as palavras, engasgando com elas.

— Como se a amasse? — Termino por ele.

— Sim.

Seus olhos me encontram.

— Ela pode convencê-lo disso. Como se nunca tivesse amado outra pessoa nesta vida antes dela.

Ele cerra os punhos nas laterais do corpo, e observo seu movimento, os antebraços se contraindo, as têmporas latejando.

— E então lá estava você — diz ele, recapitulando o momento que pulei no oceano atrás dele. — Eu podia ouvi-la, mas não conseguia me concentrar em você. Parecia tão distante. Mas então senti suas mãos. Você estava bem na minha frente. — Ele ergue o olhar, as íris escuras como as profundezas densas do mar. — E depois você me beijou.

— Eu... — Minha voz sai engasgada. — Eu precisava impedi-lo.

Um momento de silêncio. Meu coração vacila, batendo forte novamente.

— Depois disso, não ouvi mais o chamado de Marguerite — diz ele. — Ainda não o ouço.

— Talvez tenhamos quebrado a influência dela sobre você — comento, em um sussurro.

— Você quebrou a influência dela.

As palavras se enrolam em minha língua. Todas as coisas que quero dizer.

— Precisava trazê-lo de volta. Não podia deixá-lo partir. Não podia perder você. Não podia deixar... — O peso de minha sinceridade vibra em minhas costelas, em meu estômago, entre os olhos. — Não podia deixá-la ter você.

Não me permito desviar o olhar. Preciso que ele responda, que me banhe com as próprias palavras. A tempestade se avizinha em seus olhos. Suas mãos se erguem e seus dedos acariciam meu rosto. A ponta de seus dedos em minha pele liberta meu coração. Fecho os olhos de leve, então os abro outra vez, uma ânsia crescendo em mim, pura e verdadeira. Ele me puxa para si. Hesito a apenas um milímetro de sua boca. Eu o encaro, tentando me prender ao momento. E então ele me beija, como se precisasse que eu o ancore também.

Seus lábios são quentes, em contraste com os dedos frios. De repente, Bo me envolve: seu coração pulsando sob o peito, suas mãos em meu cabelo, sua boca mordiscando meu lábio inferior. Ele está em toda parte, enchendo meus pulmões no intervalo de cada respiração. E eu me sinto despencar, como uma estrela cadente, girando em direção à Terra. Meu coração se expande, se torna leve e ansioso.

Este momento — este garoto — pode me partir em pedaços e precipitar tudo. Mas no calor do chalé, o vento chacoalhando as vidraças das janelas, a chuva torrencial no telhado, com nossa pele salpicada de água do mar, não me importo. Deixo suas mãos vagarem por minha pele gelada, meus dedos se entrelaçarem em sua nuca. Não preferia estar em qualquer outro lugar. Quero apenas ele. Ele.

O amor é uma feiticeira insidiosa e selvagem.

Ela espreita, suave e gentil e silenciosa, antes de cortar sua garganta.

* * *

Acordo no assoalho duro perto da lareira. Bo está adormecido ao meu lado, seu braço sobre o osso de meu quadril. Sua respiração suave contra meu cabelo. Meus olhos analisam a sala e eu me lembro de onde estou: seu chalé. O fogo já virou cinzas e todos os troncos estão queimados. Eu saio de baixo de seu braço — seus dedos se contraindo — e coloco mais lenha na lareira, enfiando-a entre as brasas. Leva apenas alguns instantes até as chamas se reavivarem.

Cruzo as pernas e passo os dedos pelo cabelo. Eu estou com o cheiro de Bo, sua camiseta ainda abraça a minha pele. Sei que não posso abandoná-lo agora. Marguerite vai tentar outra vez. E não vou deixar que o leve. Essa coisa que sinto por ele começa a penetrar em meus ossos, como água nas ranhuras de minha armadura. Quando congelar, pode me estilhaçar em milhões de pedaços ou me tornar mais forte.

Pego um dos livros jogados no chão ao meu lado, folheando suas páginas. Há anotações nas margens, parágrafos destacados, orelhas dobradas. A tinta está gasta e manchada em alguns lugares.

— Acho que esses livros eram de seu pai — diz Bo. Os olhos estão abertos, mas ele continua deitado no chão, me observando. Deve ter ouvido quando me sentei.

— O que acha que são?

— Foram comprados de uma livraria na cidade. E tem um nome na frente daquele.

Abro na folha de rosto, onde um pedaço de papel está preso na dobra. Escrito em tinta preta, lê-se o nome JOHN TALBOT. Ou foi uma encomenda especial, ou os livros foram reservados para ele. Um funcionário fez questão de escrever o nome em um bilhete.

— Seu pai se chamava John Talbot, não?

— Sim.

Sob o papel, há um recibo dobrado, da Chá & Livraria Oliver Street. Está datado de primeiro de junho, três anos antes. Apenas uma semana antes de seu sumiço.

— Ele devia estar pesquisando as irmãs Swan — argumenta Bo.

— Talvez procurando um modo de impedi-las.

Sou assaltada por lembranças da noite em que o vi se encaminhando para a doca no escuro. A noite em que desapareceu. A chuva caía de lado, e o vento arrancava as telhas do teto da casa. Mas ele não retornaria para consertá-las.

Ele vinha reunindo aqueles livros havia tempo, em segredo, procurando um meio de acabar com a temporada Swan.

— Você está bem? — Bo se senta, um vinco entre as sobrancelhas.

— Tudo bem — respondo, então fecho o livro e o devolvo ao chão.

— E você já leu a maioria deles? — pergunto.

Ele assente, se espreguiçando.

— E o que descobriu?

— A maior parte é especulação sobre bruxas e maldições... nada definitivo.

— Algo sobre acabar com a maldição?

Ele desvia o olhar para mim, suspirando.

— Apenas o óbvio.

— Que é?

— Destruir os incitantes.

— As irmãs.

— A única maneira de acabar com a maldição seria matá-las — diz ele.

— Mas então tanto a irmã Swan quanto a garota incorporada morreriam.

Ele assente.

— Ainda assim, você quer matar Gigi Kline? — pergunto.

— Eu quero que as assassinas de meu irmão paguem por isso. Se o único jeito for destruir tanto a garota quanto o monstro, então é o que farei.

Passo minhas mãos pelo cabelo, desembaraçando os nós com os dedos para trançar as mechas sobre o ombro.

— Isso significa que agora acredita nas irmãs Swan?

— Não creio que tenha outra alternativa — responde ele. — Uma delas está tentando me matar.

Bo comprime os lábios, e seu semblante é dominado por um fio de tensão. Não é fácil descobrir que algo ou alguma coisa o quer morto.

Mas o que é ainda pior é saber que a culpa é sua. Marguerite não iria atrás de Bo com tanta ânsia se ele fosse um turista qualquer. É por minha causa que ela está tão intrigada. Marguerite ama um desafio. E Bo é a presa perfeita.

Levanto do chão. Otis e Olga estavam dormindo no sofá, aninhados em um dos cantos. Mas agora Olga está acordada, com os ouvidos alertas, a cabeça virada para o chão.

— Lamento que esteja aqui — digo, me desculpando, esfregando as palmas nos braços. — Lamento que tenha sido arrastado para essa situação.

— Não é culpa sua. — A voz de Bo é profunda. Suas sobrancelhas estão arqueadas, suavizando os ângulos do rosto. — Vim até aqui por causa do meu irmão. Eu sou o único responsável por minha situação

— Se não estivesse nesta ilha comigo — digo a ele, engolindo as lágrimas para não as derramar —, então ela não iria querer você. Eu estava errada quando acreditei que mantê-lo aqui o deixaria em segurança. Ela vai encontrá-lo onde quer que esteja.

— Não. — Ele se levanta, mas não me toca, não corre as mãos por meus braços para me confortar; não ainda. — Ela não está mais em minha mente. Não ouço sua voz nem sinto seus pensamentos. Você quebrou qualquer poder que Marguerite tinha sobre mim.

— Por ora. Mas ela vai tentar de novo. Vai vir atrás de você, aqui na ilha, se for o caso. Ela vai arrastá-lo para a água. Não vai desistir.

— Se não estou seguro, você não está segura.

— Não funciona assim — revelo. — Ela não quer me afogar.

Meu estômago começa a dar voltas.

— Se você pode vê-las, e elas sabem, então também corre perigo.

Penso em Marguerite na baía, esperando por Bo, atraindo-o com a promessa de seus lábios roçando delicadamente os dele. Ela é um espectro conjurado do leito do oceano. Vingativa e esperta. Obstinada em seu ódio por essa cidade. Não vai parar.

— Não pode me proteger — digo —, assim como não posso protegê-lo.

Olga pula do sofá e anda entre nós até a porta da frente, esticando as patas traseiras para arranhar a madeira. Ela começa a miar, o que acorda Otis.

— Posso tentar — diz Bo, se aproximando.

Eu vejo o oceano em seus olhos, e isso me atrai como a areia à maré. Suas mãos me encontram à luz do fogo, resvalando por meus punhos, meus braços, então suas palmas deslizam até meu maxilar, por meu cabelo, pontas dos dedos em minha pele. Por um instante, acredito em Bo. Talvez ele possa me manter em segurança; talvez essa coisa que está acontecendo entre nós seja o bastante para manter todos os terrores à distância.

Inspiro e tento acalmar o meu coração, mas, quando seus lábios tocam os meus, perco o controle. Meu coração enlouquece. Os dedos de Bo me puxam para mais perto e eu o abraço. Sinto uma necessidade urgente da batida de seu coração e de seus braços. Meus dedos deslizam sob sua camisa: sentindo a firmeza de seu torso, o ar enchendo pulmões. Ele é forte, mais forte que a maioria dos garotos. Talvez possa sobreviver a esta cidade, sobreviver a Marguerite. Sobreviver a mim.

Cravo os dedos em sua pele, seus ombros, me perdendo em Bo. Ele encerra tudo... tudo o que restou. O mundo ruiu ao meu redor. Mas isso, isso, pode ser o bastante para aparar as arestas de meu coração, que um dia foi vivo.

O fogo torna o calor entre nós quase insuportável. Mas nos envolvemos entre as páginas dos livros e os cobertores espalhados pelo chão. O vento ruge do lado de fora. Seus dedos traçam luas em meus quadris, nas minhas coxas, em meu coração descompassado. Bo deixa uma trilha de beijos por meu pescoço, o lugar onde meus segredos se escondem. Ele beija a minha clavícula, onde a pele é fina e delicada, com padrões de sardas, impressas como um mapa de marinheiro. Ele me beija com tamanha suavidade que os beijos parecem sussurros. Ele me beija e eu escorrego, escorrego, escorrego sob seu toque. Desmoronando. Seus lábios descem sob a minha camiseta, ao longo das curvas de meu corpo. Vales e montanhas. Promessas suspiradas contra a minha pele. Minhas roupas parecem opressivas e pesadas — roupas que pertencem a ele —, então eu as dispo.

Minha mente gira, minha respiração engasga e volta ao normal. Minha pele crepita, incendeia. Seu toque parece infinito, insondável, uma onda que toca e invade a areia, mas que não acaba. Ele é gentil e doce, e quero que suas mãos, seus lábios, jamais toquem qualquer coisa além de mim. A luz da manhã começa a romper o horizonte enquanto permaneço aqui, no chão, estilhaçada conforme ele sussurra meu nome.

Vejo pontos de luz cintilando em minha visão. Bo mantém os lábios sobre os meus, respirando o mesmo ar, minha pele bruxuleando com o calor. Suor umedecendo as curvas de meu corpo. Ele beija meu nariz, minha testa, os lóbulos de minhas orelhas.

Eu o condenei, eu o mantive aqui, eu o tornei alvo de Marguerite Swan. Ele está cativo na tempestade da temporada, o que pode matá-lo. Bo precisa deixar Sparrow, escapar deste lugar maldito. No entanto, preciso que ele fique. Preciso de Bo.

JOHN TALBOT

No dia primeiro de junho, uma semana antes de seu desaparecimento, John Talbot entrou na Chá & Livraria Oliver Street. Ele tinha encomendado quatro livros há sete dias, títulos que havia pesquisado online, que continham relatos de feitiços e maldições de outras cidades infelizes.

Não era incomum para os cidadãos de Sparrow se interessarem pelas irmãs Swan. Com frequência, colecionavam recortes de jornais e velhas fotografias da cidade, da época em que as irmãs ainda eram vivas. Compartilhavam histórias no Silver Dollar Pub depois de muitas cervejas e, em seguida, perambulavam pelas docas gritando para a noite sobre os filhos e irmãos que perderam. Às vezes, até mesmo se tornavam obcecados. Tristeza e desespero podem causar danos à mente.

Mas John Talbot nunca discutiu suas teorias. Nunca se embebedou e lamentou a tragédia de Sparrow na companhia de um copo. Não contou a ninguém sobre a coleção de livros que mantinha no Chalé da Âncora. Nem mesmo à esposa.

E naquela tarde clara e quente, conforme deixava a livraria, havia um frenesi em seus olhos semicerrados, rugas de preocupação marcadas em sua testa. Seu olhar dardejava de um lado para o outro, como se a luz do sol fosse insuportável, enquanto ziguezagueava pela horda de turistas de volta ao esquife que o aguardava na doca.

Os que o viram naquele último dia diriam mais tarde que ele tinha o olhar de alguém acometido da loucura do mar. A ilha tinha fama de enlouquecer as pessoas. O ar marinho, o isolamento… Aquilo enfim o havia alcançado.

John Talbot perdera o juízo.

TREZE

Dois dias se passaram sem incidentes.

Os dedos de Bo se enrolam em meu cabelo, ele me observa enquanto durmo. Ele me mantém aquecida enquanto o vento penetra as rachaduras nas janelas do chalé nessas primeiras horas da manhã. Ele se aconchega a mim sob o cobertor de lá e desliza a ponta dos dedos em meu braço. Por alguns segundos, minha vida inteira está nesse pequeno quarto, nesse canto em meu coração que dói a ponto de explodir.

No terceiro dia, acordamos e caminhamos pelas novas fileiras de árvores frutíferas sob o tépido céu da tarde; as folhas já começam a se desenrolar, e as flores a abrir. As maçãs e peras dessa safra podem nascer atrofiadas e duras, mas, com sorte, nosso trabalho duro renderá frutas suculentas e maduras no próximo ano.

— Como você era na escola? — pergunto, inclinando o pescoço para o alto a fim de aproveitar o sol. Pequenos pontos brancos dançam sob as minhas pálpebras.

— Como assim?

— Era popular?

Ele estende uma das mãos e toca a ponta de um galho áspero, pequenas folhas verdes roçando sua palma.

— Não.

— Mas tinha amigos?

— Alguns. — Ele me encara. Seus olhos verde-jade parecem me penetrar.

— Jogava alguma coisa?

Estou tentando desvendar a pessoa que foi, a pessoa que é, e tenho dificuldade em imaginá-lo em qualquer outro lugar além de Sparrow, nesta ilha, comigo.

Ele balança a cabeça, sorrindo com timidez, achando a pergunta divertida.

— Eu trabalhava com meus pais todos os dias depois da aula, então não tinha muito tempo para amigos e grupos de esportes.

— Na fazenda de seus pais?

— Na verdade, é um vinhedo.

Hesito perto do fim de uma das fileiras.

—Um vinhedo? — repito. — Tipo, uvas?

— Sim. É uma pequena vinícola familiar, mas vai muito bem.

Não é bem o cenário que estava na minha mente: mãos na terra, suor, esterco, esse tipo de coisa. Mas tenho certeza de que ainda era trabalho duro.

— Não é o que imaginava — admito.

— Por que não?

— Não sei. — Eu o estudo, examinando o suéter cinza desbotado e o jeans. — Seus pais sabem onde você está?

— Não. Eles não queriam que eu viesse até aqui. Dizem que preciso me esquecer de Kyle. É como lidaram com sua morte: ignorando. Mas eu precisava vir. Então, quando me formei, peguei carona e desci a costa. Não avisei a eles que estava partindo.

— Já falou com eles desde que partiu?

Ele balança a cabeça, enfiando as mãos nos bolsos do jeans.

— Com certeza estão preocupados com você — digo.

— Não posso ligar para eles. Não saberia o que dizer. — Ele me olha. — Como explicar o que está acontecendo aqui? Que Kyle não se matou, mas foi afogado por uma de três irmãs mortas há dois séculos?

— Talvez não devesse contar isso — sugiro. — Mas eles precisam saber que está bem... Diga qualquer coisa. Até uma mentira.

— Sim. — A voz soa baixa. — Talvez.

Chegamos ao fim do pomar, onde uma das macieiras mortas já não existe mais, queimada até as raízes.

— Quando tudo isso terminar, você vai voltar para casa?

— Não, não vou voltar — responde Bo.

Ele hesita e olha de volta para as aleias de árvores frutíferas perfeitamente espaçadas. Um pequeno pássaro cinzento decola dos ramos de uma delas e pousa no galho de outra.

— Não agora — completa ele. — Antes de Kyle morrer, sempre pensei que ficaria trabalhando para os meus pais depois do ensino médio, assumindo os negócios da família. Era o que esperavam de mim. Meu irmão seria o filho que se mudaria para viver uma vida diferente. E por mim tudo bem. Mas depois que ele morreu... — Ele inspira e olha para os galhos de uma macieira, brotos rebentando das mudas verdes. — Eu sabia que queria algo diferente. Algo meu. Sempre coube a mim ficar para trás, mas não mais.

— E o que você quer? — pergunto, a voz suave, não querendo perturbar seus pensamentos.

— Quero sair daqui pela água. — Ele indica a costa ocidental da ilha com a cabeça, e me encara como se não estivesse certo de que eu entendi. — Eu amei quando meu pai me ensinou a velejar, mas não creio que tenha tido a chance de praticar de verdade. Talvez agora eu possa. Posso comprar um veleiro e partir.

— Soa como um plano de fuga, como se quisesse começar uma vida nova.

Seus olhos cintilam, e ele endireita os ombros para me encarar.

— Eu quero. E tenho dinheiro; tenho economizado a vida toda.

— Seu olhar se torna frio e sério. — Você poderia vir comigo.

Mordo os lábios, prendendo um sorriso traidor.

— Você não precisa ficar na cidade, Penny... Pode escapar também, deixar este lugar para trás.

— Eu tenho a escola.

— Posso esperar. — E ele diz isso como se tivesse a intenção.

— Mas minha mãe — digo.

Outra desculpa.

Sua boca endurece.

— Não é fácil para mim — explico. Eu me sinto partida, dividida entre o desejo e a prisão desta ilha. — Não é um não, mas também não posso dizer sim.

Posso ver a mágoa em seus olhos, que ele não entende, mesmo querendo. Mesmo assim, Bo gentilmente envolve a minha cintura com os dedos, puxando-a para si, como se temesse me assustar.

— Algum dia, você vai encontrar uma razão boa o suficiente para deixar este lugar — diz ele.

Certa vez, li um poema sobre a fragilidade do amor, fino como vidro e facilmente quebrável.

Mas não é o tipo de amor que sobrevive em um lugar como esse. Precisa ser resistente e duradouro. Precisa ser pedra.

Ele é forte, penso, o mesmo pensamento da outra noite. Pisco para ele, a luz do sol filtrada pelas árvores, suavizando suas feições. Mais forte que a maioria dos garotos. Ele poderia sobreviver a esse lugar. É feito de um material diferente, o coração vencido e maltratado, como o meu, forjado em metal pesado e terra. Nós dois perdemos coisas, perdemos pessoas. Estamos quebrados, mas lutando para sobreviver. Talvez seja por isso que eu precise de Bo. Ele sabe como eu me sinto, quer o que eu quero. Ele libertou algo em meu peito, um núcleo gelado, onde agora o sangue corre, de volta à vida, o verde em busca de sol.

Acho que eu o amo.

E isso tirou meu universo dos eixos, os limites desgastados de minha vida começam a desfiar. Amar alguém é perigoso. Dá a você algo a perder.

Fico na ponta dos pés, os lábios de Bo sobre os meus, e sei que ele procura por respostas na serenidade de meu olhar. Mas não vai encontrá-las ali, então ele me beija, como se pudesse coagir alguma verdade de mim. Mas posso apenas lhe dar este instante. Corro os dedos por seu peito, respirando seu cheiro, sorvendo o ar salgado de seus lábios.

Gostaria de poder lhe prometer o para sempre, mas seria uma mentira.

* * *

Tento ligar para Rose. Deixo mensagens em seu telefone. Peço a sua mãe que lhe diga para retornar a ligação, mas Rose não o faz.

Onde ela está? Por que não me liga? Mas não posso deixar a ilha. Não posso arriscar deixar Bo sozinho... Tenho medo de que Olivia tente atraí-lo para o mar de novo.

Vários dias depois, não suporto mais. Não saber está me deixando irritada e nervosa.

Acordo cedo, na esperança de escapar do chalé antes que Bo me veja. Olga me segue até a porta. Com os olhos marejados de frio, a gata pisca. Ela está curiosa para saber o que estou fazendo acordada a essa hora.

Pego a capa de chuva do gancho de metal ao lado da porta; uma brisa repentina varre o chalé, borrifando gotas de chuva em meu rosto. Olga dispara entre meus pés e corre até a passarela. Mas então para de súbito, orelhas alertas, cauda balançando para a frente e para trás. Algo chamou sua atenção.

Ainda falta uma hora para o amanhecer, mas o céu se tornou aquoso e lúcido, a manhã rompendo as nuvens da noite e banhando o terreno da ilha em um tom rosado. À distância, vejo o que Olga vê: uma luz ondulando sobre a água e um motor engasgando em direção à doca da ilha.

— O que é isso? — pergunta Bo, a voz como um choque em meus ouvidos.

Não esperava que já tivesse acordado. A porta está meio aberta, e olho para dentro. Ele está de pé, esfregando o rosto.

— Alguém está aqui — respondo.

QUATORZE

Um bote se choca ruidosamente contra a doca, deslizando muito rápido sobre a água. É o barco de Heath; eu o reconheço como o mesmo no qual embarcamos para pedir socorro ao navio pirata quando encontramos o primeiro corpo.

Mas Heath não o conduz. É Rose.

E tem alguém com ela: uma garota.

Bo segura meu braço, impedindo que eu me aproxime do barco enquanto Rose luta para amarrar a corda em um dos cunhos do cais. Ele reconhece a garota antes que eu o faça. É Gigi Kline.

— Rose? — pergunto. E, por fim, ela nos nota.

— Eu não tinha outro lugar para ir — diz ela, freneticamente, quando os olhos encontram os meus.

Ela parece assustada, em estado de choque, e o cabelo ruivo cacheado está desgrenhado, como o de alguém que acaba de escapar de um manicômio.

— O que você fez? — pergunto.

— Eu precisava ajudá-la. E não podia escondê-la na cidade. Iriam encontrá-la. Então a trouxe aqui. Pensei que estaria segura. Você pode escondê-la no farol ou no outro chalé. Não sei... Entrei em pânico. Não sabia mais o que fazer.

Ela está falando muito depressa, os olhos alternando entre Gigi e eu.

— Você libertou Gigi da casa de barcos? — pergunta Bo.

Gigi está sentada no barco em silêncio, recatada, inocente. Sua postura bem ensaiada conforme faz movimentos curtos e comedidos. Cada piscar de olhos parece simulado.

— Eu... precisava.

— Não, não precisava — explodo. — Isso foi uma péssima ideia, Rose.

— Não podia simplesmente deixá-la presa daquele jeito. Era cruel! E eles podiam facilmente fazer o mesmo com qualquer uma de nós. Comigo... conosco.

— Provavelmente vão descobrir o que você fez.

— Penny, por favor — implora ela, saindo do barco, as palmas erguidas. — Você tem que ajudá-la.

Não me dei conta de que a prisão de Gigi tinha mexido com Rose tanto assim, o suficiente para que a libertasse e a trouxesse aqui. Sei que já foram amigas, mas nunca imaginei que faria algo assim. Rose não conseguiria aguentar ver alguém com quem já se importou amarrada e sofrendo. Estrela de um espetáculo cruel. Ela foi contra aquele plano desde o início. E não posso culpá-la por isso.

— Isso é perigoso, Rose. Você não devia tê-la libertado.

Encontro os olhos de Gigi. Aurora continua presa ali dentro... um animal à espera da oportunidade de sair do esconderijo. Ela não precisou enfeitiçar Davis ou Lon para salvá-la. Rose o fez por pura bondade. Mas ela libertou um monstro, e nem sequer percebe.

— Talvez seja melhor que ela fique aqui — sussurra Bo para mim, fora do alcance de Rose e Gigi.

Sinto minhas sobrancelhas se franzirem.

— Do que está falando?

— Podemos ficar de olho nela, trancá-la, nos certificar de que não mate mais ninguém.

Sei o que ele quer com isso: interrogar Gigi sobre o irmão. Mas o que acontece se ele se convencer de que foi Aurora — sob o disfarce de Gigi — que matou seu irmão? Ele vai matá-la? Isso é um erro. Tanto Bo como Rose me encaram, esperando a minha decisão.

Isso não pode estar acontecendo.

— Tudo bem. Tire ela do barco. Vou levá-la ao Chalé do Velho Pescador. Depois decidimos o que fazer.

* * *

Às vezes penso que esta ilha é um ímã de coisas ruins. Como um buraco negro nos sugando para um destino inexorável. E às vezes acho que esta ilha é a única coisa que me mantém sã, a única coisa familiar que me resta.

Ou talvez eu seja o buraco negro. E todos ao meu redor não podem evitar ser engolidos, afogados e aprisionados em minha órbita. Mas também sei que não posso fazer nada para mudar o fato. A ilha e eu somos uma só.

Indico o caminho até o Chalé do Velho Pescador: Rose atrás de mim, em seguida Gigi, Bo fechando a fila. Ele quer se certificar de que Gigi não vai fugir.

A porta está destrancada, e o interior é mais escuro e úmido que o do chalé de Bo. Ligo o interruptor de luz, mas nada acontece. Atravesso a sala, mobiliada com uma cadeira de balanço de madeira e um divã bordeaux que não combina com qualquer outra coisa no cômodo. Acho um abajur de pé, me ajoelho para ligá-lo na tomada, e ele imediatamente acende.

Mas a luz não melhora a aparência do chalé.

— É temporário. — Rose tranquiliza Gigi.

Mas não sei ao certo o que Rose acha que vai acontecer para mudar as atuais circunstâncias. Raptar Gigi da casa de barcos apenas deixará Davis e Lon mais desconfiados. Os dois vão presumir que uma das irmãs Swan a libertou, e agora vão procurá-la. E Rose e eu provavelmente nos tornaremos as principais suspeitas, já que ambas fomos flagradas bisbilhotando a casa de barcos...

Agora sei por que Rose foi até lá. Estava planejando raptar Gigi esse tempo todo.

— Vamos trazer lenha para a lareira — aviso a Gigi, mas seus olhos não desgrudam do chão.

Ela encara um dos cantos do tapete da sala, as bordas desfiadas... provavelmente roídas por ratos.

— Vou achar roupas limpas para você — oferece Rose, olhando para a camisa e o jeans sujos de Gigi.

Forço as únicas duas janelas do chalé, verificando se deslizam nos caixilhos, mas nem se movem. Estão seladas com ferrugem. Esse chalé é bem mais velho do que aquele onde Bo está hospedado. E, com certeza, essas janelas não são abertas há duas décadas. Volto para a porta, não querendo ficar por muito tempo no mesmo cômodo que Gigi.

— Está a salvo aqui. — Ouço Rose dizer a ela.

E Bo atravessa a porta, me olhando de soslaio. Nós sabemos quem ela é de verdade. Posso ver que Bo está louco para interrogá-la.

— Posso comer alguma coisa? — pergunta Gigi.

Rose assente.

— Claro. Vamos trazer comida também. — Ela não faz ideia de quem acabou de levar para a ilha. — Tente descansar um pouco, imagino que esteja exausta.

Assim que Rose sai pela soleira, fecho a porta e Bo pega uma tábua de madeira torta que fora guardada nos fundos do chalé. Ele a enfia sob a maçaneta, prendendo-a no lugar.

— O que está fazendo? — pergunta Rose, fazendo menção de pegar a tábua. — Ela não é uma prisioneira.

— Se quiser escondê-la aqui, então é como vai ser — explico.

— Não acha mesmo que ela fez alguma coisa de errado... que ela é uma das irmãs...?

Rose pode não acreditar nas irmãs Swan, mas ela sabe que eu acredito.

— Não dá para ter certeza de que ela é inocente — argumento. — Por ora, ela fica trancada. Pelo menos é melhor que a casa de barcos.

— Por pouco — rebate Rose, mas cruza os braços e recua da porta, concordando, de forma relutante, com nossas regras.

— Heath sabe o que você fez? — pergunto.

Ela balança a cabeça.

— Não. Mas peguei o barco de seus pais emprestado, então com certeza vou ter que explicar onde estive.

— Ele não pode contar nada disso a ninguém.

— Ele não vai.

— E ninguém a viu soltá-la? — pergunta Bo.

— Estava escuro, e Lon me pareceu totalmente apagado. É provável que ainda nem tenha se dado conta de que ela saiu.

De novo, sou atingida pela noção de que essa é uma ideia horrível. Nem tenho certeza se estamos escondendo Gigi de Lon e Davis, ou se a estamos mantendo prisioneira, assim como eles o fizeram. Seja o que for, estou com uma triste sensação de que tudo vai acabar de um modo trágico.

— Apenas tome cuidado na cidade — aconselho.

— Vou tomar. — E ela enfia as mãos nos bolsos do casaco, como se para espantar um súbito calafrio. — Obrigada — acrescenta, logo antes de seguir a passarela até a doca.

Bo e eu nos entreolhamos assim que ela está fora de vista.

— E agora? — pergunta ele.

* * *

De volta para casa, faço dois sanduíches de manteiga de amendoim e geleia para Gigi, embrulho os dois em papel alumínio, em seguida pego uma manta no armário do corredor.

Quando chego à porta do Chalé do Velho Pescador, noto que a tábua de madeira foi removida e que a porta está ligeiramente entreaberta. A princípio, meu coração acelera, em pânico, mas então ouço a voz de Bo do lado de dentro. Ele foi pegar lenha para acender a lareira enquanto fui providenciar comida, e voltou antes de mim.

Hesito, ouvindo o crepitar das chamas na lareira.

— Sei o que você é. — Ouço Bo dizer.

— Sabe? — responde Gigi, a voz distante, talvez no outro extremo da sala, sentada na única cadeira.

Toco a maçaneta e paro. Talvez eu lhe deva isso: a chance de interrogá-la sobre seu irmão. Então espero antes de entrar.

— Você não é Gigi Kline — diz ele, com a voz fria, precisa e comedida. — É algo mais.

— E quem disse isso? Sua namorada, Penny?

Engulo em seco.

— Você matou o meu irmão?

— Seu irmão? — A voz muda, desce até uma oitava que não pertence mais a Gigi, e sim a Aurora. — Você espera que eu me lembre de seu irmão, um garoto entre os milhares que se apaixonaram por mim?

Ela solta a declaração com uma gargalhada, como se a paixão fosse o primeiro passo em direção à morte.

— Foi no verão passado, 11 de junho — oferece ele, na esperança de que a informação avive sua memória. Mesmo que ela se lembre, jamais confessaria. Não para ele.

— Não me soa familiar.

Ouço os passos de Bo pela sala. Sua voz parece mais distante agora.

— Você afogou alguém no dia 11 de junho?

— Hummm, deixe-me pensar. — Seu tom dá uma guinada, como se estivesse alternando entre a voz de Gigi e de Aurora, jogando com Bo. — Não — conclui ela enfim. — Estou bastante certa de que tirei o dia de folga. Uma garota fica cansada com tantos rapazes bajulando-a.

Me surpreende que esteja sendo tão honesta com ele, ainda que as respostas venham veladas por inverdades. Ela deve ter percebido que não o enganaria com sua pequena encenação. Ele vê através de Gigi Kline, mesmo que não consiga ver a coisa dentro da garota.

— Posso fazê-la falar — ameaça ele, a voz como uma unha de metal arranhando a madeira.

Abro a porta, incapaz de ficar quieta por mais tempo. Gigi não está sentada como pensei; está de pé na parede oposta, ao lado de uma das janelas, encostada a ela, como se esquadrinhasse o oceano à procura de um navio velejando em seu socorro pela enseada. E Bo está a apenas alguns metros, ombros eretos, mãos quase em punhos ao lado do corpo, como se estivesse prestes a usá-las na garganta da garota.

— Bo — sibilo.

Bo não se vira de pronto. Ele a encara, como se talvez fosse encontrar um lampejo do irmão naquele olhar... do momento em que foi morto. Gigi ergue uma das mãos, sorrindo de leve.

— Pobre garoto — diz ela, em seu tom mais suave e condescendente. — Não posso ajudá-lo a encontrar seu irmão... mas posso mostrar exatamente como ele se sentiu. — Seus dedos se aproximam do rosto de Bo, os olhos presos aos dele. — Não vai doer, prometo. Na verdade, você vai implorar por mais. — A ponta de seus dedos está a apenas um centímetro de seu rosto, prestes a tocá-lo. — Posso mostrar coisas que sua namorada não pode. Penny é medrosa demais para amá-lo de verdade.

Quando a mão está quase no queixo dele, Bo lhe agarra o pulso. Ela faz uma ligeira careta. Em seguida, ele afasta seu braço, que cai na lateral do corpo.

As sobrancelhas de Aurora se erguem, e ela me encara do outro lado sala, como se quisesse ter certeza de que testemunhei o quão perto esteve de o clamar para si.

— Gosto dos que bancam os difíceis — diz ela, piscando.

Largo o cobertor e os dois sanduíches na pequena mesa da cozinha com um baque, então dou meia-volta. Antes que eu perceba, Bo está atrás de mim.

— Se sentir a minha falta, Bo — seduz ela, sorrindo conforme nos vê partir. — Sabe onde me encontrar.

Mas Bo apenas bate à porta, depois coloca a tábula de volta no lugar.

— Você tinha razão — diz ele. — Ela é uma delas.

* * *

Bo e eu caminhamos pelo perímetro da ilha. Somos agora vigias de prontidão, esquadrinhando as fronteiras à procura de saqueadores — como se as irmãs Swan fossem nadar até a praia e tomar a nossa pequena ilha. Estou no limite. Tensa. Certa de que nada disso acabará bem.

Gigi Kline está trancada no chalé. Há uma busca por ela. Davis e Lon a querem morta; a polícia de Sparrow está tentando localizá-la e devolvê-la aos pais. E, de algum modo, estamos no meio de tudo.

Ainda não tenho bem certeza do que fazer com ela.

— Quer ir até minha casa para jantar? — pergunto a Bo, enquanto o sol começa a se pôr. Passamos a maior parte do tempo em seu chalé, sozinhos, nunca na casa principal.

Ele levanta o boné para passar uma das mãos pelo cabelo antes de recolocá-lo na cabeça, mais baixo dessa vez, então é difícil ver seus olhos.

— E sua mãe?

— Ela não vai se importar. E não é exatamente um convite, mas uma intimação. Não vou deixá-lo sozinho. Vai que você decide sair para um mergulho outra vez? — respondo com um sorriso, muito embora o assunto não tenha graça.

Ele ri, correndo os olhos pela ilha, até o chalé, onde Gigi está trancada. A tábua de madeira ainda no lugar.

— Tudo bem — concorda.

Esquento uma lata de sopa de tomate e faço dois queijos quentes no fogão. É uma refeição simples. Não há muitas opções, de todo modo. Preciso ir até a cidade para fazer compras... eventualmente. Mas não tenho pressa de deixar a ilha.

Comemos depressa, e Bo me segue pelas escadas. Quando chegamos ao meu quarto, posso ouvir o ventilador no fim do corredor. Minha mãe já está na cama.

— Sua mãe sabe que estou aqui? — pergunta Bo assim que entramos no quarto.

— Ela sabe. Sente quando alguém chega em casa ou à ilha.

— E Gigi?

— Tenho certeza de que minha mãe também sabe que ela está aqui. Mas não vai dizer nada. Faz alguns anos que ela não conversa com ninguém de fora da ilha. Não creio que consiga reunir forças para chamar a polícia por conta de uma garota desaparecida, mesmo que queira.

— Ela está assim por causa de seu pai?

Concordo sem demora, então me sento na beirada da cama enquanto ele se acomoda na poltrona ao lado da janela.

— Depois que ele desapareceu há três anos, ela meio que enlouqueceu.

Ele assente, compreensivo.

— Lamento.

Uma garoa começou a cair, salpicando o vidro e tamborilando o telhado. Um som que suaviza os beirais e ângulos da velha casa.

— Ao que parece, o amor é o pior tipo de loucura.

Vou até a janela e pressiono a palma contra a vidraça. Posso sentir o frio da chuva do outro lado.

— Já se apaixonou antes? — Bo se atreve a perguntar.

Eu o encaro, sorvendo a curva preguiçosa de seu olhar.

— Uma vez — confesso, as palavras me escapando. Não é algo de que goste de falar... com ninguém.

— E?

— Não durou. Circunstâncias além do nosso controle.

— Mas ainda pensa nele? — pergunta Bo.

— Às vezes.

— Você tem medo?

— Do quê?

— De se apaixonar de novo?

Suas mãos estão nos braços da poltrona, relaxadas, mas seu olhar parece bem mais intenso.

— Não.

Engulo em seco, o coração na garganta. Ele consegue ouvir o que estou pensando, saber o que estou sentindo? Que meu coração já começa a se derramar, que minha mente mal pensa em outra coisa além dele? Que, quando estamos juntos, quase acredito que nada mais importa? Que talvez ele possa me salvar, que talvez eu possa salvá-lo?

Meu medo era não ter outra chance de amar.

Ele se levanta da cadeira e caminha até a janela, pressionando o ombro contra a moldura de madeira, maxilar contraído até as têmporas.

— Como soube que estava apaixonada?

A pergunta faz a ponta de meus dedos formigar com a vontade de tocar seu rosto, mostrar a ele o sentimento rompendo minhas amarras.

— Era como afundar — revelo.

Sei que é um modo estranho de descrever, considerando o tipo de morte predominante na cidade, mas foi o que saiu.

— Como se estivesse se afogando, mas não se importasse, porque o ar é supérfluo. Você só precisa da outra pessoa.

Seus olhos procuram os meus, estudando-os, conferindo se estou me afogando. E estou. O relógio ao lado da cama conta os segundos; a chuva marca o tempo.

— Penny — diz ele com suavidade, o olhar sobre mim. — Não vim até aqui, até essa cidade, esperando nada disso. — Ele olha para o chão, então ergue os olhos outra vez. — Se eu não a tivesse conhecido, provavelmente teria sido mais fácil... menos complicado. Talvez já tivesse partido há dias.

Franzo o cenho, e ele pigarreia. Suas palavras se quebram e se reagrupam. Isso é difícil para ele.

— Mas agora eu sei... — Ele suspira, os olhos me atravessando... selvagens e inabaláveis. — Não vou partir sem você. Mesmo que isso signifique que preciso esperar. Vou esperar. Vou esperar neste maldito lugar pelo tempo que for necessário. Se quiser que eu fique, então vou ficar.

Ele balança a cabeça e abre a boca como se fosse continuar, mas não deixo. Avanço e esmago os lábios contra os dele, espremendo seus pensamentos, suas palavras. Ele tem gosto da brisa de um verão distante, como uma resolução, como um garoto de outra vida. Como se fôssemos fazer memórias só nossas. Memórias que nada têm a ver com esse lugar. Uma vida, talvez. Uma vida de verdade.

Abro os olhos. Traço seus lábios com os meus. Ele me olha como se eu fosse uma garota trazida pela maré, rara, marcada e quebrada. Uma garota encontrada em água bravia, nos recônditos de um conto de fadas sombrio. Ele me olha como se pudesse me amar.

— Tenho medo — sussurro.

— De quê?

— De me permitir amar você, e então me sentir ruir quando o perder.

— Não vou a lugar algum sem você.

Promessas são fáceis de fazer, penso, mas não digo. Porque sei que ele acredita nas próprias palavras. Ele acredita que o que sentimos neste instante vai nos redimir no fim. Mas eu sei... eu sei. Finais nunca são simples.

Eu me encolho contra a parede. Sua mão ainda toca meu antebraço. Bo não me solta.

— Como tudo acaba? — pergunta ele, como se seus pensamentos trilhassem os meus. — O que vai acontecer no solstício de verão?

Lembranças me tomam de assalto, os anos passados, a conclusão dos verões, os corpos deixados para trás.

— Vai haver uma festa, igual àquela da praia. — Solto meu abraço de seu aperto, puxando as mangas do suéter sobre as mãos e cruzando os braços, subitamente gelada. — Antes da meia-noite, as irmãs vão voltar para a enseada, libertando os corpos que roubaram.

— E se elas não entrarem na água? Se Gigi permanecer trancada durante o solstício?

Meus pulmões param de funcionar. Ela vai morrer. Ficará presa naquele corpo indefinidamente, mergulhada nos sombrios recessos da mente de Gigi. Ela vai ver, ouvir e testemunhar o mundo, mas Gigi retomará o controle, alheia ao fato de que agora uma irmã Swan está aprisionada dentro se si, enterrada bem fundo. Um fantasma dentro de uma garota. O pior tipo de existência. Uma punição digna dos tormentos que as irmãs causaram.

Mas não digo isso a Bo. Porque não tenho certeza se é verdade, já que nunca aconteceu antes. Uma irmã Swan jamais ficou presa dentro de um corpo depois da meia-noite do solstício de verão.

— Não tenho certeza — respondo, com sinceridade.

Os olhos de Bo se desviam para a janela. Ele está ponderando sobre algo.

— Tenho que matá-la — declara ele. — Mesmo que ela não tenha matado meu irmão, matou outros. Ela não merece viver.

— Vai matar Gigi também — argumento.

— Eu sei, mas você me contou como a cidade matou outras garotas no passado, na esperança de parar as irmãs, mas que sempre pegaram a pessoa errada. — Seus olhos procuram os meus. — Desta vez, não estamos enganados. Você pode vê-las. Sabe quem são. Podemos descobrir onde está a terceira e acabar com tudo de uma vez. Ninguém mais precisa morrer.

— Exceto três garotas inocentes.

— Melhor que centenas de garotos. Por mais quantos séculos elas retornarão antes que alguém as impeça? Eles nunca acertaram no passado porque não sabiam com certeza quais garotas estavam possuídas. Mas nós sabemos. E uma está bem ali, trancada.

Bo aponta pela janela, e sua súbita urgência me assusta. Não pensei que ele falaria tão sério, que realmente iria querer fazer aquilo. Mas agora Bo soa como se pudesse marchar até o chalé e acabar com a vida de Gigi com facilidade, tudo baseado em minha habilidade de ver quem de fato ela é.

— E você conseguiria conviver com a culpa? — pergunto. — Sabendo que matou três pessoas?

— Meu irmão está morto — diz ele, com frieza. — Vim até aqui para descobrir o que houve com ele, e descobri. Não posso partir agora. — Ele tira o boné e o deixa na cadeira. — Preciso fazer isso, Penny.

— Não precisa. — Eu me aproximo. — Pelo menos, não agora... não esta noite. Talvez possamos encontrar outro modo.

Ele suspira, então se apoia na moldura da janela.

— Não existe outro modo.

Estendo a mão para tocar seu ombro, forçando-o a me encarar.

— Por favor — imploro, erguendo o queixo para ele.

Bo tem cheiro de terra; um cheiro selvagem e destemido, e sei que também pode ser perigoso, mas, quando estou perto assim, não me importo com o que ele é.

— Ainda temos alguns dias até o solstício. Temos tempo para pensar em alguma coisa. Todos aqueles livros em seu chalé... talvez haja mesmo um modo de parar as irmãs sem matar as garotas possuídas. Precisamos procurar, temos que tentar.

Meus dedos deslizam para sua mão, o calor de sua palma me queimando, me incendiando, me atordoando.

— Ok — concorda ele, entrelaçando os dedos aos meus. — Vamos procurar outro modo. Mas se não encontrarmos nenhum...

— Eu sei — interrompo Bo antes que possa terminar.

Ele vai matar Gigi para atingir Aurora. Mas ele não entende o que aquilo significa: tirar uma vida. Isso vai mudá-lo. Não é algo que possa desfazer.

O sol conseguiu mergulhar no oceano no intervalo de tempo que ficamos em meu quarto, e ligo as luzes ao lado da cama.

— Um de nós devia ficar acordado para vigiar o chalé, se certificar de que ela não escape — sugere Bo.

Duvido que ela tente escapar, mas concordo. As chances de Gigi não são boas na cidade. Com certeza, Lon e Davis estão procurando por ela. E creio que ela sabe que está mais segura aqui… escondida no chalé. Seu erro é pensar que, graças a Rose, vamos protegê-la.

Na verdade, estamos tramando meios de matá-la.

IRMÃS

A magia nem sempre nasce de palavras, de caldeirões fervendo com especiarias ou gatos pretos espreitando por becos sombrios. Algumas maldições se manifestam através do desejo ou da injustiça.

Quando estava viva, Aurora Swan às vezes deixava pedaços de vidro ou uma cauda de rato na soleira de um desafeto — na esperança de que a mulher caísse doente ou de que tropeçasse em uma pedra solta e quebrasse o pescoço enquanto passeava pela Ocean Avenue. Eram meros agouros, feitiços comuns para tentar influenciar o destino a seu favor. Não magia de verdade.

Hazel Swan podia ser encontrada, com frequência, murmurando desejos para uma lua de sangue, os lábios se movendo tão rapidamente quanto as asas de um beija-flor em pleno voo. Ela encantava a lua, desejando coisas pelas quais ansiava… por exemplo, um amor de verdade para varrer todos os outros.

Marguerite era mais direta em seus esforços. Deslizava os dedos pela garganta dos amantes e lhes dizia que eram seus. Se eles a recusassem, ela se certificava de que não amariam de novo. Ela prometia vingança, tormentos e a fúria avassaladora de sua ira caso se atrevessem a rejeitá-la. Perambulava pela cidade, como se fosse feita da mais pura seda francesa, arrogante e altiva. Ela queria poder, e todos sabiam.

Mas elas pagariam por sua arrogância.

As irmãs podem ter se comportado de maneira escandalosa, perversa e sedutora. Mas nunca praticaram magia de um modo que justificasse sua morte. Não eram bruxas, em um sentido histórico, mas possuíam uma gravidade... algo que atraía as pessoas.

Elas se moviam com uma graça natural, como se fossem bailarinas formadas na Académie Royale de Danse, na França; o tom de seu cabelo ficava entre o caramelo e o carmim, dependendo da luz do sol; e suas vozes soavam com uma qualidade cantada, cada palavra uma fascinação.

Elas nunca roubaram a alma de um recém-nascido ou conjuraram poderosos feitiços para tornar a chuva infinita ou os peixes na enseada intocáveis. Nem tinham a habilidade de lançar uma maldição tão perpétua como a que as aprisiona agora.

Mas a magia nem sempre é linear. Ela nasce do ódio, do amor, da vingança.

QUINZE

À s duas da manhã, minhas pálpebras se abrem. O quarto está escuro, exceto pelo traço angular da luz da lua, filtrado pela janela, se derramando no chão. As nuvens de chuva se dispersaram, e o céu se abriu. Bo está acordado, sentado na cadeira, tamborilando, devagar e ritmicamente, no braço. Ele vira a cabeça quando me sento na cama.

— Devia ter me acordado antes — digo, sonolenta.

— Você parecia precisar do sono.

Ainda estou completamente vestida por baixo das cobertas. Coloco o lençol de lado e me espreguiço.

— Fico com o próximo turno — aviso. O piso de madeira está gelado e range sob meus pés. — Você deve estar cansado.

Ele boceja e se levanta. Damos um encontrão quando tentamos desviar um do outro, ambos sonolentos. Quando chega à cama, Bo desmorona de costas, uma das mãos no peito, a outra esticada na lateral do corpo.

Bo coloca o boné sobre o rosto. Eu me sinto tentada a rastejar para seu lado, repousar a cabeça em seu ombro e cochilar de novo. Seria fácil me render a ele, tanto agora quanto para sempre… deixar os dias voarem até que não houvesse nenhum para contar. Eu poderia deixar a ilha com ele e não olhar para trás. E talvez, quem sabe, poderia ser feliz.

Não demorou muito para as mãos de Bo relaxarem e a cabeça cair ligeiramente à esquerda. Sei que ele adormeceu. Mas não me acomodo na poltrona. Vou até a porta, abro-a o suficiente a fim de escapulir para o corredor. Silenciosamente, desço as escadas até a porta da frente.

Algumas nuvens intermitentes cobrem a lua, e então a desnudam de novo. Um balé de céu claro e nuvens baixas, banhado pelo luar.

Visto a capa de chuva, tentando me mover com rapidez. Disparo pela noite, na direção do Chalé do Velho Pescador.

* * *

Preciso de várias tentativas até deslocar a tábua presa à maçaneta. Minhas mãos estão úmidas; a madeira está úmida. Quando a porta se abre, a única luz no interior do chalé vem da lareira do outro lado do cômodo.

O lugar cheira a mofo, a naftalina e a um pouco de vinagre. E, por meio segundo, me sinto mal por Gigi estar presa nesse lugar.

Ela está parada do outro lado da sala, acordada, as mãos perto do fogo para aquecê-las.

— Olá, Penny — cumprimenta, sem se virar. Fecho a porta atrás de mim, sacudindo a chuva da capa. — Eu não matei o irmão dele.

— Talvez não — argumento. — Mas ele está determinado a descobrir quem foi.

Instintivamente, quero ir até o fogo em busca de calor, mas também não quero me aproximar de Gigi mais do que já fiz. No sofá, noto o cobertor dobrado que trouxe mais cedo. Ela não dormiu nada.

— Veio me convidar para o chá e uma chuveirada? Uma chuveirada cairia bem.

— Não.

— Então por que está aqui?

Ela dá meia-volta, o cabelo loiro e liso, na altura do ombro, parece esgarçado e sujo como uma piaçava. De novo, engulo a sensação de pena. Ela pisca, e a silhueta cintilante e cinza-perolada de Aurora Swan também pisca sob seu semblante. São como duas garotas sobrepostas. Duas imagens reveladas de forma equivocada, uma pairando sobre a outra. Mas, quando Gigi se afasta da lareira, quase não consigo ver Aurora dentro de seu corpo. O contorno de seu rosto desvanece e se torna sombrio. Posso me enganar e acreditar que Aurora não mais está presente, e que Gigi é apenas uma garota normal.

— Preciso falar com você.

— Sem seu namorado? — pergunta ela, o lado esquerdo do lábio arqueando no canto.

— Ele quer matar você... A cidade inteira quer.

— Eles sempre quiseram. Qual é a novidade?

No canto do teto atrás de Aurora, há uma teia de aranha parcialmente desfeita. Pontos escuros — moscas e mariposas — estão presos nos fragmentos pegajosos. Pernas e asas cativos. A aranha está há muito morta, mas a teia segue matando.

— Mas desta vez pegaram você nadando de volta à costa depois de afogar dois garotos. Eles têm certeza de que é uma delas.

Aurora/Gigi franze o cenho, formando uma linha que se ergue em sua testa.

— E estou certa de que você não fez nada para desencorajar tal ideia.

Ela está insinuando que eu disse algo, que revelei que ela é, de fato, uma irmã Swan, mas apenas contei a Bo.

— Não se cansa disso? — pergunto. — De matar pessoas ano após ano?

Era o que eu queria perguntar quando a confrontei na casa de barcos, antes de Lon me flagrar conversando com ela.

Ela parece intrigada, e sua cabeça se inclina para a esquerda.

— Como se tivéssemos escolha.

— E se tivéssemos?

— Não se esqueça — diz ela, com firmeza — de que é por sua culpa que acabamos assim em primeiro lugar.

Desço os olhos para o chão. Ciscos de poeira se acumularam ao redor das pernas da mesa da cozinha e nas paredes.

Ela sorri, então passa a língua pelo lado de dentro da bochecha.

— Deixe-me adivinhar, você está se apaixonando por aquele garoto? — Sua boca se ergue de novo, sorrindo com a satisfação de ter acertado um ponto nevrálgico para mim. — E está começando a achar que talvez haja um modo de manter o corpo que ocupa, de permanecer humana para sempre? — Ela se afasta do fogo, movimentando o maxilar como se fosse rir. — Você é uma maldita ingênua, Hazel. Sempre foi. Mesmo antes, você achava que esta cidade não nos mataria de verdade. Pensava que tínhamos salvação. Mas estava errada.

— Pare — peço a ela, com os lábios trêmulos.

— Essa não é sua cidade. Esse não é seu corpo. Essas pessoas nos odeiam. Elas nos querem mortas de novo, e você está fingindo ser uma delas. — Ela empina o queixo como se tentasse me ver sob um novo ângulo, espionar a coisa dentro de mim. — E aquele garoto… Bo. Ele não a ama. Ele ama Penny Talbot, a garota cujo corpo você possuiu. — As palavras são cuspidas de seus lábios como se emprestassem um travo amargo a sua língua. — E agora você trancou a própria irmã neste chalé nojento. Você nos traiu… sua família.

— Você é perigosa. — Consigo dizer.

— Assim como você. — Ela ri. — Me diga, planeja passar a temporada inteira sem afogar um garoto sequer? O solstício está chegando.

— Estou farta disso — admito. — Não quero mais matar.

Embora a ânsia me devore, instigando a minha alma... a necessidade como um espinho na garganta, sempre aguilhoando a pele, me lembrando do que vim fazer aqui. Mas resisti. Algumas vezes até mesmo esqueci. Com Bo, o desejo de vingança arrefeceu. Ele me fez acreditar que posso ser outra pessoa... não apenas o monstro que me tornei.

— Você precisa. É o que fazemos.

Ela torce uma mecha do cabelo loiro entre o indicador e o polegar, fazendo um biquinho com os lábios. O rosto de Aurora parece pressionar o crânio de Gigi, em busca de mais espaço, estender o pescoço dentro do confinamento daquele corpo. Conheço a sensação. Às vezes também me sinto presa no corpo de Penny; aprisionada pelos limites de sua pele.

— Temos vivido assim por tempo demais — digo, a voz mais forte agora, encontrando propósito nas palavras. — Dois séculos torturando essa cidade, e o que conseguimos?

— Você se apaixona por um garoto qualquer, que nem mesmo é daqui, e agora quer proteger a cidade? — Ela cruza os braços, ainda vestindo a mesma blusa branca suja de quando afogou os garotos na enseada. — Além do mais, gosto de voltar. Gosto de fazer os garotos se apaixonarem por mim, controlá-los... colecioná-los como pequenos troféus.

— Você gosta de matá-los, é o que quer dizer.

— Eu os torno meus, e mereço guardá-los — dispara ela. — Não é minha culpa que sejam tão crédulos e ingênuos. Garotos são fracos; eram fracos há dois séculos, e ainda o são.

— Quando será o bastante?

— Nunca.

Ela inclina a cabeça, estalando o pescoço.

Suspiro. O que esperava ao vir aqui? Qual era a minha esperança? Já devia saber: minhas irmãs nunca vão parar. Elas são como o mar, exigindo navios e vidas sem remorso. E vão continuar matando por mais dois séculos se depender delas.

Dou meia-volta em direção à porta.

— Não aprendeu a lição, Hazel? — pergunta ela do outro lado do cômodo. — Você foi traída pelo garoto que um dia amou. O que a faz pensar que Bo também não vai traí-la?

Engulo a fúria crescendo em mim. Ela não sabe nada sobre o que aconteceu antes... há dois séculos.

— Isso é diferente — argumento. — Bo é diferente.

— Improvável. Mas ele é bonito. — Ela sorri. — Talvez bonito demais para você. Acho que vou pegá-lo para mim.

— Fique longe dele — vocifero.

Seus olhos semicerram, focados em mim.

— O que pretende fazer com ele exatamente?

— Não vou matá-lo.

Não vou atraí-lo para o mar e afogá-lo. Não é o que quero para ele... uma existência sombria, aquosa, a alma presa à enseada. Um prisioneiro ao sabor das marés.

— Você sabe que vai precisar deixá-lo para trás em alguns dias. Ele se apaixonou por um fantasma e ficará com essa garota, Penny, que não se lembrará de nada. — Ela solta uma gargalhada. — Não vai ser hilário? Ele vai se apaixonar por Penny, e não por você.

Uma onda de náusea começa a invadir o meu estômago.

— Ele me ama... não ama esse corpo. — Mas as palavras parecem vazias e quebradas.

— Claro — diz ela, revirando os olhos, algo muito Gigi.

Não podemos evitar alguns maneirismos dos corpos que habitamos. Assim como eu assumi alguns traços de Penny Talbot, todas as suas memórias jazem dormentes em minha mente, aguardando para serem colhidas, como uma flor. Estou interpretando o papel de Penny Talbot, e o faço bem. Tive prática.

Toco a maçaneta.

— Falei sério — digo a ela. — Fique longe de Bo ou vou me assegurar de que aqueles garotos da cidade tenham a oportunidade de fazer exatamente o que têm vontade: matar você.

Ela ri, mas seu olhar fica sério, me observando conforme me esgueiro para fora e fecho a porta atrás de mim.

HAZEL SWAN

Hazel caminhava depressa pela Ocean Avenue. Delicadamente entre as mãos, um pequeno pacote contendo um frasco de perfume de água de rosas e mirra. Ela estava a caminho de entregá-lo à Sra. Campbell, em Alder Hill.

Ela estava dando uma rápida conferida no pacote, embrulhado com cuidado em papel pardo, quando acertou em cheio o ombro de alguém parado na calçada. O pacote voou de seus dedos e se espatifou na rua de paralelepípedos. O perfume de rosas e mirra evaporou com rapidez no úmido ar marinho.

Owen Clement se ajoelhou para recolher os restos do pacote, e Hazel fez o mesmo, o braço roçando no dele, os dedos se tocando, encharcados de perfume.

Diferente das irmãs, Hazel sempre havia evitado a atenção dos homens. Portanto, não estava preparada para o desejo que floresceu ao encontrar Owen Clement, o filho do primeiro faroleiro que viveu na ilha Lumiere. Ele era francês, como o pai, e as palavras rolavam de sua boca, como uma brisa escarlate.

Todas as noites, Hazel escapulia com ele pela enseada, até a ilha — mãos acariciando pele, emaranhadas no cabelo um do outro; corpos como um; acordando a cada manhã no apartamento sobre o celeiro, que se erguia ao lado da casa-principal, o ar cheirando a feno e suor.

As galinhas cacarejavam no galinheiro abaixo. No fim de tarde, com apenas o luar para lhes iluminar o rosto, eles perambulavam pela fileira única de macieiras, que o pai de Owen havia plantado naquela primavera. Ainda levaria anos antes da primeira colheita, mas a promessa de vida tornava o ar doce e pungente.

Juntos, os dois exploravam a costa rochosa; deixavam a água banhar seus pés. Imaginavam uma vida nova juntos, mais ao sul. Talvez na Califórnia. Jogavam pedras na água e desejavam coisas impossíveis.

Mas o pai de Owen não confiava nas irmãs, que tinham fama de bruxas — sedutoras que atraíam garotos para suas camas apenas por diversão. Quando descobriu o filho e Hazel aninhados no apartamento certa manhã, jurou que faria de tudo para que eles nunca mais se vissem de novo.

Foi o pai de Owen que instaurou a Inquisição das três irmãs. Foi o pai de Owen que amarrou as pedras em seus tornozelos e jogou as três garotas no fundo da enseada. Foi o pai de Owen o responsável por suas mortes.

E, ano após ano, verão após verão, Hazel se sentia atraída de volta à ilha Lumiere, pela lembrança do garoto que amou naquele lugar, com o qual forjou promessas. O garoto que ela perdeu há dois séculos.

DEZESSEIS

Bo ainda dormia na cama quando voltei ao quarto. O céu escurecia durante a minha volta para casa, a chuva mais uma vez castigando a ilha.

Seu peito se expande a cada respiração; seus lábios se abrem. Eu o observo, querendo poder contar toda a verdade para ele sem destruir tudo. Sem destruí-lo. Mas ele acha que sou outra pessoa. Quando me olha, vê Penny Talbot, não Hazel Swan. Ostentei a mentira como se fosse verdade, fingi que este corpo poderia ser meu e que não precisaria voltar ao oceano no fim de junho. Talvez esse sentimento brotando em meu peito me salve; talvez o modo como Bo me olha consiga me fazer real e inteira. Não a garota que se afogou há duzentos anos.

Mas a risada de Gigi ecoa em meus ouvidos. É o que fazemos. Somos assassinas. Nossa sede de vingança jamais será saciada. E não posso ter Bo, não de verdade. Estou presa no corpo de outra garota. Venho repetindo o mesmo ciclo sem fim, verão após verão. Eu não sou eu.

Não sei mais quem sou.

Caminho até a cômoda branca na parede oposta e passo um dedo pela superfície. Uma coleção de itens está espalhada no tampo, como fragmentos de uma história: um perfume de baunilha que já pertenceu à mãe de Penny, pedrinhas e conchas da praia em um prato, os livros dos autores prediletos de Penny — John Steinbeck, Herman Melville e Neil Gaiman. Seu passado jaz desprotegido, tão fácil de roubar. Posso me apropriar dessas coisas. Posso me apropriar de sua vida. Esta casa, este quarto; inclusive o garoto adormecido na cama.

Uma fotografia está enfiada no canto da moldura do espelho sobre a cômoda. Eu a puxo. É o retrato de uma mulher flutuando em um tanque de água, uma falsa cauda de sereia presa à cintura para encobrir suas pernas. Há homens reunidos em frente ao reservatório, observando-a enquanto prende o fôlego, a expressão suave e natural. Ela é uma farsa. Uma invenção usada para vender ingressos em um circo itinerante.

Eu sou ela. Uma mentira. Mas, quando o circo fecha à noite, quando todas as luzes são apagadas e toda água é drenada do tanque, não posso tirar a minha barbatana de sereia feita de pano. Não tenho uma vida normal fora da ilusão. Sempre serei outra pessoa.

Meu embuste durou duzentos anos.

Devolvo a foto à moldura do espelho e esfrego os olhos. Como me tornei esta coisa? Um espetáculo. Uma curiosidade em uma exibição. Não queria nada disso… essa vida prolongada, anormal.

Suspiro, segurando as lágrimas, e me viro para encarar Bo, que ainda está dormindo.

Ele se remexe na cama, então abre os olhos, como se me sentisse observá-lo em seus sonhos. Desvio os olhos para a janela.

— Você está bem?

Ele se senta, pressionando as palmas no colchão.

— Sim.

Mas não estou. A culpa está me devorando viva. Estou engasgada com ela, sufocando, engolindo fragmentos de cada mentira vil.

— Você foi lá fora? — pergunta ele.

Toco o cabelo, molhado de chuva.

— Só por um minuto.

— Até o chalé de Gigi?

Balanço a cabeça, apertando os lábios para esconder a verdade.

— Só precisava de um pouco de ar fresco.

Ele acredita em mim. Ou talvez apenas finja acreditar.

— Vou ficar um pouco acordado para você dormir — diz ele.

Começo a dizer não, mas então me dou conta do quanto estou exausta, então rastejo até a cama e encolho os joelhos.

Mas não consigo dormir. Eu o observo parado à janela, olhando para um mundo ao qual não pertenço.

O sol logo vai nascer. O céu renovado. E talvez eu também seja renovada.

* * *

Três dias passam em um turbilhão. Rose visita a ilha para checar Gigi, sua "prisioneira liberta". Ela traz bolos desmemoriados da loja da mãe: amora e café, caramelo salgado com crosta de pistache.

Ela nos conta que Davis e Lon estão procurando por Gigi, preocupados que acabem tendo problemas se ela for à polícia denunciar os dois por mantê-la trancada na casa de barcos. De algum modo, ninguém parece suspeitar de que Gigi possa estar na ilha Lumiere, secretamente encarcerada em um dos chalés.

Todo fim de tarde, Bo espalha livros pelo piso do chalé. A lareira fica acesa e seus olhos chegam a ficar marejados e cansados de ler até tarde da noite. Ele está procurando um modo de matar as irmãs Swan, poupando os corpos que habitam. É um esforço inútil. Sei coisas que ele desconhece. Em segredo, anseio por uma maneira de me manter nesse corpo para sempre.

Leio livros também, aninhada no velho sofá, o vento chacoalhando as vidraças do chalé. Mas estou procurando outra coisa: um modo de ficar, de existir na superfície indefinidamente... de viver. Há lendas de sereias apaixonadas por marinheiros, sua devoção lhes garantindo a forma humana. Leio sobre lendas irlandesas de selkies abandonando sua pele de foca, casando com humanos e ficando em terra para sempre.

Talvez se apaixonar seja o bastante? Se o amor pode unir alguma coisa, também pode desfazê-la?

É véspera do solstício de verão. Bo desmaia ao lado do fogo com um livro no peito. Mas não consigo dormir. Então saio do chalé e perambulo pelo pomar sozinha.

Entre as fileiras de árvores, mal consigo discernir minha mãe — a mãe de Penny — parada na beirada do penhasco, a sombra de uma mulher à espera de um marido que não vai voltar. Vê-la ali sozinha, o coração partido pela dor, facilmente me faria permitir que a dor neste corpo aflorasse. Não há apenas memórias reprimidas nos corpos que tomamos, mas também emoções. Posso senti-las, dormindo profundamente no peito de Penny.

Se olhar bem de perto, se eu perscrutar a escuridão, posso sentir a tristeza de perder o pai. Meus olhos se encheriam de lágrimas, uma dor lancinante no peito, uma saudade tão grande que me engoliria inteira. Mas eu a mantenho sob controle. Não permito que essa parte de minha hospedeira me domine. Minhas irmãs sempre foram melhores nisso do que eu. Elas conseguem ignorar qualquer emoção, enquanto eu tenho que sentir remorso e tristeza correndo por minhas veias, subindo à garganta, tentando me sufocar.

Paro no velho carvalho no centro do bosque; a árvore fantasma, as folhas tremendo ao vento. Pressiono a palma contra o coração gravado no tronco. Olho por entre os galhos, um teatro de estrelas piscando de volta. E me recordo daquela noite, tantos anos antes. Eu me lembro de me deitar debaixo dessa árvore com Owen Clement, o garoto que um dia amei. Ele segurou a faca e talhou o coração para marcar nosso lugar no mundo. Nossos corações entrelaçados. A eternidade correndo em nossas veias. Foi naquela noite que ele me pediu em casamento. Ele não tinha anel nem dinheiro. Nada a oferecer. A não ser ele mesmo. Mas eu disse sim.

Uma semana depois, minhas irmãs e eu fomos afogadas na baía.

INQUISIÇÃO

Uma lufada soprou pela porta aberta da perfumaria, espalhando folhas secas pelo piso de madeira.

Quatro homens estavam parados na soleira, botas enlameadas e mãos sujas. Fediam a peixe e a tabaco. Em meio às imaculadas paredes brancas e à delicada mistura de perfumes, a presença deles parecia alarmante.

Hazel olhou para suas botas imundas, não para seus rostos, pensando apenas no sabão de que precisaria para lavar o chão depois que se fossem. Ainda não tinha se dado conta da intenção dos homens ou de que não veria a perfumaria outra vez.

Os homens agarraram as irmãs pelos braços e as arrastaram da loja.

As irmãs Swan estavam sendo presas.

Foram conduzidas pela Ocean Avenue à vista de todos; grossos pingos de chuva caíam do céu. A lama das ruas sujava a bainha de seus vestidos, e o povo da cidade parou para olhar. Algumas pessoas as acompanharam até a prefeitura da pequena cidade, que era usada para assembleias de cidadãos, abrigo durante tempestades e, ocasionalmente, para disputas legais. Uma querela sobre uma cabra desaparecida, desavenças por conta de atracadouro ou limites territoriais entre vizinhos.

Nunca antes uma mulher acusada de bruxaria fora levada ao prédio, quanto mais três.

Um grupo de vereadores e anciãos já havia se reunido, à espera da chegada das irmãs Swan. Marguerite, Aurora e Hazel foram obrigadas a se sentar em cadeiras de madeira na frente da sala, as mãos amarradas às costas.

Um pássaro se debatia nas vigas, um pintassilgo, preso, assim como as irmãs.

Com rapidez, as mulheres de Sparrow se apresentaram, apontando dedos para Marguerite e, eventualmente, Aurora, contando histórias sinistras sobre seus malfeitos, sua infidelidade com os maridos, irmãos e filhos da cidade. Como nenhuma mulher podia ser tão sedutora por conta própria, com certeza só poderia ser bruxaria o que tornava as irmãs Swan tão irresistíveis aos pobres homens da cidade. Eles eram meras vítimas da magia proibida das irmãs.

— Bruxas — sibilaram.

As irmãs não tiveram permissão para falar, muito embora Aurora tenha tentado mais de uma vez. Suas palavras não eram confiáveis. Feitiços poderiam ser facilmente conjurados de seus lábios para encantar aqueles no salão, e então elas usariam seu poder para exigir a própria liberdade. Elas tiveram sorte, disse um dos vereadores, que não houvessem sido amordaçadas.

Mas havia outra voz. Era de um dos anciãos, um homem cego de um olho e encontrado com frequência nas docas encarando o Pacífico, com saudades dos dias passados no mar. Sua voz se erguia sobre as outras:

— Provas! — berrava ele. — Precisamos de provas.

Essa simples exigência calou o tribunal, lotado de espectadores. A multidão forçava as portas pelo lado de fora, na ânsia de ouvir o primeiro julgamento de bruxas da cidade de Sparrow.

— Eu vi o sinal em Marguerite — gritou um homem dos fundos da sala. — Há uma marca de nascença no formato de um corvo em sua coxa esquerda.

Esse homem, que tomou coragem de falar por insistência da esposa, havia dividido a cama com Marguerite alguns meses antes. Os olhos de Marguerite se arregalaram, destilando fúria. De fato, ela tinha uma marca de nascença, mas ver nela um corvo era pura imaginação. O sinal era mais uma mancha de tinta, mas não fazia diferença. Um sinal, praticamente de qualquer tipo, era considerado a marca de uma bruxa — prova de que pertencia a um coven. E Marguerite não podia apagar uma marca de nascença.

— E as outras duas? — perguntou o ancião quase cego.

— Aurora tem uma marca no ombro — falou uma voz bem mais baixa, um menino de apenas 18 anos. — Eu a vi.

E ele tinha, como alegara, visto a constelação de sardas em seu ombro direito. Seus lábios haviam lhe beijado a carne várias noites antes, traçando as sardas que enfeitavam grande parte da pele de Aurora. Ela era como uma galáxia, salpicada de estrelas.

O olhar de Aurora encontrou o do garoto. Ela era capaz de ver o medo evidente em seus olhos. O rapaz acreditava que Aurora podia ser mesmo uma bruxa, como acusava a cidade, e que talvez o tivesse enfeitiçado, fazendo seu coração bater mais rápido quando estava por perto.

— Dois homens honrados se apresentaram com prova de culpa para duas das acusadas — disse um dos vereadores. — E a última irmã? Hazel Swan? Com certeza alguém viu a marca na pele dessa feiticeira?

Um frenesi de sussurros cortou o salão e ecoou no teto inclinado, vozes tentando discernir quem entre eles se deixou enredar por Hazel, atraído involuntariamente para sua cama.

— Meu filho vai dizer. — Uma profunda voz de homem se destacou do alarido. O pai de Owen surgiu nos fundos do tribunal e, atrás dele, de cabeça baixa, estava Owen. — Meu filho esteve com ela. Ele viu as marcas que ela esconde.

O ar dentro do salão se condensou, as paredes úmidas enrijeceram. O pintassilgo preso nas vigas ficou em silêncio. Nem mesmo as tábuas do piso estalaram conforme Owen era arrastado pelo pai até a frente do tribunal. Hazel Swan parecia prestes a desmaiar, a pele pálida. Não temia por si mesma, mas por Owen.

— Conte a eles! — exigiu o pai.

Owen ficou parado, expressão impassível, olhos em Hazel. Ele não o faria.

O pai marchou até onde as três irmãs estavam sentadas em uma fileira, mãos presas por cordas. Ele desembainhou uma faca enorme do estojo à cintura e a colocou na garganta de Hazel, a lâmina pressionando a pele de alabastro. Hazel soluçou.

Seus olhos tremeram, mas não se desviaram de Owen.

— Pare! — gritou Owen, avançando para Hazel. Dois homens seguraram seus braços e o imobilizaram.

— Conte-nos o que viu — exigiu o pai. — Conte-nos das marcas que afligem o corpo dessa garota.

— Não há marcas — retrucou Owen.

— O feitiço dela o deixa fraco. Agora nos conte, ou vou cortar esta garganta e você vai assistir enquanto ela sangra até a morte. Aqui, na frente de todos. Asseguro que será uma morte dolorosa.

— Você vai matá-la de qualquer jeito — argumentou Owen. — Se eu falar, vai acusá-la de bruxaria.

— Então você viu algo? — perguntou o ancião meio cego.

Os presentes no salão naquele dia diriam mais tarde que o modo como Hazel encarava Owen era como se estivesse conjurando um feitiço que forçava os lábios dele a se manterem em silêncio. Outros, alguns poucos que haviam conhecido o amor verdadeiro, viram algo mais: o olhar de duas pessoas cujo amor estava prestes a destruí-los. Não era bruxaria no olhar de Hazel. Era seu coração partindo em dois.

E, então, Hazel falou uma série de palavras doces que soavam quase como lágrimas derramadas:

— Está tudo bem. Conte a eles.

— Não — refutou Owen.

Ele ainda estava sendo contido pelos dois homens, os braços tensionados em resistência.

— Por favor — sussurrou ela.

Hazel temia que Owen pudesse ser punido por protegê-la. Ela sabia que já era tarde. A cidade já havia se decidido: elas eram bruxas. Os vereadores apenas precisavam que Owen falasse a fim de provar aquilo em que já acreditavam. Ele só precisava contar sobre uma pequena marca. Qualquer imperfeição na pele serviria.

Os olhos do rapaz se encheram d'água. Seus lábios se abriram, o ar carregado de várias respirações, várias batidas de coração, até que ele pronunciou as palavras.

— Há uma pequena meia-lua nas costelas do lado esquerdo.

Uma sarda perfeita, sussurrara ele contra sua pele naquele exato ponto, os lábios pairando sobre o sinal, o hálito lhe fazendo cócegas na carne. Hazel havia rido, a voz retumbando nas vigas do apartamento sobre o celeiro, os dedos lhe acariciando o cabelo. Owen tinha feito pedidos àquela meia-lua muitas vezes, preces silenciosas para que algum dia Hazel e ele deixassem Sparrow, a bordo de um navio a caminho de São Francisco. Uma nova vida longe daquela cidade. Talvez se ela fosse mesmo bruxa, o desejo murmurado suavemente contra sua pele tivesse se tornado realidade. Mas não se tornou.

Um soluço varreu a sala, e seu pai baixou a faca da garganta de Hazel.

— Aí está — proclamou o homem, satisfeito. — Prova de que ela também é uma bruxa.

Hazel sentiu o coração afundar. A sala ecoava com murmúrios. O pintassilgo voltou a cantar.

O ancião meio cego pigarreou, falando alto o bastante para que até aqueles do lado de fora da prefeitura, com os ouvidos pressionados contra a porta, pudessem ouvir:

— Na nossa pequena cidade, onde o oceano nos traz vida, ele também a tira. As irmãs Swan são consideradas culpadas de bruxaria e sentenciadas à morte por afogamento. A ser cumprida às três da tarde, no solstício de verão. Um dia auspicioso para garantir que suas almas perversas sejam permanentemente extintas.

— Não! — gritou Aurora.

Mas os lábios de Marguerite continuaram selados, o olhar frio o bastante para amaldiçoar qualquer um que ousasse encará-la. Hazel permaneceu em silêncio, não porque tivesse medo, mas porque não conseguia desviar os olhos de Owen. Ela podia ver seu arrependimento, sua culpa. Aquilo o destroçava.

Mas ele não a desgraçou... as irmãs e ela estavam condenadas desde o dia em que colocaram os pés naquela cidade.

Os homens pegaram as três irmãs antes que Hazel pudesse dizer uma palavra a Owen, guiando-as até um quarto nos fundos, onde cinco mulheres as despiram, verificaram as marcas que foram usadas contra elas, e então as vestiram com trajes brancos para purificar suas almas e assegurar sua eterna e absoluta morte.

Mas a morte das três não foi absoluta.

DEZESSETE

O chalé chacoalhava com o vento, e eu acordei, buscando algo que não estava ali. Tinha sonhado com o mar, com o peso de pedras me puxando para o fundo, a água tão gelada que a princípio tossi, mas então não consegui mais lutar conforme se infiltrava em meus pulmões. Uma morte sombria, solitária. Minhas irmãs a apenas um dedo de distância enquanto afundávamos até o leito do oceano.

Esfrego os olhos, esmagando a memória e o sonho.

É cedo, a luz fora do chalé ainda parece uma aquarela de cinzas, e Bo está alimentando o fogo.

— Que horas são? — pergunto, me virando no chão, onde consegui dormir. Ele colocou lenha no fogo. O calor queima meu rosto e pinica meus lábios.

— Cedo. Pouco mais que seis.

Hoje é o solstício de verão. Esta noite, à meia-noite, tudo vai mudar.

Bo não foi bem-sucedido em encontrar uma maneira de matar as irmãs Swan sem matar os corpos que ocupam. Não há nada nos livros. Mas eu sabia que não haveria.

E sei no que está pensando enquanto observa as chamas: hoje ele vai vingar a morte do irmão. Mesmo que signifique matar uma garota inocente. Ele não vai permitir que Aurora continue matando. Vai acabar com a vida dela.

Mas também tomei uma decisão. Não vou voltar à água à meia-noite. Não vou retornar ao mar. Vou lutar para manter este corpo. Quero continuar como Penny Talbot, mesmo que signifique o fim de sua existência. Mesmo que seja impossível — doloroso e aterrorizante —, tenho que tentar.

Todo verão, minhas irmãs e eu ganhamos algumas poucas semanas dentro dos corpos que possuímos, o que torna cada dia, cada hora, preciosa e efêmera. E então temos o hábito de permanecer dentro de nossos corpos até o último segundo antes da meia-noite do solstício de verão. Queremos sentir cada último instante sobre a linha d'água: sorver as últimas respirações; observar o céu, escuro e cinzento e infinito; tocar o solo sob nossos pés e saborear a sensação de estarmos vivas.

Mesmo quando o chamado da enseada começa a pulsar em nossa mente, nos atraindo de volta para seu abraço gelado, resistimos até que se torne insuportável. Nós nos agarramos a esses segundos derradeiros o máximo possível.

Já houve verões em que abusamos, esperamos tempo demais para retornar ao mar. Aconteceu com cada uma de nós pelo menos uma vez.

Nessas ocasiões, nesses segundos depois da meia-noite, um lampejo de dor lancinante varreu nosso crânio.

Mas não é só dor. Há algo mais: uma pressão. Como ser esmagado na escuridão, nas sombras profundas do corpo que possuímos. Quando me aconteceu há alguns anos, pude sentir a garota despertando, eu sendo aniquilada. Estávamos trocando de lugar. Onde quer que ela estivesse — escondida, sufocada e suprimida dentro do próprio corpo —, agora era minha vez de ocupar tal lugar. Foi apenas quando retornei ao oceano que me libertei do invólucro da garota. O alívio foi imediato. Jamais arriscaria ficar presa em um corpo depois da meia-noite.

No entanto, este ano, neste solstício de verão, vou tentar. Talvez consiga lutar. Resistir à dor e à força esmagadora me pressionando. Talvez eu esteja mais forte, merecedora até. Talvez este ano seja diferente. Não tirei a vida de nenhum garoto; talvez a maldição vá me libertar, me permitir esse pequeno feito.

Assim como nos livros que li, sobre as sereias e selkies que encontraram um modo de serem humanos e existir fora do mar, vou ficar nesse corpo.

Mesmo que Penny seja suprimida indefinidamente, estou disposta a ser egoísta para viver assim.

— Preciso ir à cidade — aviso, a voz embargada.

Noite passada, sentada sob o carvalho, percebi que, se quiser mesmo compartilhar a vida com Bo, se eu o amo de verdade, então preciso deixar para trás a única coisa que ainda me prende.

— Para quê? — pergunta ele.

— Há algo que preciso fazer.

— Não pode ir sozinha. É muito perigoso.

Ajeito a camiseta azul royal que se enrolou em meu torso enquanto dormia, me revirando em meio aos pesadelos.

— Preciso fazer isso sozinha.

Pego o suéter cinza-chumbo que estava usando como travesseiro e então me levanto.

— E se um dos garotos, Davis ou Lon, vir você? Podem interrogá-la sobre Gigi.

— Vou ficar bem. — Eu o tranquilizo. — E alguém precisa ficar aqui… para ficar de olho em Gigi. — Ele sabe que tenho razão, mas o verde de seus olhos me procura, como se tentasse me manter no lugar com a força do olhar. — Me prometa que vai ficar longe dela enquanto eu estiver fora.

— O tempo está se esgotando. — Ele me lembra.

— Eu sei. Não vou demorar. Só não faça nada até eu voltar.

Ele assente. Mas é um aceno débil e descomprometido. Quanto mais tempo eu passar fora da ilha, maior o risco de que algo ruim aconteça: Bo vai matar Gigi. Gigi vai seduzir Bo e atraí-lo para o oceano, onde vai afogá-lo. De qualquer modo, alguém morre.

Deixo o chalé, fechando a porta atrás de mim. Em seguida, um novo medo me corrói as entranhas: e se Gigi contar a Bo quem realmente sou? Ele acreditaria nela? Improvável. Mas aquilo poderia colocar uma pulga atrás de sua orelha. Preciso ser rápida. E torcer para que nada aconteça antes de minha volta.

***

A enseada está lotada, barcos de pesca e barcas de turismo circulando além do farol. As nuvens estão baixas e carregadas, tão perto que dá a impressão de que posso esticar o braço e tocá-las, bagunçá-las com a ponta dos dedos. Mas nenhuma gota de chuva cai delas. Fico à espera, assim como todo mundo está esperando para que o próximo afogado seja encontrado — o último da temporada. Mas sou a única irmã que ainda não matou, e me recuso a fazer o que tanto Aurora quanto Marguerite querem que eu faça: afogar Bo.

Nunca aconteceu antes: um verão em que uma de nós não matou ninguém. Não sei o que o futuro reserva, como isso pode mudar algo.

Já sinto o mar me puxando, me chamando de volta à água. A ânsia de retornar vai ficar mais forte conforme o dia passar. Acontece todo ano, um incômodo entre os meus olhos, um formigamento em minhas costelas, me atraindo de volta à baía, de volta às profundezas, onde é meu lugar. Mas ignoro a sensação.

246

O motor do esquife ultrapassa as boias cor de laranja e atravessa a marina, deslizando para uma das docas.

Sparrow está repleta de turistas. Ao longo do calçadão, as crianças correm com pipas coloridas, lutando para empiná-las sem qualquer brisa; uma até está enrolada em um poste, com uma menina puxando a linha, tentando descê-la. Gaivotas bicam o concreto em busca de restos de pipoca e algodão doce. As pessoas visitam as lojas. Compram caramelo aos montes, tiram fotos ao lado da marina... sabem que o fim está próximo. Hoje é o último dia. A temporada está chegando à sua conclusão. Elas vão voltar à vida normal, a suas casas normais em cidades normais, onde coisas ruins nunca acontecem. Mas vivo em um lugar onde coisas ruins me cercam, onde eu sou a coisa ruim.

Não quero mais ser má.

Avanço na direção oposta a Coppers Beach e à casa de barcos, me encaminhando para Alder Hill, no extremo sul da cidade. A mesma parte de Sparrow em que eu devia entregar um frasco de perfume de água de rosas e mirra, no dia em que conheci Owen Clement. Nunca fiz aquela entrega.

Pássaros pretos fazem círculos no céu, seus olhos estudando o chão, me seguindo. Como se soubessem aonde vou.

Alder Hill é onde também fica localizado o cemitério de Sparrow.

O cemitério é um gramado amplo, circundado por uma cerca de metal meio desmoronada, com vista para a baía, de modo que os pescadores enterrados aqui possam observar o mar e proteger a cidade.

Não o visito há um bom tempo. Evitei o lugar no último século. No entanto, encontrei o caminho até a sepultura com facilidade, meus pés me guiando mesmo depois de tantos anos, através de túmulos cobertos por flores e túmulos cobertos de mofo e túmulos abandonados.

É uma das lápides de pedra mais antigas do cemitério. A única razão para ainda não ter virado poeira é que, no primeiro século, eu me certifiquei de impedir que as ervas-daninhas a cobrissem e a terra a engolisse. Mas então se tornou muito penoso vir. Eu estava me prendendo a alguém que jamais veria outra vez. Era meu passado. E a pessoa em que eu havia me transformado, uma assassina, não era a pessoa que ele havia amado.

É uma lápide simples. Arenito arredondado. Nome e data talhados na rocha, há muito apagados pelo vento e pela chuva. Mas sei o que costumavam dizer; sei de cor: OWEN CLEMENT. MORTO EM 1823.

* * *

Depois do dia que seu pai nos flagrou no apartamento do celeiro, Owen foi proibido de deixar a ilha. Tentei vê-lo, atravessei a baía a remo, implorei a seu pai, mas ele me expulsou. O homem estava certo de que eu tinha lançado um feitiço em Owen, que nenhum garoto poderia amar uma irmã Swan sem a influência de algum sortilégio ou encantamento malévolo.

Se o amor fosse tão facilmente conjurado, não haveria tantos corações partidos, lembro de Marguerite dizer certa vez, quando éramos vivas.

Não percebi o que estava por vir; o que o pai de Owen tramava. Se tivesse conhecimento, não teria ficado em Sparrow.

Nuvens carregadas pairavam sobre a cidade no dia em que minhas irmãs e eu fomos levadas do tribunal para o cais. Aurora lamentou, berrando com os homens que nos forçaram a embarcar. Marguerite cuspiu maldições em seus rostos, mas permaneci quieta, examinando a multidão em busca de Owen. Eu o havia perdido de vista depois que fomos levadas para o pequeno quarto sombrio nos fundos do tribunal, despidas e forçadas a colocar vestidos brancos simples. Nossos trajes de morte.

Eles amarraram nossos punhos e tornozelos. Aurora continuava a chorar, as lágrimas marcando suas bochechas. E então, assim que o bote se afastou da doca, eu o vi.

Owen.

Foi preciso três homens para contê-lo. Ele berrou meu nome, lutando para chegar ao fim do cais. Mas o barco já estava se afastando, com seu pai e vários outros homens nos guiando para a parte mais funda da baía.

Eu o perdi de vista no nevoeiro que se assentou sobre a água, abafando qualquer som e obscurecendo o porto onde ele estava.

Minhas irmãs e eu sentamos juntas no único banco de madeira na proa do barco, ombros colados, mãos amarradas à frente. Prisioneiras a caminho da morte. Os borrifos de mar golpeavam nosso rosto conforme o barco avançava pela enseada. Fechei os olhos, sentindo o alívio gelado. Ouvi o sino da boia tocando a longos intervalos, o vento e as ondas quase nulos. Um último momento para inspirar o ar cortante. Os segundos se alongaram. Senti como se pudesse descambar para o sonho e nunca mais despertar... como se nada daquilo fosse real. É raro saber que sua morte está próxima, à espreita, os dedos já presos à sua alma. Eu a senti me procurando. Já estava a caminho.

O barco deslizou até parar, e abri os olhos para o céu. Uma gaivota saiu das nuvens, depois desapareceu outra vez.

Os homens amarraram sacos de aniagem cheios de pedras a nossos tornozelos; pedras provavelmente retiradas dos campos rochosos de um fazendeiro atrás da cidade, doadas especialmente para a ocasião de nossa morte. Fomos obrigadas a nos levantar, em seguida empurradas para a beirada do barco. Marguerite encarou um dos garotos mais jovens, o olhar devorando-o, como se pudesse convencê-lo a libertá-la. Mas não seríamos poupadas. Minhas irmãs e eu fomos enfim punidas: adultério, luxúria, até mesmo amor verdadeiro encontrariam expiação no fundo do mar.

Inspirei, me preparando para o que viria depois, quando vi a proa de outro barco rompendo o nevoeiro.

— Que diabos? — Ouvi um dos homens atrás de nós exclamar.

Era um barco menor, os remos cortando a água com rapidez.

Aurora se virou e me olhou. Ela percebeu quem era antes de mim.

Ele roubou um barco.

Um segundo depois, senti o rápido empurrão de duas mãos em minhas costas.

A água estilhaçou ao redor de meu corpo, como lâminas, sugando o ar de meus pulmões. A morte não é fogo, é um frio tão forte que parece arrancar a carne dos ossos. Afundei com rapidez. Ao meu lado, minhas irmãs despencaram igualmente velozes através da água escura.

Achei que a morte me levaria depressa, um segundo, talvez dois, mas então notei o movimento acima: uma explosão de bolhas e um braço em volta de minha cintura.

Abri os olhos e me concentrei na penumbra, salpicada de pedaços de concha e areia e verde. Uma bruma nos dividindo. Mas ele estava lá... Owen.

Ele pegou os meus braços e começou a me puxar para a superfície, brigando contra o frio e o peso das pedras em volta de meus pés. Suas pernas se agitavam, enquanto as minhas jaziam flácidas, amarradas uma à outra. Seu rosto tenso, olhos arregalados. Ele estava desesperado, tentando me salvar antes que a água abrisse caminho por minha garganta e até meus pulmões. Mas as pedras presas a meus tornozelos eram muito pesadas. Seus dedos tentaram as cordas, mas a tensão parecia demais, os nós muito apertados.

Nossos olhares se encontraram, apenas centímetros separados, enquanto afundávamos cada vez mais no leito da baía. Não havia nada que ele pudesse fazer. Balancei a cabeça desesperada... implorando que desistisse, que me deixasse. Tentei soltar seus dedos, mas ele se recusou a me largar. Ele estava mergulhando muito fundo, muito longe. Não teria ar suficiente para a subida. Mas Owen me puxou para si e me beijou com lábios frígidos. Fechei os olhos e o senti colado a mim. É a última coisa de que me lembro antes de tomar fôlego e a água se espalhar por minha garganta.

Ele jamais me deixou, mesmo quando já era tarde. Mesmo quando soube que não podia me salvar.

Naquele dia, nós dois perdemos a vida na enseada.

No verão seguinte, quando retornei à cidade pela primeira vez — escondida no corpo de uma garota local —, subi o caminho íngreme até o cemitério de Sparrow e parei no penhasco sobre seu túmulo. Ninguém sabia quem eu era de verdade: Hazel Swan, visitando o garoto que amou, agora enterrado.

No dia em que ambos nos afogamos, seu corpo eventualmente flutuou até a superfície da baía, e o pai foi forçado a içar seu único filho do mar. Um destino que ele havia desencadeado.

A culpa me consumia quando visitei a cova, tanto tempo atrás. Sua vida tinha acabado por minha culpa. E aquela culpa logo se transformou em ódio pela cidade. Todos esses anos minhas irmãs buscavam vingança pelas próprias mortes, mas eu queria vingar a de Owen.

Ele se sacrificou para tentar me salvar, talvez porque acreditasse que havia me traído... por conta do julgamento, por confessar ter visto o sinal da bruxa em minha pele. Ele acreditava ser o responsável por minha morte.

Mas eu fui responsável pela dele.

Eu devia ter morrido naquele dia; devia ter me afogado. Mas não. E nunca me perdoei pelo que aconteceu a ele. Pela vida que jamais viveu.

***

Ajoelho ao lado do túmulo, limpando as folhas e a terra.

— Lamento... — começo, então me interrompo.

Não é o bastante. Ele se foi há quase duzentos anos, e eu nunca me despedi. Não de verdade. Não até agora. Baixo a cabeça, insegura se as minhas palavras parecerão suficientes.

— Jamais quis viver tanto tempo. Sempre desejei que algum dia o mar enfim me levasse. Ou a idade avançada me enterrasse ao seu lado. — Inspiro fundo. — Mas as coisas mudaram... eu mudei. — Ergo a cabeça e olho para o mar, uma vista perfeita da enseada e da ilha Lumiere, onde Bo me espera. — Acho que o amo — confesso. — Mas talvez seja tarde demais. Talvez eu não o mereça. Talvez eu não mereça uma vida normal, depois de tudo o que fiz, de todas as vidas que tomei. Ele não sabe quem sou eu de verdade. E, portanto, talvez o que sinto por ele também seja uma mentira.

O vento acaricia meu rosto, e uma chuva leve começa a cair no cemitério. A confissão para Owen parece uma penitência, como se eu lhe devesse isso.

— Mas preciso tentar. Tenho que saber se amá-lo é o bastante para salvar a nós dois.

Passo a palma sobre a lápide, onde seu nome um dia esteve gravado. Agora apenas uma superfície lisa. Um túmulo sem nome. Fecho os olhos, as lágrimas caem lentas, em sincronia com a chuva.

Talvez eu tenha mesmo morrido naquele dia. Hazel Swan, a garota que um dia fui, não existe mais. Sua vida foi tirada no mesmo dia da de Owen. Minha voz treme conforme uma palavra me escapa… e essa palavra não é apenas para ele. Também é para mim:

— Adeus.

Eu me levanto antes que as minhas pernas fiquem muito trêmulas e deixo o cemitério, sabendo que jamais voltarei. As pessoas que amei se foram.

Mas não vou perder aquele que amo agora.

DEZOITO

Memórias podem se assentar em um lugar: a névoa que perdura, muito depois que devia ter sido soprada ao mar, vozes do passado que fincam raízes na fundação de uma cidade, sussurros e acusações que crescem no musgo das calçadas e nas paredes das velhas casas.

Essa cidade, esse pequeno amontoado de casas, lojas e barcos ancorados à margem, jamais escapou do passado. Nunca se desprenderam do que fizeram há duzentos anos. Os fantasmas permanecem. Mas, às vezes, o passado é a única coisa que mantém um lugar vivo. Sem ele, essa cidade frágil talvez tivesse sido levada pela maré há muito tempo, afundada na enseada em derrota. Ela persiste porque precisa. Penitência é uma coisa impiedosa e duradoura. Ela resiste, pois o passado é esquecido sem ela.

Paro na frente de um velho prédio de pedra, baixo e quadrado, situado em uma esquina de frente para o mar. A chuva pinga em minha testa e ombros. O letreiro sobre a porta diz: BOLOS DESMEMORIADOS DA ALBA. Mas nem sempre foi assim.

Uma placa com escrita cursiva arrojada em preto, pintada por Aurora, já esteve sobre a calçada, balançando com a brisa. Outrora, aqui funcionava a Perfumaria Swan. Embora eu tenha passado por aqui milhares de vezes nos verões após nossas mortes e visto incontáveis negócios ocuparem o prédio, até mesmo testemunhando o período de quinze anos em que ficou abandonado e em ruínas, ainda me espanta que depois de tanto tempo tenha resistido... assim como nós.

Uma mulher sai pela porta de vidro, suas galochas espalhando água de uma poça conforme caminha até o utilitário vermelho segurando uma caixa de bolos, com certeza cheia de pequenos bolinhos confeitados com a intenção de apagar alguma memória insistente, presa em sua mente.

Passei quase todos os dias dentro daquela loja, inventando novos aromas feitos a partir de ervas e flores raras. Meus cabelos, dedos e pele sempre encharcados de perfumes que não podiam ser lavados. Os óleos penetravam em tudo que tocassem. Marguerite era uma vendedora, e era boa nisso, uma mascate nata. Aurora era a contadora. Pagava as contas e registrava os lucros em uma pequena e bamba mesa de madeira atrás da vitrine principal. E eu era a perfumista, trabalhando em uma sala sem janelas nos fundos, que devia funcionar como estoque — um lugar para vassouras e baldes de metal. Mas eu amava o meu trabalho. E à noite minhas irmãs e eu dividíamos um lar atrás da loja.

— Nem parece o mesmo lugar — diz uma voz ao meu lado.

Olivia Greene está parada perto de mim, um guarda-chuva preto sobre a cabeça para proteger o cabelo liso e preto como azeviche da chuva. Meu olhar atravessa a pele delicada até encontrar Marguerite.

— As janelas continuam as mesmas — comento, olhando de volta para o prédio.

— Réplicas — retruca, a voz mais melancólica que de costume.
— Tudo o que costumava ser se foi.

— Como nós.

— Nada que vive tanto tempo pode continuar igual.

— Nada deveria viver tanto tempo — retruco.

— Mas nós vivemos — diz ela, como se fosse um feito do qual se orgulhar.

— Talvez duzentos anos seja o bastante.

Ela suspira.

— Quer desistir da vida eterna?

— Não é eterna — argumento.

Marguerite e eu nunca vimos nossa prisão do mesmo modo. Como uma boa mão de cartas, ela vê com bons olhos o fato de que devemos viver por séculos, talvez indefinidamente. Mas ela não perdeu nada no dia em que nos afogamos. Eu sim. Ela não estava apaixonada por um garoto. Não sentiu amor verdadeiro, como o que Owen e eu compartilhávamos. Com o passar de cada ano sob as ondas, cada verão que emergíamos para exigir nossa vingança da cidade ao tomar seus garotos, perdemos um pouco do que fomos. Perdemos nossa humanidade. Assisti ao crescimento da crueldade de minhas irmãs, ao aperfeiçoamento de sua habilidade de matar, até que mal as reconhecia.

Minha perversidade também cresceu, mas não por completo. Porque havia um laço que me prendia a quem eu costumava ser. Esse laço era Owen. A memória de meu amor me impediu de degenerar. E agora esse laço me prende a Bo. Ao mundo real, ao presente.

— Passamos a maior parte de nossa existência presas no mar — digo. — Nas sombras, geladas e miseráveis. Isso não é vida.

— Eu bloqueio tudo — rebate ela, rápida. — Devia fazer o mesmo. É melhor dormir, deixar a mente vagar até o verão chegar.

— Não é tão fácil para mim.

— Você sempre gostou de dificultar as coisas para si mesma.

— O que isso quer dizer?

— A coisa que tem com esse garoto, Bo. Está apenas adiando o inevitável. Mate-o de uma vez e acabe com isso.

— Não. — Eu me viro para encará-la, uma sombra em seu rosto sob o arco do guarda-chuva. — Sei que tentou atraí-lo para o mar.

Seus olhos brilham, como se estivesse encantada com a lembrança de quase afogar o garoto que amo.

— Apenas quis ajudá-la a terminar o que começou. Se gosta tanto dele, então leve-o para o mar, e o terá pela eternidade.

— Não o quero assim, com a alma presa nas profundezas.

— Então como quer o garoto?

— De verdade. Aqui… na terra.

Ela dá uma gargalhada, e um homem e uma mulher caminhando por nós a olham.

— Isso é absurdo e impossível. Esta noite é a última oportunidade para torná-lo seu.

Balanço a cabeça. Não vou fazer isso.

— Não sou como você — digo.

— Você é igualzinha a mim. Somos irmãs. E você é tão impiedosa quanto eu.

— Não, está enganada.

— Já se esqueceu de Owen? Como ele a traiu? Talvez, se ele não tivesse citado a marca em sua pele, você não tivesse sido considerada culpada. Não teria sido afogada conosco. Teria vivido uma vida normal. Mas não. — Seus lábios se curvaram nos cantos, um lobo mostrando os dentes. — Garotos não são confiáveis. Eles sempre farão o que for preciso para salvar a própria pele. Eles são cruéis, não nós.

— Owen não era cruel — disparo. — Ele tinha que contar sobre a marca.

— Tinha mesmo?

Engulo a raiva queimando em meu peito.

— Se não o tivesse feito, eles achariam que Owen era um de nós, que estava nos ajudando. Eles o teriam matado.

— No entanto, ele morreu mesmo assim.

Uma de suas sobrancelhas se ergue em um arco.

Não suporto mais ficar aqui, escutando Marguerite. Ela nunca conheceu o verdadeiro amor. Até mesmo suas paixões eram autocentradas: a atenção, a perseguição, a satisfação de ganhar algo que não era dela para início de conversa.

— Owen tentou me salvar naquele dia, e ele perdeu a vida. Ele me amava — insisto. — E Bo me ama agora. Mas você não sabe o que é isso, pois é incapaz de amar.

Dou meia-volta e me afasto pela calçada.

— Ficou sabendo? — grita ela atrás de mim. — Nossa querida irmã Aurora foi solta de sua prisão na casa de barcos. Parece que alguém decidiu que ela era inocente.

Olho por sobre o ombro.

— Ela não é inocente — retruco. Marguerite se contorce no corpo de Olivia. — Nenhuma de nós é.

* * *

A doca está escorregadia por conta da chuva. As ondas invadem a marina em intervalos regulares, um balé coreografado pela maré e pelo vento. Embarco no esquife e ligo o motor. Alguns raios de sol insistentes rompem as nuvens escuras, derramando claridade na proa do barco.

Hoje à noite, a festa do solstício de verão vai acontecer em Coppers Beach, marcando o fim da temporada. Mas não estarei lá. Vou ficar na ilha com Bo. Vou ficar neste corpo — independentemente do que for preciso, não importa o quão doloroso seja, vou lutar por ele.

No entanto, tenho a nítida e ansiosa impressão de que alguma coisa ruim está despertando nessas águas, naquela tempestade iminente, e nenhum de nós será o mesmo depois desta noite.

NAVIO

O Lady Astor, um navio mercante de 290 toneladas, de propriedade da Companhia de Pele do Pacífico, deixou Nova York em novembro de 1821 para uma viagem de cinco meses ao redor do cabo Horn, subindo a costa até Sparrow, Óregon.

Carregava suprimentos e grãos, a serem entregues na selvagem costa ocidental do país, mas também levava duas dezenas de passageiros — corajosos o bastante para se aventurar no Oeste, nas florestas do Óregon, onde a maior parte da terra era atrasada e perigosa. A bordo do navio viajavam três irmãs: Marguerite, Aurora e Hazel.

Quatro meses depois, elas encontraram pelo caminho tempestades, mar bravio e noites insones. O navio balançava de forma tão violenta que quase todos a bordo, inclusive a tripulação, caiu doente com o enjoo marinho. Mas as irmãs não apertavam o estômago e vomitavam sobre a amurada; não imploravam ao oceano que cessasse a agitação. Haviam trazido ervas para acalmar os estômagos enjoados e unguentos para esfregar nas têmporas. Todo fim de tarde, elas caminhavam pelo convés, mesmo sob chuva e no vento, para observar o Pacífico, ansiando pela terra que eventualmente surgiria no horizonte.

— Só falta um mês — disse Aurora em uma dessas noites, enquanto as irmãs estavam na proa do navio, debruçadas sobre a amurada, as estrelas brilhando forte sobre as três, em um céu claro e vasto. — Acham que vai ser como imaginamos?

— Não acho que isso importa, porque será nosso — ponderou Hazel. — Uma nova cidade e uma nova vida.

Elas sempre desejaram largar o ritmo frenético de Nova York, deixar para trás a lembrança da mãe insensível, recomeçar em uma terra tão distante que poderia ficar na lua. O Oeste era um lugar considerado incivilizado e brutal, mas era exatamente o que queriam: um território tão desconhecido que seu coração acelerava e a mente girava com medo e excitação.

— Podemos ser quem quisermos — argumentou Marguerite, o cabelo castanho e selvagem escapando dos grampos e cascateando por suas costas.

Aurora sorriu, sentindo o vento salgado no rosto, e fechou os olhos. Hazel colocou a língua para fora, a fim de provar o mar, imaginando um perfume que cheirasse como o oceano; fresco e limpo.

— E não importa o que aconteça — acrescentou Marguerite — estaremos juntas. As três, sempre.

As irmãs se inclinaram na amurada, incitando o navio para a frente conforme este varava a noite, através de temporais, fortes correntes e ventos desfavoráveis, a lua logo atrás. Elas viram algo no vasto oceano, na escuridão, conforme o navio cruzava o Pacífico: a promessa de algo melhor.

Elas desconheciam seu destino.

Mas, talvez, não tivesse importado se soubessem. Teriam partido mesmo assim. Elas precisavam ver por si mesmas, pisar no solo rico e escuro, um solo delas. Elas haviam sido livres desde o nascimento, corajosas, destemidas e selvagens... como aquela terra desconhecida e vasta.

Não teriam mudado de curso mesmo se soubesse o que as aguardava. Tinham que vir. Era seu lugar... Sparrow.

DEZENOVE

Poças d'água se acumulam no solo. Meus pés chapinham nas tábuas gastas e tortas do caminho. Corro até a casa principal e tiro as galochas.

Estou abalada depois do encontro com Marguerite, após minha visita ao cemitério. Ainda mais sabendo o que estou prestes a fazer. Preciso me acalmar antes de voltar ao chalé de Bo.

Ando de um lado para o outro na cozinha, pés descalços, torcendo as mãos. Minha cabeça lateja, estalando como se o corpo de Penny já estivesse tentando se livrar de mim e retomar o controle. E há outra sensação avultando em mim, como um barbante sendo esticado no centro de meu peito. Já começou: o tormento embaixo das unhas, a ânsia subindo pela espinha... O mar me chama. Ele me quer de volta. Acena para mim; implora.

Mas não vou voltar, não nesta noite, nem nunca.

O telefone toca na parede, assustando todos os ossos do meu corpo.

Eu o atendo no automático.

— Eles estão indo aí! — dispara Rose do outro lado da linha.

— O quê? Quem?

Minha mente entra em foco.

— Todo mundo... estão todos indo para a ilha. — A voz carregada de pânico, no limite. — Olivia, Davis, Lon e todo mundo que recebeu a mensagem.

— Que mensagem?

— Olivia disse que a festa do solstício de verão será na ilha este ano. Ela mandou mensagem para geral. — Rose está agitada, e seus Ss soam como Xs. Velhos hábitos não morrem.

— Merda.

Meu olhar vaga pela cozinha, não se fixando em nada. Por que Olivia faria isso? O que ela tem a ganhar ao trazer todo mundo para a ilha... e ao arriscar que encontrem Gigi?

— Não podemos deixar que encontrem Gigi — diz Rose, ecoando meus pensamentos.

— Eu sei.

— Estou indo para a ilha neste instante. Heath vai me levar.

— Ok.

E ela desliga o telefone.

Continuo com o fone na mão, apertando o aparelho até os nós dos meus dedos ficarem brancos.

* * *

Ouço a porta dos fundos bater e quase derrubo o telefone. Há um som de pés atravessando o piso de madeira com calma. Em seguida, minha mãe aparece do outro lado da cozinha, na porta, o roupão solto sobre o pijama cinza-esverdeado, o cinto arrastando no chão atrás dela.

— Eles estão vindo.

— Sim, estão — concordo.

— Vou ficar no quarto até tudo terminar

Ela não me encara.

— Sinto muito — digo a ela. E realmente sinto muito... mais do que posso explicar.

Lembranças de minha mãe verdadeira, Fiona Swan, me invadem. Uma rápida explosão de imagens. Ela era bonita, mas perversa. Cativante, astuta e desonesta. Passeava por Nova York no início dos anos 1800 com um magnetismo contagiante, ao qual os homens não conseguiam resistir. Ela os usava por dinheiro e status e poder.

Minhas irmãs e eu nascemos de três pais diferentes, que nunca conhecemos. Quando eu tinha apenas 9 anos, Fiona nos abandonou por um homem que prometeu levá-la a Paris — a cidade que ela sempre sonhara que seria seu lar. Onde seria adorada. Não sei o que aconteceu a ela depois disso: se cruzou o Atlântico em direção à França, quando morreu ou se teve outros filhos. Minhas irmãs e eu vivemos o bastante para esquecê-la. E fecho os olhos brevemente para apagar as memórias.

A mãe de Penny para na soleira. Os dedos da mão esquerda, que apertam a gola do roupão, estão trêmulos. A voz sai oscilante, mas precisa. Cada palavra é uma alfinetada que morou tempo demais em seu peito:

— Sei que você não é a minha Penny.

Meus olhos encontram os dela, meu coração parece parar por alguns segundos.

— O que disse?

— Sempre soube.

Tento pigarrear, mas não consigo; todo o meu corpo está seco e petrificado.

— Eu... — começo, mas não consigo falar.

— Ela é a minha filha — acrescenta ela, a voz ganhando um ritmo frio, que contrasta com a ameaça de lágrimas. — Soube no momento em que ela se tornou alguém mais… quando virou você.

Ela sabia o tempo todo. Eu me pego sem ar.

Mas claro que ela sabia. É seu talento… seu dom. Ela sempre soube quando havia pessoas na ilha — estranhos que chegavam sem aviso. Deve ter pressentido quando eu cheguei. No entanto, ela me permitiu fingir ser sua filha, morar na ilha, sabendo que no fim do mês, no solstício de verão, eu partiria.

— Ela é tudo o que me resta. — Seus olhos azuis-esverdeados se erguem, penetrando nos meus, mais lúcidos do que nunca, como se tivesse acabado de acordar de um sonho de mil anos. — Por favor, não a tire de mim.

Ela deve ter pressentido que não tenho intenção de partir, que planejo roubar este corpo indefinidamente. Não vou voltar ao mar.

— Não posso prometer isso — respondo com sinceridade, uma nuvem de culpa crescendo no peito.

Ela tem sido a coisa mais próxima de uma mãe de verdade que já tive… mesmo em sua loucura. E talvez seja tolice (ou desespero) me sentir assim, mas me permiti acreditar que esta é a minha casa, que é o meu quarto no andar de cima, que é a minha vida.

E que ela poderia ser minha mãe.

Reconheço nela uma parte de mim: a tristeza que escurece seus olhos, o coração partido que soltou os parafusos em sua mente. Eu poderia ser ela. Poderia me render à loucura e deixá-la me controlar. Me tornar uma sombra.

Nós somos iguais. Nós perdemos quem amamos, ambas esmagadas por essa cidade. Ambas cientes de que o oceano tira mais do que dá.

Queria desfazer seu infortúnio, a dor brilhando em seus olhos. Mas não posso.

— Desculpe — digo a ela agora. — Lamento pelo que aconteceu. Você merecia uma vida melhor, longe daqui. Essa cidade destrói a todos eventualmente. Como destruiu a mim e a minhas irmãs. Não fomos sempre assim — admito, querendo que ela entenda que já fui boa, decente e gentil. — Mas esse lugar destrói corações e os lança ao mar. Estamos à mercê do oceano lá fora. Nunca escaparemos.

Nós nos encaramos, um feixe de luz do sol filtrado pela janela da cozinha, a verdade resvalando entre nós, como uma brisa fresca de inverno.

— Volte para a água esta noite — implora ela, lágrimas caindo pelo rosto. — Deixe a minha filha ter a vida de volta.

Cruzo os braços, esfregando as mãos nas mangas do casaco.

— Mas eu também mereço uma vida — argumento, semicerrando o olhar.

— Você já teve a sua vida. Teve a vida mais longa de todos. Por favor.

Roubei a filha dela, a última coisa que lhe restava em todo o mundo — até mesmo a sanidade lhe escapou —, mas não consigo libertar este corpo. É minha única chance de uma vida real. Ela deveria entender isso. Certamente ela sabe o que é estar presa, disposta a qualquer coisa para escapar, o que é ansiar por normalidade nessa cidade atormentada, caótica. Sentir-se enfim aceita.

Essa é a minha segunda chance. E não vou deixá-la escapar.

— Lamento. — Saio da cozinha de costas, sabendo que ela não é forte o bastante para me impedir, e disparo pela porta no corredor, quase esbarrando em uma mesinha lateral.

E atravesso a porta da frente.

* * *

Hesito na varanda da frente, na esperança de que Rose esteja enganada. Uma muralha de nuvens cinzentas se materializou vários quilômetros mar adentro, densas e vastas, carregadas de chuva e, talvez, relâmpagos.

Mas ainda não há sinal de barcos a caminho da ilha.

Desço depressa os degraus do alpendre, o coração disparado, e sigo para o Chalé do Velho Pescador, onde Gigi ainda está presa. Quando chego à porta, arranco a tábua e entro. Gigi está parada à janela, olhando para a doca.

— O pessoal está vindo para a ilha — conto a ela, respirando com dificuldade. — A festa do solstício de verão vai acontecer aqui. Olivia convidou todo mundo. Você precisa ficar aqui dentro e trancar a porta.

— Primeiro eu estava trancada do lado de dentro, agora quer que eu tranque vocês do lado de fora? É uma situação bem confusa para uma prisioneira.

— Se alguém encontrá-la aqui...

— Sim, sim — interrompe ela. — Eles me querem morta. Já entendi.

— Falo sério.

Ela levanta as mãos.

— Você acha que quero ser enforcada, estrangulada ou levar um tiro? Acredite em mim, também não quero ser encontrada. Vou ficar na minha, como uma boa irmã malvada.

Inclino a cabeça — não a acho engraçada no momento —, mas ela ri. Abro a porta, uma fresta, deixando entrar um sopro de vento, que agita meu cabelo no ombro. Estou prestes a sair quando ela pergunta:

— Por que está me ajudando?

— Você é minha irmã. — Engulo a última palavra. Não importa o que Marguerite e ela façam, sempre serão as minhas irmãs. — Não a quero morta... pelo menos, não assim.

Ela cruza os braços e olha pela janela outra vez.

— Obrigada — agradece. Então, em um tom de voz que me lembra Aurora quando era mais jovem, modesta e doce, ela pergunta: — Vai voltar antes da meia-noite para me soltar?

Assinto, encontrando seus inflexíveis olhos azuis — como neve ao luar. É uma promessa de irmã para irmã, deixando claro que não vou abandoná-la.

Espero apenas poder cumprir essa promessa.

* * *

Quando você já vivenciou a morte, a existência não é a mesma coisa.

A fronteira entre o miserável mar sombrio e os lugares brilhantes sobre a linha d'água começam a encher sua mente, até que tudo em que você consegue pensar é abrir caminho até a superfície, onde vai engolir profundas e asfixiantes golfadas de ar. Sentir o sol no rosto. A brisa delicada. E nunca sufocar novamente.

Vou direto ao chalé de Bo, abro a porta e entro. Mas ele não está ali.

Começo a me voltar para porta, e então uma mão me toca o ombro. Dou meia-volta, quase acertando seu rosto.

— O que foi? — pergunta ele, parado além do vão da porta, lendo o pânico em meus olhos.

— Eles estão chegando — respondo.

— Quem?

— Olivia e... todo mundo.

— Estão vindo para cá?

— Olivia disse para todos que a festa do solstício de verão será na ilha. Não creio que a gente tenha muito tempo até que cheguem aqui. — Bo olha para o caminho do Chalé do Velho Pescador. — Já disse para Gigi se trancar.

— Se descobrirem que ela está aqui, vão pensar que você a está protegendo... que é uma delas.

Ouvi-lo falar assim, com essa certeza de que eu não poderia ser uma irmã Swan, é como uma adaga em meu coração. Ele me defenderia se precisasse; provavelmente apostaria a vida que não sou uma delas. E estaria errado.

— Não vão encontrá-la — digo para tranquilizá-lo, mas não tenho motivos para acreditar nisso.

Posso apenas torcer para que ela fique quieta no chalé. E não faça nada estúpido. Mas é Aurora de quem estamos falando. E ela sempre assumiu riscos, como afogar dois garotos de uma vez.

— Precisamos agir agora — diz Bo, as têmporas latejando. — Antes que cheguem aqui.

Balanço a cabeça por reflexo e seguro seu braço, mantendo-o no lugar.

— Não — digo.

— Penny, podemos não ter outra chance. Hoje à noite, ela vai voltar para o oceano. Depois será tarde.

— Não podemos fazer isso — insisto, debilmente. — Não podemos matá-la.

Ela é minha irmã. Mesmo depois de tudo o que fez, não posso permitir que tire sua vida.

— Temos que fazer isso! Ela afogou pessoas inocentes — argumenta ele, como se eu tivesse me esquecido. — E continuará a matar, a não ser que a gente a impeça. — E então o pior crime, aquele que clama por vingança: — Meu irmão está morto, Penny. Preciso acabar com isso.

O eco de passos rápidos corta o ar. Bo e eu nos viramos ao mesmo tempo. Rose está subindo o caminho com Heath.

— Ainda há tempo — sussurro para Bo. — Vamos pensar em alguma coisa antes da meia-noite.

Mas é apenas uma manobra para segurá-lo. Rose está sem fôlego quando nos alcança, as bochechas de um rosa febril e o cabelo escapando do capuz da capa de chuva, os cachos vermelho-ferrugem rebentando das amarras.

— Eles estão vindo — anuncia ela, as mesmas palavras que disse ao telefone, mas desta vez aponta para a água. — Estão se empilhando em barcos na marina. E há um monte deles.

Heath se aproxima e assente para Bo, um rápido olá. Seu cabelo loiro está colado à testa, mas ele não faz menção de afastá-lo.

— O que vamos fazer? — pergunta Rose, ainda tomando fôlego a cada palavra.

— Manter Gigi escondida e agir normalmente, aconteça o que acontecer. — Olho direto para Rose. — E você não pode contar a ninguém que a trouxe aqui. Se descobrirem que você foi a responsável pela fuga, vão desconfiar que é uma delas.

Ela assente, mas seus lábios começam a tremer, como se apenas agora se desse conta da gravidade do que fez ao libertar Gigi da casa de barcos.

O sol está se pondo sobre a água, criando deslumbrantes formas de luz que brincam no mar agitado. Só então eu os vejo: a procissão de barcos cruzando a enseada, abrindo caminho até a ilha.

Os barcos batem na doca e alguns param ao largo da costa, lançando âncoras no leito rochoso.

Em seguida, ouvem-se as vozes. Dezenas. Empolgadas e agudas conforme enchem o píer. Muitas dessas pessoas nunca estiveram na ilha, e há uma atmosfera de curiosidade. Liderando o grupo, com o cabelo preto chicoteando às costas, como as asas de um corvo, está Olivia Greene.

* * *

Eles carregam caixas de cerveja barata e garrafas de vinho roubadas da adega dos pais. Sem permissão, acendem uma fogueira do lado de fora da velha estufa e, sob a orientação de Olivia, invadem a estrutura, removendo vasos de plantas e os substituindo por engradados e engradados de cerveja. A música começa a tocar. Enquanto o sol começa a sumir além do horizonte, o interior do local é iluminado por pisca-piscas que alguém trouxe e prendeu nos beirais. A fogueira crepita e ganha corpo enquanto mais e mais pessoas chegam à ilha.

Assistimos a tudo do chalé de Bo, mantendo distância, desconfiados de qualquer um que se afasta da festa.

Por sorte, o chalé de Gigi fica longe, no lado norte da ilha, a estrutura mais distante da casa principal e da doca e da estufa. Alguém teria que sair para explorar a fim de tropeçar na construção. Mas do chalé de Bo podemos ver tudo. E, quando Olivia acena com os braços no ar, indicando a um grupo de garotos onde colocar a lenha, que foi tirada do barracão, perto da fogueira, não aguento mais.

— O que está fazendo? — pergunta Bo, quando abro a porta do chalé.

— Preciso falar com Olivia.

Rose se levanta.

— Também não posso mais ficar aqui. Vou dar uma olhada em Gigi.

Quero avisar a ela que é melhor que não o faça, que ela devia manter distância, não chamar atenção para o chalé de Gigi, mas Heath e ela já estão atravessando a porta e correndo até o Chalé do Velho Pescador.

Bo me olha. Em seguida, me acompanha até a fogueira.

Olivia vê quando nos aproximamos e rebola em nossa direção.

— Bo — cantarola ela, esticando o braço para tocá-lo, mas eu afasto sua mão com um tapa. Ela esfrega o local com a outra mão e faz beicinho. — Muito protetora você, hein, Penny? — diz ela. — E talvez também um pouco ciumenta.

Ela pisca para Bo, como se tentasse me deixar enciumada de verdade. Mas o olhar de Bo continua duro e inflexível. Ele não a acha divertida; não depois do que fez a ele. De fato, parece querer matá-la ali, na frente de todos.

— O que está fazendo? — pergunto.

— Decorando — responde com um floreio, meneando um braço sobre a cabeça. — Sempre amei dar festas... sabe disso.

Eu sei, mas não admito.

Atrás de Olivia, Lola Arthurs e duas amigas estão preparando drinques em copos vermelhos de plástico em uma mesa improvisada, feita com uma folha de compensado e dois vasos de plantas vazios. Elas acrescentam uma generosa dose de vodca em cada copo, seguida de um esguicho de tônica. Aparentemente montaram um bar completo, e as pessoas vão ficar bêbadas bem rápido.

— Por que mandou todo mundo para cá, para a ilha? — pergunto a ela, me preocupando em encarar Marguerite através de Olivia, seus olhos verdadeiros encarando Bo, sem pestanejar.

Esta é a última noite, sua última chance. Mas não vou deixar que ela o leve.

— É só uma festa — responde ela, com ar de superioridade, os olhos azuis brilhando como se desafiasse o destino a revelar nosso segredo.

Com tanta gente em volta, como ela vai voltar ao mar despercebida? Como pode ter certeza de que Gigi não será descoberta?

— Você costumava amar festas — comenta Olivia.

Ela dá uma piscadela, então junta os lábios em bico, um gesto malicioso e furtivo. Ela quer que Bo descubra a verdade, quer que ele descubra quem realmente sou. Ela não vai dizer em voz alta. No entanto, vai soltar indiretas.

— Isso não vai acabar bem — sussurro para Olivia, meus olhos buscando os dela, em seguida penetrando fundo para me concentrar na miragem diáfana de minha irmã, aninhada sob a pele de Olivia.

— Veremos — rebate ela.

Um vento varre a superfície da ilha, o que parece levar um novo grupo de convidados indesejados para a suave colina da estufa.

VINTE

Era maré-cheia quando a festa começou. As cervejas começaram a serem abertas, as doses iam sendo consumidas, a música estava em um volume razoável e as conversas eram mantidas sem soluços ocasionais. Conforme a maré esvaziava, a festa foi piorando. Pessoas tropeçavam na fogueira; garotas derramavam bebidas no decote; garotos vomitavam na grama perto do píer. E Olivia sorria de seu lugar, na entrada da estufa, como uma rainha observando um baile em sua homenagem.

Faltando apenas duas horas para a meia-noite, decisões teriam que ser tomadas. E sacrifícios feitos. Como Cinderela, ao soar da meia-noite, toda magia vai se extinguir. E esses corpos que habitamos terão de ser devolvidos. Ou não. Se meu plano funcionar, vou manter o meu pela eternidade. Nunca tentamos possuir um corpo indefinidamente, mas eu serei a primeira a fazê-lo. Quando o relógio soar meia-noite, não vou mergulhar no mar. Vou resistir ao impulso, ao chamado do oceano. Vou suportar qualquer dor que me rasgue. Vou combater a transição. Vou ficar neste corpo.

E vou assistir ao nascer do sol como Penny Talbot.

Rose e Heath regressaram alguns minutos depois de verificar Gigi. Agora estão comigo e Bo, perto da fogueira, os olhos de Rose disparando pela ilha, até o caminho que leva ao Chalé do Velho Pescador. Ela está ansiosa, tamborilando na coxa, com medo de que alguém encontre Gigi. Como o restante de nós, ela quer todo mundo fora da ilha e de volta para suas respectivas casas.

Enquanto isso, a festa vai perdendo força. Os garotos são atraídos para a água pelas garotas, desafiados a entrar na baía uma vez mais antes da meia-noite. Na festa Swan, semanas antes, foram as garotas que enfrentaram as águas, arriscando ser possuídas por uma irmã Swan. Agora é a vez dos garotos serem persuadidos a mergulhar no mar, onde correm o risco de serem afogados por uma das irmãs, em busca de uma última morte. É um jogo para eles.

Mas posso sentir o balanço do mar, a mudança na maré, a atração magnética da baía. O mar me quer de volta; quer todas as três de volta. Sei que as minhas irmãs sentem o mesmo. Pressiono o dedo contra as têmporas, tentando silenciá-lo, mantê-lo a distância. Mas, às vezes, o mar me atrai com tamanha intensidade que me sinto tonta.

— Está ficando tarde — diz Rose ao meu lado, rugas de preocupação em seu rosto. A contagem regressiva para o fim está próxima.

Gigi precisa sair do chalé à meia-noite, se quiser voltar ao mar. Preciso libertá-la sem que Bo veja, sem que ninguém veja.

E preciso escapar, achar um lugar isolado, para combater a força crescente de Penny, que vai começar a retomar seu corpo assim que der meia-noite. Não posso voltar para a casa principal, porque a mãe de Penny vai ouvir os meus gritos de dor. Eu havia imaginado que poderia me esconder no pomar, ou talvez na margem rochosa da ilha, onde o quebrar das ondas encobriria os meus berros. Preciso decidir logo.

Eu me viro para Bo.

Mais cedo, prometi a ele que decidiríamos o que fazer com Gigi antes da meia-noite. Agora só falta uma hora, e preciso lhe dizer algo, dar alguma razão para não tirar a vida da garota. Porque tirar uma vida traz consequências.

Entretanto, quando ergo o olhar, Bo não está mais ao meu lado. Examino os rostos na multidão, procurando, mas ele não está perto da fogueira. Bo se foi.

— Merda — digo alto.

Há quanto tempo ele se foi? Como não notei que ele tinha saído?

— Qual é o problema? — pergunta Rose, baixando a mão e a unha que estivera mordiscando.

— Eu... acho que Bo voltou ao chalé. Vou dar uma olhada — minto.

Não quero que ela descubra onde ele realmente está, o que está prestes a fazer: matar Gigi. Ele não podia esperar mais, não podia me deixar convencê-lo do contrário, então fugiu.

Pode já ser tarde demais.

— Vou com você — oferece Rose, rápida.

— Não. Vocês ficam aqui, de olho em todo mundo.

Heath assente, mas Rose não parece convencida.

Dou meia-volta, pronta para atravessar a multidão de pessoas em volta da fogueira, quando sou invadida tanto por alívio como por horror. Gigi não está morta, pelo menos não ainda, porque está descendo o caminho, direto para a fogueira e a festa. Ela escapou.

Meus pulmões deixam de sugar o ar. Meu coração bate com tanta força que ecoa em minha garganta.

— Puta merda! — exclama Heath atrás de mim.

E então Rose pergunta:

— O que ela está fazendo?

Ela veio se vingar.

* * *

Gigi fugiu do chalé.

Deve ter quebrado uma janela ou forçado a barricada na porta. Ela cansou de esperar que eu fosse libertá-la. Assim como eu, já está sentindo o chamado da maré. O mar em nosso sangue, em nossas mentes, implorando que mergulhemos na escuridão e nos purguemos desses corpos. Resistir ficará cada vez mais difícil.

Mas agora Gigi está livre. Está aqui fora. E, com certeza, está bem puta.

Então onde está Bo? Talvez não tenha ido matá-la. Talvez eu estivesse errada.

Gigi marcha pelo grupo, o cabelo escapando do rabo de cavalo, a camiseta azul simples e as calças cargo brancas, um manequim acima, porque foram roupas que Rose trouxe para ela usar. A maioria das pessoas nem a nota quando ela abre caminho entre elas; já estão muito bêbadas. Mas, conforme Gigi serpenteia pela multidão, sei que procura alguém.

Davis e Lon estão parados à porta da estufa, rondando os engradados de cerveja e um barril quase vazio. Gigi os vê, os lábios apertados em uma linha fina, determinada. Ela corre em direção à estufa. Davis a vê primeiro. Em seguida, Lon a avista e recua um passo.

Ele está vestindo uma de suas camisas mais escandalosas e chamativas: cor-de-rosa e azul-petróleo, com pavões da cor do arco-íris e havaianas dançando hula. Na verdade, é bem difícil olhar para o tecido.

Davis e Lon são os únicos dentro da estufa. Eles podiam ter fugido, disparado porta afora. Mas parecem petrificados, atônitos, que é exatamente como me sinto.

Rose e Heath, ainda parados ao meu lado, encaram Gigi com as bocas ligeiramente abertas.

Gigi se mete entre Davis e Lon, piscando para Lon e inclinando a cabeça para o lado. Ela desliza um dedo pela borda do copo do rapaz, sorrindo, lambendo os lábios. Ainda assim, o restante da festa não faz ideia do que está acontecendo: Gigi Kline de repente ressurgiu. Do outro lado da fogueira, algumas garotas bêbadas riem alto, então tropeçam para trás, braços entrelaçados. Um cara, parado perto da estufa, tem um cigarro nos lábios e traga longas baforadas, como se estivesse, de fato, fumando, mas o cigarro nem mesmo foi aceso. Está muito bêbado para perceber qualquer coisa à sua volta.

Posso ver os lábios de Gigi se mexendo, mas ela está sussurrando tão suavemente que não distingo as palavras. Sua voz penetra nos ouvidos de Lon. Ela quer levá-lo, uma última morte antes de retornar ao oceano para o inverno. Quer vingança pelo que ele e Davis lhe fizeram. Então Gigi busca o olhar de Davis, mordendo o lábio. Quer os dois.

Mas, antes que consiga roçar os dedos pela bochecha do garoto, ele segura seu pulso e o torce.

— Sua bruxa maldita! — Ouço Davis vociferar.

Lon parece enfeitiçado, encarando-a debilmente, como um cachorro à espera de que lhe digam o que fazer. Mas Davis a impediu antes que Gigi se infiltrasse nos recessos de sua mente.

— Sabia que era uma delas — diz ele, alto o bastante para ouvirmos.

Ele assoma sobre ela, ombros largos, prendendo seu braço na lateral do corpo. Mas ela não parece assustada. Sorri com o canto esquerdo da boca, entretida. Seu olhar penetra o dele, e a mão em volta de seu pulso é o bastante para seduzi-lo e fazer com que se apaixone perdidamente por ela. Observo quando a expressão de Davis suaviza, tornando-se ingênua, até que suas sobrancelhas grossas se franzem, e ele a liberta.

Gigi desliza os dedos por seu queixo, então fica na ponta dos pés. Ela encosta os lábios em seu ouvido, sussurrando coisas que o farão ser seu.

E, ao terminar, ela entrelaça os dedos às mãos de Davis e Lon e começa a guiá-los para longe da estufa. Quando passa por nós, ao redor da fogueira, seus olhos encontram os meus, mas não me movo.

Rose parece chocada. Não entende bem o que está acontecendo.

— Gigi? — chama ela, quando Gigi e Davis passam por nós. — O que está fazendo?

— Obrigada por me salvar — agradece Gigi, o tom malicioso e distante. Ela já está pensando no mar, em deixar o corpo de Gigi e se tornar parte do Pacífico. — Mas eles tinham razão... — Ela indica Davis e Lon, parados obedientemente ao seu lado. — Vejo você no próximo verão.

— Gigi, não faça isso — sibilo, e seus olhos disparam até os meus.

Nossos olhos de verdade se encontram, sob o exterior humano. E há um aviso nos dela, uma ameaça que posso ler na expressão de minha irmã: se eu tentar detê-la, se fizer qualquer coisa para impedi-la de levar Davis e Lon, ela vai contar quem sou. Aqui. Agora. Na frente de todos.

Ela puxa as mãos de Davis e Lon, levando-os até a doca. Mas então uma voz retumba atrás de mim.

— É Gigi!

Olho por sobre o ombro, e Rose se afastou da fogueira vários passos, apontando para o caminho onde Gigi parou, Davis e Lon aguardando ao seu lado.

A multidão em volta do fogo para de conversar quase que imediatamente. Eles param de rir, de beber cerveja e de dançar perigosamente próximos das chamas. Em vez disso, todos se viram para olhar Rose, acompanhando seu braço esticado na direção de Gigi.

Há uma pausa, um momento arrastado, enquanto todos processam o que está acontecendo, os cérebros pegando no tranco.

— Ela pegou Davis e Lon! — grita, então, uma garota.

Como se coreografados, vários garotos ao redor da fogueira largam as cervejas nas chamas e disparam atrás de Gigi. Sabem o que ela é — pelo menos, acham que sabem. E flagrá-la guiando Davis e Lon para a água, na última noite do solstício de verão, depois de estar desaparecida por semanas, é prova suficiente de que estavam certos esse tempo todo.

Gigi espera meio segundo. O olhar varre a multidão, então me encontra quando registra o que está acontecendo, e então suas mãos libertam Davis e Lon. Não será capaz de levá-los com ela. Precisa fugir já. E ela o faz.

Seu cabelo loiro brilha ao luar enquanto ela toma o caminho da doca. Os garotos gritam em seu encalço, passando por Davis e Lon, ambos alheios à comoção. Quando a pequena turba chega ao píer, há mais gritos e o que soa como pessoas embarcando em botes e motores voltando à vida. Gigi deve ter ido direto para a água. Era sua única chance.

Ela vai ter que nadar e se esconder. Ou talvez mergulhe sob as águas da baía, renunciando ao corpo que roubou com rapidez, a fim de passar o inverno na sombra e no frio.

Pela manhã, a verdadeira Gigi vai acordar com uma ressaca, talvez flutuando na enseada, forçada a nadar para a costa e se lançar até a terra. Das últimas semanas, apenas imagens nebulosas virão à tona, de quando não era mais Gigi Kline, mas Aurora Swan. Porém todos conhecemos a verdade.

E isso se a multidão não a pegar primeiro.

Rose balança a cabeça, perplexa, olhando para o caminho pelo qual Gigi fugiu, por onde o restante do grupo desceu para pegar os barcos e ajudar na busca por Aurora Swan.

Sinto uma onda de simpatia por Rose. Ela pensou estar fazendo a coisa certa ao resgatar Gigi. Pensou que podia ver o que estava bem à sua frente — a verdade —, mas não pôde. Ela é cega, como todo mundo nesta cidade.

Ela nem mesmo sabe quem eu sou.

Sua melhor amiga se transformou em algo mais. E, por uma fração de segundo, cogito lhe contar a verdade. Acabar com tudo. Uma noite para destruir seu mundo... para abalar suas crenças.

Mas então me lembro de Bo.

Ele não estava no chalé com Gigi. Não foi matá-la, afinal de contas.

E logo me dou conta... Olivia não está com o grupo. Não estava nem mesmo aqui quando Gigi apareceu.

Ambos sumiram.

* * *

— Aonde vai? — pergunta Rose.

Heath, ela e eu somos as últimas pessoas paradas perto da fogueira. Todos os outros foram atrás de Gigi.

— Achar Bo — respondo. — Vocês deviam voltar para a cidade.

Uma leve garoa começou a cair, e uma parede de nuvens da cor de um hematoma se desloca sob as estrelas e esconde a lua.

Caminho até Rose. Espero que não seja a última vez que a vejo, mas, por via das dúvidas, digo:

— Fez a coisa certa ao ajudar Gigi. Você não sabia o que ela era de verdade.

Quero que ela entenda que, mesmo errada sobre Gigi, não deve duvidar de si mesma. Ela quis proteger Gigi, mantê-la em segurança, e a admiro por isso.

— Mas eu já deveria saber — argumenta ela, os olhos vidrados com lágrimas, as bochechas vermelhas.

Nesse instante, sei que não posso contar quem realmente sou. Isso vai destruí-la. E, depois desta noite, se eu ainda for Penny Talbot, continuarei fingindo ser sua melhor amiga. Vou deixá-la acreditar que sou a mesma pessoa com quem cresceu. Mesmo se a verdadeira Penny Talbot desaparecer... perdida nas trincheiras de um corpo e de uma mente que roubei.

— Por favor — imploro aos dois —, voltem para a cidade. Não há nada mais que possam fazer esta noite. Gigi se foi.

Heath estende o braço e toca a mão de Rose. Sabe que é hora de ir.

— Me liga amanhã? — pede ela.

Eu a abraço, sentindo o doce perfume de canela e noz-moscada da loja de sua mãe que emana de seu cabelo.

— Claro.

Se ainda for Penny Talbot amanhã, vou ligar para ela. Se não, seja como for, tenho certeza de que a verdadeira Penny vai ligar. E, com sorte, Rose jamais notará a diferença.

Heath a leva embora, de volta à doca. Meu peito dói ao vê-los partir.

Um dilúvio começa a cair do céu escuro, fazendo a fogueira chiar e estalar.

Abro caminho pela grama de praia e pelos rochedos, a chuva soprando continuamente agora. Vou verificar o chalé de Bo primeiro e, em seguida, o pomar. Mas nem chego tão longe quando noto algo no topo do farol. Duas silhuetas bloqueiam o feixe de luz conforme ele varre a sala da lanterna no sentido horário.

Bo e Olivia. Só podem ser eles. Estão lá.

* * *

A porta de metal do farol foi deixada aberta, e bate contra a parede, as lufadas de vento soprando a chuva sobre o chão de pedra.

Otis e Olga estão parados do lado de dentro, miando baixinho para mim, olhos marejados e arregalados. O que estão fazendo aqui fora? Hesito ao lado da escadaria, atenta a vozes. Mas o som da tempestade bramindo contra as paredes externas é mais alto do que tudo. Bo deve estar ali dentro. Otis e Olga se apegaram a ele desde sua chegada, seguindo-o pela ilha, dormindo em seu chalé na maioria das noites. Acho que sempre souberam que eu não era, de fato, Penny. Eles sentiram o exato momento em que fixei residência em seu corpo. E preferem Bo a mim.

— Voltem para casa — aconselho, mas os dois gatos tigrados me ignoram, encarando a noite sombria, sem interesse em deixar o farol.

Subo a escada de dois em dois degraus, a respiração irregular. Uso o corrimão para me impulsionar torre acima. Minhas pernas estão em brasa. Suor escorre de minhas têmporas. Mas continuo a subir. Meu coração parece cavar um buraco em meu peito. Mas chego ao topo em tempo recorde, ultrapassando os últimos degraus e inspirando em rápidas e profundas golfadas.

Sigo a parede de pedra, tentando acalmar meu insano batimento cardíaco, então viro a esquina e espio a sala da lanterna. Bo e Olivia não estão mais ali. Mas posso vê-los através do vidro. Estão parados na pequena sacada que circunda o farol. Bo tem algo na mão. O objeto brilha quando ele se aproxima de Olivia.

É uma faca.

VINTE E UM

Quando giro a maçaneta, a pequena porta que leva ao passadiço é puxada pelo vento e bate. Tanto Bo quanto Olivia se viram, sobressaltados, para me encarar.

— Não devia estar aqui, Penny — grita Bo, mais alto que a tempestade, seu olhar voltando com rapidez para Olivia. Como se ele temesse que a garota pudesse dissolver no ar se não ficasse de olho.

O passadiço não era usado há décadas. O metal, corroído e enferrujado, range quando piso.

— Não precisa fazer isso — digo.

O vento é ensurdecedor, a chuva golpeia meu rosto.

— Você sabe que preciso — argumenta ele, o tom calmo, decidido.

Estou tentando juntar as peças da série de eventos que trouxe os dois até aqui... Quem emboscou quem?

— Onde conseguiu a faca? — pergunto. A lâmina é grande, uma faca de caça, e não uma que reconheço de pronto.

— Gaveta da cômoda, no chalé.

— E vai apunhalar Olivia com ela? — pergunto.

Olivia arregala os olhos. Sob o fino verniz de sua pele, Marguerite parece se contrair.

— Não — responde Bo. — Vou forçá-la a se jogar.

Vinte e cinco metros abaixo, afloramentos rochosos aguardam em montes dentados, pontiagudos. Uma morte rápida, abrupta. Sem último suspiro. Nenhum tremer de dedos. Apenas o apagar das luzes, tanto para Olivia Greene quanto para Marguerite Swan. Pelo menos será indolor.

— Como a trouxe aqui para cima? — pergunto, me aproximando de Bo. Olivia está apoiada no corrimão de metal, e todo o passadiço treme quando avanço um passo.

— Não trouxe. Eu a vi entrar no farol. — Ele engole em seco e aperta a faca com mais força, segurando-a com firmeza à frente. A lâmina brilha com a água da chuva. — Sabia que era minha única chance.

Então foi Marguerite quem o atraiu. Talvez pensasse que podia seduzi-lo, me provar que seria capaz de ficar com Bo se quisesse. Em vez disso, Bo a encurralou. Marguerite nunca teve a chance de tocá-lo. E agora ele vai forçá-la a pular. Vai parecer suicídio, como se a doce e popular Olivia Greene tivesse tirado a própria vida ao se lançar do farol da cidade.

— Por favor — imploro, me aproximando de Bo. O passadiço balança sob meus pés. — Isso não trará o seu irmão de volta.

Com minha declaração, a expressão de Olivia muda. Ela não sabia sobre o irmão de Bo, mas seus olhos se iluminam e seus lábios se abrem em um sorriso provocante.

— Seu irmão? — pergunta ela, curiosa.

— Não abra a porra da boca — dispara Bo.

— Seu irmão foi afogado, não? — atiça ela.

Mal posso ver a lateral do rosto de Bo. Sua têmpora lateja, a chuva pingando do queixo.

— Foi você? — pergunta com voz rouca, avançando um único passo ligeiro, e pressiona a lâmina no estômago de Olivia.

Bo é capaz de estripá-la bem aqui se lhe der a resposta errada. Ele quer vingança, mesmo que signifique derramar o sangue de Olivia em vez de forçá-la a pular do farol. Assassinato no lugar de suicídio.

De novo, Olivia sorri, os olhos se desviando até mim, como se estivesse entediada. Ela pode ver em meu rosto, na silhueta tensa de meu eu verdadeiro pairando sob a pele de Penny. Marguerite é minha irmã, afinal. Ela me conhece. Pode ler a verdade melhor que ninguém.

— Claro que não — responde ela, doce. — Mas você devia perguntar à sua namorada. Talvez ela saiba quem foi.

Sinto o peito se contrair, as costelas comprimindo meu coração e pulmões, tornando impossível sorver o ar e bombear sangue para o cérebro.

— Não — imploro, com suavidade, dificilmente alto o bastante para ela ouvir.

— Com certeza, quer saber por que eu trouxe todas essas pessoas para sua ilha, por que quis que a festa do solstício de verão fosse aqui.

Não respondo, embora eu queira mesmo saber.

— Queria que visse que, não importa o que façamos, não importa quantas vezes roubemos um corpo e finjamos ser um deles... jamais seremos. Somos inimigos. Eles nos odeiam. E, se tiverem a oportunidade, vão nos matar. — E indica Bo com a cabeça, como se ele fosse uma prova. — Você tem brincado de casinha por muito tempo... muitos verões nesse corpo. Acha que tem amigos aqui. Acredita que pode ter uma vida de verdade nessa cidade. Pensa que pode se apaixonar... como se tivesse o direito — diz ela, debochada, a sobrancelha esquerda erguida. Apesar da chuva que corre por seu rosto, ela continua linda. — Mas eles só gostam de você porque não sabem quem realmente é. Se soubessem, iriam odiá-la. Desprezá-la... Iriam desejar sua morte. — Ela diz a última palavra como se tivesse gosto de metal. — Ele iria desejar sua morte. — A faca ainda está encostada a sua barriga, mas eia se pressiona contra a lâmina, encarando Bo. — Pergunte para sua namorada qual seu verdadeiro nome.

Meu coração para por completo. Minha visão fica turva. Não. Por favor. Não faça isso. Não arruíne tudo.

— Ela vem mentindo para você — acrescenta ela. — Vá em frente, pergunte.

Bo se vira apenas o suficiente para me encarar onde estou, encostada à parede do farol, as palmas pressionadas na pedra.

— Não muda nada... — começo a dizer, tentando evitar que a verdade escape.

— Não muda o quê? — pergunta ele.

— Como me sinto em relação a você... como você se sente. Você me conhece.

— Do que está falando?

O sorriso de Olivia chega aos olhos. Ela está se divertindo. Era isso que queria o tempo todo: que eu compreendesse que não podemos mudar quem somos. Somos assassinas. E nunca poderei ter Bo. Não assim, neste corpo. A única maneira de uma irmã Swan ficar com alguém é afogando essa pessoa, aprisionando sua alma conosco, no mar.

— Meu nome não é Penny — admito, a confissão rasgando as minhas entranhas.

Meus lábios tremem, gotas de chuva pingando sobre eles e encontrando a minha língua.

A faca na mão de Bo começa a baixar, seu olhar me atravessa. A compreensão do que vem a seguir já se instala em seu olhar.

— Meu nome é Hazel.

Ele balança a cabeça uma fração de centímetro. A faca agora abaixada na lateral do corpo, a boca formando uma linha fina e inflexível.

— Hazel Swan — completo.

Seus olhos quase vacilam, e seu maxilar se contrai. Em seguida, ele fica absolutamente imóvel, como se tivesse virado estátua bem na minha frente.

— Eu devia ter contado antes, mas não sabia como. E então, quando descobri o motivo de sua vinda, soube que me odiaria. E não podia simplesmente...

— Quando? — pergunta, sem rodeios.

— Quando? — repito, sem saber ao certo o que ele quer dizer.

— Quando deixou de ser Penny Talbot?

Tento engolir em seco, mas meu corpo rejeita a ação. Como se o corpo de Penny e o meu travassem uma batalha. Lutando por controle.

— A primeira noite em que nos encontramos. — Afasto uma mecha de cabelo molhado da testa. — Depois da festa Swan, na praia, Penny o trouxe de volta à ilha. Naquela noite, ela acordou e foi até a doca antes do nascer do sol. Foi como um sonho. Ela mergulhou na água, e eu assumi seu corpo.

— Então naquela noite na praia, quando conversamos perto da fogueira e você me contou sobre as irmãs Swan... era Penny? Não você?

Faço que sim com a cabeça.

— Mas tudo o mais depois daquela noite... foi você?

De novo, assinto.

— Mas você se lembra de conversar comigo na praia, e de coisas sobre a vida de Penny.

— Eu absorvo as memórias do corpo que habito. Sei tudo sobre Penny.

— Não é o único motivo — cantarola Olivia, feliz em preencher as lacunas das quais preferi me esquivar.

Fecho os olhos, depois os abro. Bo deu as costas a Olivia e agora me encara. Sou a ameaça no momento. Eu o magoei. Menti para ele. Fiz com que confiasse em mim e até me amasse.

— Possuí o corpo de Penny todo verão, nos últimos três anos — confesso.

Uma lufada de vento passa por nós, lançando uma torrente de chuva contra as vidraças do farol.

— Por quê? — Bo consegue perguntar, apesar da voz sair estrangulada.

— Gosto da vida dela — respondo, a primeira vez que o admito em voz alta. — Gosto de estar aqui, na ilha.

— Ah, Hazel, se vai contar a verdade, melhor contar tudo — interrompe Olivia.

Eu a olho com ódio, querendo que cale a boca. Devia ter deixado Bo jogá-la do passadiço. Não devia tê-lo impedido. Mas agora ali está ela, trazendo à tona cada detalhe do meu passado. E me chamando pelo meu nome verdadeiro.

— Eu costumava vir aqui quando ainda estava...

— Viva. — Olivia termina por mim, erguendo as duas sobrancelhas.

— Você vivia aqui antes? — pergunta Bo.

— Não.

Não quero contar a ele sobre Owen, sobre a minha vida pregressa. Não importa agora. Não sou mais aquela garota. Aquela garota se afogou na baía há dois séculos... e esta garota está aqui, viva, bem na frente dele.

— O primeiro faroleiro tinha um filho — acrescenta Olivia por mim. — Seu nome era Owen Clement. Ele era bonito, admito. Mas nunca entendi o que ela viu nele. Owen não tinha dinheiro nem terras, nem um futuro promissor. No entanto, ela o amava mesmo assim. E ia casar com ele. Quero dizer, se o pai do rapaz não tivesse nos acusado de bruxaria e nos afogado na enseada.

Eu me encolho com sua crua descrição de Owen e eu. Como se pudéssemos ser resumidos de modo tão frio. Nossa história em um único fôlego.

— Agora Owen está enterrado na Alder Hill, no cemitério de Sparrow. Ela foi lá esta manhã… visitar seu túmulo. — Suas palavras soam como uma acusação, como se eu tivesse traído Bo com aquele simples gesto. E talvez eu tenha. Mas não é a minha pior ofensa, não mesmo.

Bo parece atônito. Ele me encara como se eu tivesse arrancado seu coração do peito, espremendo-o em minhas garras, e o esmagado até que parasse de bater.

Onde antes via uma garota, agora vê um monstro.

— Não foi assim — argumento. — Fui me despedir.

Mas minhas palavras soam frágeis e inúteis. Não significam mais nada. Não para ele.

— Então veja só, Bo — continua Olivia, com o cabelo dançando em seu rosto. Marguerite Swan sorrindo e oscilando sob sua pele, como se estivesse suspensa no ar. — Sua doce Penny não é quem diz ser. Ela é uma assassina como Aurora e eu… E ela só retorna a esta ilha porque a lembra do garoto que um dia amou. E se você acha que se importa com ela, que a ama até, talvez devesse levar em conta que Penny é uma irmã Swan, e seduzir garotos é o que fazemos. Talvez você só a ame porque ela o enfeitiçou para fazê-lo acreditar nisso. Não é real.

Olivia molha os lábios com a língua.

— Não é verdade — vocifero.

— Ah, não? Talvez devesse contar a ele sobre o irmão. Contar a ele como você é talentosa em seduzir turistas desavisados.

Meus joelhos fraquejam, e enfio as unhas na parede do farol para impedir uma queda. Não posso fazer isso.

— Qual é o nome de seu irmão? — pergunta Olivia. — Não importa. Tenho certeza de que se parecem, e como minha irmã poderia resistir à chance de seduzir dois irmãos? É simplesmente perfeito.

— Pare — peço a ela, mas Bo recuou um passo, encostando no gradil, que treme sob seu peso.

Seu cabelo está encharcado, as roupas, ensopadas. Todos nós parecemos ter mergulhado no oceano, molhados, os três confinados nesse passadiço, vítimas do vento e de qualquer que seja o destino que nos trouxe até este ponto. Séculos de mentiras agora nos dilaceram. A verdade mais dolorosa que qualquer coisa que já senti. Ainda mais dolorosa que o afogamento.

— Foi você? — pergunta Bo, e o modo como o faz é uma faca enfiada em minhas entranhas.

— A princípio, eu não sabia — respondo, lutando contra o calor das lágrimas que teimam em cair. — Mas, quando me contou o que aconteceu a seu irmão, comecei a me lembrar dele. Vocês são tão parecidos. — Pigarreio. — Eu não queria acreditar. Eu era diferente no verão passado. Não me importava com as vidas que tomava... não me importava com nada. Mas agora eu me importo. Você me ajudou a ver. Não quero machucar mais ninguém, especialmente você.

— Todo esse tempo, você sabia que eu estava tentando descobrir quem o matou... — Ele se atrapalha com as palavras. Então as encontra de novo. — Foi você?

— Me desculpe.

Outro suspiro.

Ele desvia o olhar, não mais ouvindo.

— Por isso pode ver o que Gigi realmente é? E Olivia? — Seus olhos se alternam entre Olivia e eu, como se tentasse ver o que se esconde dentro de nós. — Você podia vê-las porque é uma delas?

— Bo — imploro, a voz soando fraca.

— Você afogou o meu irmão — acusa ele, avançando com rapidez, prendendo meu corpo com o seu.

Sua respiração soa lenta e superficial. Ele levanta a faca até a minha garganta, pressionando bem abaixo do queixo. Minhas pálpebras tremulam. Inclino a cabeça contra a parede. Seu olhar me devora. Não com luxúria, mas com raiva. E sinto, na fúria emanando de seu olhar, nos dedos que seguram a faca, que ele quer me matar.

Os olhos de Olivia disparam para a porta. É sua chance de fugir. Mas por alguma razão ela fica. Talvez queira vê-lo cortar a minha garganta. Ou talvez apenas queira ver como tudo termina.

— Quantos você matou este ano? — pergunta Bo, como se procurasse outro motivo para deslizar a lâmina por minha garganta e deixar minha vida se esvair.

— Nenhum — murmuro.

— Meu irmão foi o último?

Mal assinto.

— Por quê?

— Não quero mais ser aquela pessoa. — Minha voz é um sussurro.

— Mas é o que você é — dispara de volta.

— Não. — Balanço a cabeça. — Não é. Não consigo continuar. Não vou. Quero uma vida diferente. Eu a queria com você.

— Não faça isso — diz ele.

Tento limpar a garganta, mas estou tremendo demais.

— Não se comporte como se eu a tivesse transformado. Não se comporte como se você se importasse comigo — diz ele. — Não posso confiar em nada do que disse. Não posso confiar em como me sinto em relação a você. — Essas últimas palavras são as que mais ferem, e faço uma careta. Ele acha que o fiz se apaixonar por mim, que eu o seduzi, assim como Olivia. — Você mentiu sobre tudo.

— Não sobre tudo. — Tento dizer, mas ele não me dá ouvidos. Ele tira a faca de minha garganta.

— Não quero ouvir mais nada.

Seus olhos parecem pedras, polidas pelo ódio. Meus olhos, por outro lado, imploram perdão. Mas é muito tarde para isso. Matei seu irmão. Não há mais nada a dizer.

Eu me tornei sua inimiga. E agora ele se afasta de mim.

Quando o facho de luz do farol passa sobre seu rosto, ele se vira, a chuva castigando suas costas, e atravessa a porta para dentro do prédio.

Sua sombra se move pela sala da lanterna e desaparece nas escadas.

— Ele não ama você, Hazel — diz Olivia, à guisa de consolo. — Ele amava quem achava que você era. Mas você mentiu para ele.

— É sua culpa. Você fez isso.

— Não. Você fez isso. Pensou que poderia ser um deles... humana... mas está morta há duzentos anos. Nada vai mudar isso. Nem mesmo um garoto que você pensa que ama.

— Como pode saber? Nunca amou alguém em toda a sua vida. Apenas a si mesma. Não quero ser miserável como você, presa naquela enseada por toda a eternidade.

— Não pode mudar o que somos.

— Posso tentar — digo, então me afasto da parede e disparo farol adentro.

— Onde você vai? — berra ela atrás de mim.

— Vou atrás dele.

294

VINTE E DOIS

A fogueira do lado de fora da estufa é um monte de brasas fumegante, incapaz de sobreviver ao dilúvio. E todo mundo que veio até a ilha para o solstício de verão já se foi. Uma festa encurtada pela volta de Gigi Kline.

A silhueta de Bo já tomou o caminho da doca. O vento e a chuva entre nós o fazem parecer quilômetros distante, uma miragem numa estrada no deserto. Abro a boca para chamá-lo, mas então cerro os lábios. Ele não vai mesmo parar. Está determinado a deixar a ilha... e a mim. De vez.

Por isso começo a correr.

No cais, o amontoado de barcos e botes que estava ancorado se foi. Restaram apenas o esquife e o veleiro, batendo contra a lateral da doca, o vento os golpeando como um punho zangado.

Fora da água, várias luzes piscam na escuridão, ainda procurando por Gigi, incapazes de localizá-la, enquanto os outros devem ter desistido e retornado à marina. Ela ainda pode estar em algum lugar por aí, escondida. A meia-noite se aproxima. Ou talvez já tenha mergulhado nas ondas: Aurora outra vez unificada à escuridão da baía. Mas se conheço minha irmã, ela vai encontrar um meio de voltar à costa e aproveitar os últimos minutos até a meia-noite. Saborear os momentos fugazes antes de precisar retornar ao mar cruel. E Marguerite fará o mesmo. Talvez permaneça no alto do farol, observando a ilha, assistindo à tempestade chegar pelo Pacífico, até ser forçada a entrar na água nos segundos finais.

Bo não está no esquife, então verifico o veleiro. Ele aparece na proa, a estibordo, jogando as amarras.

— Aonde vai? — berro para ele, assim que joga a última bolina. Mas ele não responde. — Não vá embora assim — imploro. — Quero contar a verdade... contar tudo.

— É tarde demais — retruca ele.

O motor auxiliar murmura com suavidade e ele caminha até o leme, na popa do veleiro. Soa exatamente como me lembro há três anos... um balbuciar gentil, o vento inflando as velas assim que o barco chega a mar aberto e agarra os ares do Pacífico.

— Por favor — imploro, mas o veleiro começa a se afastar do cais.

Eu o acompanho até o fim da doca, e então não tenho escolha. Meio metro me separa da popa do veleiro onde se lê, em preto, Canção do Vento. Um metro. Um metro e meio. Pulo, as pernas me impulsionando para a frente, mas não o alcanço. Meu peito bate na lateral, a dor irradiando das costelas, e minhas mãos procuram algo em que se segurar para evitar que eu caia na água. Encontro um grampo de metal e encaixo meus dedos ali. Mas está molhado e eu começo a escorregar. Água do mar borrifa na parte de trás de minhas pernas.

Então as mãos de Bo seguram meus braços e me içam para dentro do barco. Ofego, tocando o lado esquerdo do corpo com a mão, a dor queimando minhas costelas a cada fôlego. Bo está a apenas alguns centímetros, ainda segurando meu braço direito. E eu o encaro, na esperança de que ele me veja, a garota dentro do corpo. A garota com quem ele conviveu nessas poucas semanas. Mas ele solta meu braço e se vira, de volta ao leme do veleiro.

— Não devia ter feito isso — diz ele.

— Só preciso falar com você.

— Não há mais nada que possa dizer.

Ele guia o barco, não na direção da marina, mas para o oceano, direto para a tempestade.

— Não vai para a cidade?

— Não.

— Está roubando o veleiro?

— Pegando emprestado. Só até o próximo porto além da costa. Não quero ver aquela maldita cidade de novo.

Pressiono os dedos em minhas costelas outra vez e me encolho. Estão feridas. Talvez quebradas.

O veleiro se inclina de lado, o vento nos fustigando, mas me arrasto até onde Bo segura firme o leme, manobrando direto para o coração da tempestade. A maré enche; ondas quebram na proa, depois estouram nas laterais. Não devíamos ter saído nesse tempo.

— Bo — chamo, e ele até me olha. — Preciso que saiba... — Meu corpo treme de frio, com a noção de que estou prestes a perder o que acreditava ter. — Não o forcei a se importar comigo. Não o enfeiticei para se apaixonar. O que quer que sentisse por mim foi real. — Digo aquilo no passado, sabendo que, independentemente do que sentiu, com certeza acabou. — Não sou o monstro que pensa.

— Você matou o meu irmão. — Seu olhar me divide em duas, me esmaga até virar pó. — Você o matou. E mentiu para mim.

Não posso consertar isso. Não há nada que possa fazer para mudar os fatos. É imperdoável.

— Eu sei.

Outra onda quebra contra nós. Instintivamente me agarro a Bo, então o largo com a mesma rapidez.

— Por que fez isso? — pergunta ele.

Não sei ao certo se está falando do irmão ou perguntando por que menti sobre quem sou. Provavelmente, as duas coisas.

E as respostas se entrelaçam.

— Esta cidade me tirou tudo — respondo, piscando a água dos cílios. — Minha vida. A pessoa que um dia amei. Eu estava zangada... Não. Mais que zangada. Eu queria que pagassem pelo que me fizeram. Levei seu irmão para o mar como fiz com tantos garotos ao longo dos anos. Estava anestesiada. Não me importava com as vidas que tomava. Ou quantas pessoas sofressem.

Agarro o leme de madeira ao redor do volante de metal para impedir que outra onda me derrube. A tempestade vai nos matar. Mas continuo a falar... essa pode ser a minha última chance de fazer Bo compreender.

— Este verão, quando tomei o corpo de Penny pela terceira vez, acordei em sua cama como nos últimos dois anos, mas, desta vez, uma nova memória despertou em minha mente: a lembrança de você. Ela já estava se apaixonando. Viu algo que a fez confiar em você. Mas eu a possuía agora. E você estava na ilha: o garoto que Penny trouxe pela enseada e deixou ficar no chalé. E, por alguma razão, também confiei em você. Foi a primeira vez que confiei em alguém depois de duzentos anos. — Enxugo as lágrimas com as costas da mão. — Eu podia ter matado você. Poderia tê-lo afogado no primeiro dia. Mas, por algum motivo, eu queria protegê-lo. Mantê-lo em segurança. Queria sentir algo de novo por alguém... por você. Precisava saber que o meu coração não estava completamente morto, que parte de mim ainda era humana... ainda podia se apaixonar.

Chuva e água do mar molham as feições inflexíveis do rosto de Bo. Ele ouvia, mesmo não querendo.

— Ninguém deveria existir por tanto tempo — admito. — Apenas pequenos lampejos de uma vida real a cada verão, atormentada por vívidos sonhos sombrios o restante do tempo. Passei a maior parte de meus duzentos anos nas profundezas, no fundo do mar. Um fantasma... uma aparição ao sabor da maré, esperando para respirar de novo. Não posso voltar.

Nem viva... nem morta. Um espectro preso conforme os meses passam, cada hora, cada segundo.

— Então manteria esse corpo para sempre? — pergunta ele, semicerrando os olhos para a tempestade conforme chegamos ao fim do cabo e nos aventuramos em mar aberto.

— Não tenho certeza do que quero no momento.

— Mas você o roubou — responde, incisivo. — Não pertence a você.

— Eu sei.

Não há justificativa para querer manter este corpo. É egoísta e é assassinato. Eu estaria matando a verdadeira Penny Talbot, sufocando-a, como se ela nunca tivesse existido. Queria acreditar que eu era uma pessoa diferente por causa de Bo, que não matei ninguém nesse verão. Mas não sou diferente do que tenho sido nos últimos duzentos anos. Quero algo que não posso ter. Sou uma ladra de almas e corpos. Mas quando vou parar? Quando meu tormento nessa cidade será o bastante? Quando minha sede de vingança será saciada?

Penny merece uma vida plena, não merece? Uma vida que nunca pude ter. E, em súbita compreensão, entendo: não posso lhe tirar isso.

Todos os meus pensamentos vêm à tona de uma vez. Um dilúvio de lembranças.

Elas crepitam como pequenas fogueiras em minha mente. Explosões em minhas terminações nervosas. Posso resolver isso. Remediar as injustiças. Dar a Bo o que ele quer.

— Só velejei neste barco uma vez — revelo. Ele franze o cenho, sem saber do que estou falando. — No primeiro verão em que possuí o corpo de Penny, seu pai desconfiou de mim. Ele descobriu o que eu era. Acho que é por isso que reuniu todos aqueles livros no chalé: tentava descobrir um modo de se livrar de mim sem matar a própria filha... a mesma coisa que você buscava. Só que ele encontrou um meio. — Bo manobra o barco ao sul da costa, e o vento também muda de direção, nos acertando a estibordo. — Naquele verão, ele deixou a casa certa noite, depois do jantar, e foi até a doca. Eu o segui. Ele disse que estava saindo para velejar e perguntou se eu queria acompanhá-lo. Alguma coisa não soava bem. Parecia estranho, ansioso. Mas eu fui, porque era o que Penny teria feito. E eu fingia ser ela pela primeira vez. Não fomos muito longe, só contornamos o cabo. Foi quando ele me disse a verdade. Disse que sabia que eu era uma irmã Swan, e que estava me dando uma escolha. Ele encontrou um modo de me matar sem destruir o corpo possuído por mim, o corpo de Penny. Descobriu em um de seus livros. Mas envolvia sacrifício.

Tomo fôlego, tentando encontrar as palavras presas em minha garganta.

— Se eu pulasse no mar — digo, tentando firmar a voz —, e me afogasse novamente, como há duzentos anos, eu morreria, mas Penny não. Eu tinha que reencenar minha morte. E ele acreditava que isso também mataria as minhas irmãs, quebrando a maldição de modo efetivo. Não retornaríamos à cidade de Sparrow outra vez.

Bo inclina a cabeça para me encarar, os nós dos dedos brancos e agarrados ao leme, lutando para nos manter longe da costa ou para evitar que emborcássemos completamente.

— Mas você não cedeu?

Balanço a cabeça.

E então ele pergunta o que eu já sabia que viria.

— O que aconteceu ao pai de Penny?

— Achei que ele ia me jogar ao mar e me forçar a fazer o sacrifício. Ele veio em minha direção, então agarrei o gancho da amarra e... e o golpeei. O pai de Penny cambaleou por um instante, sem equilíbrio conforme o veleiro pulava cada onda.

Afasto a memória. Ainda desejo voltar no tempo e desfazer o que aconteceu naquela noite. Porque Penny perdeu o pai, e sua mãe, o marido.

— Ele caiu pela lateral. E não voltou à superfície. — Olho para o mar, azul-marinho, bravio e salpicado pela chuva, e o imagino respirando água, se afogando como eu me afoguei tantos anos antes. — Havia um livro no convés do barco, aquele em que ele leu como quebrar a maldição, então o joguei ao mar. Não queria que mais ninguém descobrisse como nos matar.

Eu o observei afundar nas sombras, não fazendo ideia de que havia um chalé inteiro lotado de livros que ele havia colecionado.

— O veleiro estava sendo lentamente levado em direção à costa — continuo. — As velas estavam recolhidas, felizmente, e o motor ainda funcionando. Então o guiei para longe das pedras e, de algum modo, de volta à ilha. Eu o amarrei na doca e me esgueirei de volta para casa. E ali ele ficou até hoje.

— Por que está me contando isso? — pergunta Bo.

— Porque agora sei o que preciso fazer. O que devia ter feito naquela noite. Eu devia ter mudado o curso de tudo. Então seu irmão ainda estaria vivo, e você nunca teria vindo aqui. Fui egoísta e covarde. Mas não mais.

— Do que está falando?

Ele tira uma das mãos do leme.

— Vou lhe dar o que quer... sua vingança.

Dou meia-volta e caminho até estibordo, encarando o mar. Meu túmulo... o lugar ao qual pertenço. Vidas foram perdidas. Mortes contabilizadas. Tudo começou comigo e minhas irmãs, quando fomos afogadas na enseada, tantos anos antes. Mas provocamos sofrimento em uma escala infinita.

— O que está fazendo? — A voz de Bo continua dura, mas percebo um quê de incerteza.

— Eu queria ficar neste corpo e viver esta vida... com você. Mas agora sei que não é possível... por muitas razões. Você nunca será capaz de me amar sabendo o que fiz, quem sou. Lamento por seu irmão. Queria poder voltar atrás. Queria poder corrigir a maioria das coisas que fiz. Mas pelo menos sei como terminar com tudo. Consertar as coisas.

Fecho os olhos ligeiramente, enchendo os pulmões de ar.

— Penny — começa ele, um nome que não é o meu.

Ele se afasta do leme, o motor ainda rugindo, o veleiro rompendo as ondas sem um capitão para navegá-lo. Ele não me toca. Mas fica parado à minha frente, oscilando com o balanço do barco.

— Hazel — corrige Bo, mas a raiva ainda queima em sua voz. — Você arruinou a minha vida e tirou o meu irmão de mim. E então me apaixonei por você... me apaixonei pela pessoa que o matou. Como lidar com isso? O que quer que eu diga? Que a perdoo? Porque não posso.

Seus olhos se desviam dos meus. Ele não pode me perdoar. Nunca o fará. Posso ver seu tormento. Ele acha que deve tentar me impedir, mas uma parte de Bo, uma parte amarga e vingativa, também me quer morta.

— Sei que não pode me perdoar — digo. — Sei que o magoei… que arruinei tudo. Queria que fosse diferente. Queria que eu fosse diferente. Mas… — Engasgo com as palavras que preciso dizer. — Mas amei você de verdade. Foi real. Tudo entre nós foi real. Ainda o amo.

Espero ver o brilho de alguma coisa em seu olhar, a confirmação de que uma parte dele ainda me ama. Mas Bo não consegue relevar quem eu sou. Agora, sou apenas a garota que afogou seu irmão. Só isso.

Quando ele não responde, olho para o leme, onde um pequeno relógio foi montado no console. São 23h48. Apenas doze minutos até meia-noite, e então será tarde demais. Não posso ficar neste corpo, não agora. Não posso tomar outra vida. Se eu me jogar no mar gelado, se eu me afogar com este corpo, serei eu a morrer, não Penny. Vou me afogar como há dois séculos. E, com sorte, se o pai de Penny estiver certo, ela vai sobreviver.

— No passado, quando retornamos ao mar — explico, o vento soprando meus cabelos às costas. — Deixamos os corpos que roubamos antes de o relógio soar meia-noite. Mas acho que, para isso funcionar, o corpo de Penny precisa se afogar comigo em seu interior. Vou morrer, mas ela pode ser trazida de volta. Você precisa salvá-la. Eu terei partido, mas ela pode viver.

Ele me atravessa com o olhar, como se não quisesse acreditar no que estou dizendo.

Eu me viro para a amurada. O mar borrifando meu rosto, o céu escuro como um funeral. Esse será meu último suspiro. Meu último vislumbre de uma vida que poderia ter tido. Fecho os olhos, sabendo que não posso voltar atrás.

Mas então Bo me segura, me virando para encará-lo.

— Não — diz ele.

As sobrancelhas franzidas, lábios em uma linha fina. Parece atormentado. Não sabe o que sentir, o que fazer. E é por isso que decido por ele. Vou terminar com tudo de uma vez por todas, para que ele não precise fazê-lo. Ele fala mesmo assim, diz o que acha que deve dizer:

— Não precisa terminar assim.

Sorrio de leve, balançando a cabeça.

— Sabe que não há outro modo. Minhas irmãs continuarão matando. E não quero voltar para o oceano por mais duzentos anos. Não posso. Não é vida. E estou exausta.

Ele desliza as mãos por minhas bochechas e meu cabelo molhado. E, muito embora haja amor em seus olhos, uma dor que eu reconheço, também há ódio. Profundo, inegável, enraizado. Eu levei seu irmão. Não há como voltar atrás.

Mesmo com ódio em seus olhos verde-escuros — que ainda me lembram do horizonte onde o céu encontra o mar após a tempestade —, ele me puxa para si, pressionando os lábios quentes aos meus enquanto a chuva continua a cair entre nós.

Ele me beija como se não quisesse me deixar ir, embora eu saiba que ele vai. Desesperado e furioso. Amor e ódio. E seus dedos agarram os meus cabelos, me puxando para mais perto. Cravo as unhas em seu peito, tentando me agarrar ao momento. A esse sentimento. Posso levá-lo, como tanto Olivia quanto Aurora sugeriram. Poderia afogá-lo, e ele ficaria eternamente preso no mar comigo. Mas não o quero assim, confinado em uma prisão marinha. Não é real. E ele não merece isso.

Seus lábios se separam apenas um centímetro, e suspiro.

— Obrigada por desfrutar esses dias em minha companhia — agradeço. As lágrimas ameaçam cair, e não tento controlá-las.

Fecho os olhos e encosto a testa em seu peito, inalando sua essência, querendo me lembrar de seu perfume para sempre. Mas agora ele cheira a mar. Um garoto trazido com a maré. Como um sonho, uma memória que espero nunca esquecer.

Afasto as mãos de seu peito, me virando para olhar o oceano. Selvagem e turbulento. O sombrio e insondável Pacífico me atraindo para seu frio âmago. É quase meia-noite, e relâmpagos serpenteiam nas nuvens a distância, se aproximando.

— Quando eu pular — aviso a Bo, por cima do barulho das ondas e do vento. — Depois que me afogar, precisa tirar o corpo dela da água.

Ele não assente, não responde. Não compreende o que está acontecendo. Mas sabe que precisa me deixar ir.

Encontro seus olhos verdes pela última vez, vendo meu reflexo nas profundezas.

— Não conte a ela o que aconteceu ao pai — peço. — Não conte a ela sobre mim. Acho que é melhor se ela não souber.

Um trovão ribomba no céu. Ele assente.

Vou deixar boas memórias na mente de Penny e vou levar as más comigo. Ela vai se lembrar de Bo, do calor ao seu lado no chalé, de mãos em sua pele, lábios nos dela. Penny vai se lembrar dos dias em que o coração parecia prestes a explodir de amor por ele. Ela não vai se lembrar de ir ao cemitério se despedir de Owen. Não vai se lembrar da conversa com Marguerite na frente da velha perfumaria. Ela não vai se lembrar de falar com Gigi Kline como se fossem irmãs. Vai apenas se lembrar de que lhe forneceu abrigo quando os garotos a caçaram. Vai viver a vida que eu gostaria de poder viver. Penny vai sentir saudades do pai, mas, às vezes, sentir saudades é melhor que saber a verdade. Vou lhe dar o dom das boas lembranças. O dom de Bo... o último garoto que amei.

O garoto que ainda amo.

305

Passo por cima da amurada. O convés está escorregadio, e quase perco o equilíbrio. Meu coração martela meu peito, medo e dúvida me dominando. Meus dedos agarram a amurada com tamanha força que começam a latejar.

Não desvio os olhos de Bo.

— Eu disse que o amor era como afundar, como se afogar. Isso vai ser igual. Só preciso me soltar. — Meus lábios tremem. — Não se esqueça de mim.

— Nunca — responde ele.

O rosto de Bo é a última coisa que vejo antes de pular e atingir a água. Tudo escurece.

* * *

O mundo silencia instantaneamente. A tempestade ruge e brame sobre a superfície, mas, aqui embaixo, tudo está calmo e sereno.

Nado com vontade. Mergulho fundo, próximo ao leito do oceano. O frio deixa as minhas mãos e os meus pés dormentes quase que de imediato — o frio que vai abrandar meu coração e preservar o corpo de Penny. A escuridão é absoluta, bloqueando a superfície de modo que não sei dizer que lado é o de cima. Mas não quero mudar de ideia; não quero a possibilidade de nadar de volta e encher os pulmões de ar.

Desço como uma moeda afundando para o navio pirata naufragado na enseada. Penso no centavo que joguei na água naquela noite, com Bo, Heath e Rose. Nós fizemos desejos. Alguns tangíveis. Outros nem tanto. Meu desejo era ser humana de novo. Viver uma vida normal. Mas não se realizou. Mergulho mais fundo, mais escuro, mais frio. Mas talvez isso, o que estou fazendo agora, seja a coisa mais humana que já fiz. Me sacrificar por alguém sem ter a obrigação. Fazer uma escolha.

E me apaixonar. O que é mais humano que isso?

O frio toma conta de minhas extremidades, assim não consigo mover os dedos dos pés e das mãos, braços e pernas. E a escuridão toma formas que não são reais. A morte brinca comigo.

Julgo ver meu reflexo na água, o que é impossível. Mas há duas imagens: o rosto de Penny e o meu, mascarado por sua pele, o reflexo real de mim mesma... Hazel Swan. Cabelo escuro, grandes olhos verdes, perdida. Sozinha. Mas não sozinha de fato. Conheci o amor profundo e tolo. O que fez tudo valer a pena.

Fecho os olhos com força.

Abro a boca, engolindo o mar. Tem gosto de sal e absolvição. Como deixar fluir. E, em seguida, retirado do próprio frio, há calor. Meu corpo não está mais dormente. A impressão é de que estou aninhada em grama de praia, sob o sol da tarde, observando as nuvens cortarem preguiçosamente o céu. O calor é tão real que abro os olhos de novo, e então sou engolida por ele.

PENNY TALBOT

Esqueci o dia. A hora. Mas sinto um frio terrível e inspiro como se fosse o meu primeiro e último suspiro. Minhas costelas doem.

Braços ao meu redor, me içando para um barco. O vento me incomoda, a chuva me faz tremer. Estou encolhida na popa, um cobertor sobre os ombros.

— Onde estou? — pergunto, e uma voz fraca grita sobre mim, palavras que não consigo entender. O céu escuro gira acima.

O cais sob meus pés.

O longo caminho pela passarela.

E então o chalé no qual não entro faz anos. Uma fogueira começa fraca, depois cresce quente e brilhante. Sento no chão. Livros por todo lado. De novo uma voz, um rosto que não conheço me traz chá quente. Bebo com cuidado, aquecendo o corpo. Como cheguei aqui? Tudo parece um sonho de que não quero lembrar.

Mas então lembro. O garoto agachado ao meu lado, seu rosto. Eu o conheço. Da marina, estava procurando trabalho. E depois a festa na praia. Ele me salvou de Lon Whittamer, que tentou me levar para a água. E, em seguida, nos sentamos perto da fogueira e conversamos. Seu nome é Bo. Ele é gato. E a canção do mar nos perseguiu no caminho de volta à ilha. Eu disse que ele podia ficar aqui, no chalé, que lhe daria emprego no verão. E aqui está ele. Ensopado, rugas de preocupação sulcando seu rosto.

— A canção parou? — pergunto.

— O quê? — retruca ele.

— As irmãs Swan. A canção. Todas elas já retornaram?

Ele hesita por um instante, a expressão repuxando a cicatriz sob o olho esquerdo. De onde ele vem?, me pergunto. Há gentileza em seus olhos, mas Bo não deveria estar aqui em Sparrow. É muito arriscado.

— Sim — responde ele, enfim. — O canto parou. E não acho que vai recomeçar.

Durmo no sofá. Um cobertor aninhado aos ombros. Cada vez que abro os olhos, ele ainda está acordado, observando o fogo como se procurasse alguma coisa, ou esperasse alguém.

— O que aconteceu comigo? — pergunto, quando a aurora se aproxima das janelas.

Ele se vira, sofrimento desenhado em suas feições. O frio da manhã penetra pelas frestas da porta, me fazendo estremecer, apesar do fogo crepitando atrás dele.

Ele semicerra os olhos, como se doesse me encarar. Uma profunda e miserável mágoa. Mas não sei por quê.

— Você dormiu por um tempo — responde. — Agora acordou.

Olho para as minhas mãos, entrelaçadas à minha frente. Em meu indicador esquerdo há um corte cor-de-rosa, quase cicatrizado. Tem no mínimo uma ou duas semanas. Mas não me lembro de como me machuquei. Não consigo encontrar a memória nas trincheiras de minha mente. Então escondo as mãos no cobertor e afasto aquele pensamento.

Sei que há mais em sua resposta do que quer revelar. Mas minha cabeça parece enevoada, meu corpo quer me levar de volta aos sonhos. Então faço mais uma pergunta antes de apagar:

— O que aconteceu com você?

— Perdi alguém que amava.

A BAÍA

Alguns lugares são compelidos por magia, aprisionados por ela. Sparrow pode ter possuído alguma magia antes de as irmãs Swan desembarcarem na cidade, em 1822. Ou talvez as três a tenham trazido quando cruzaram o Pacífico. Ninguém saberá ao certo. A beleza e infelicidade das três podem ter sido o próprio feitiço, conjurado em um lugar selvagem como Sparrow, Óregon, onde o ouro descia das montanhas e o mar afundava navios quando a lua estava cheia, e a maré, implacável.

A magia é algo capcioso. Não facilmente medida, avaliada ou pesada.

As irmãs Swan nunca mais retornarão para atormentar a pequena cidade, mas seu encantamento ainda reside nas ruas enlameadas e nos bravios ventos de inverno.

Na manhã depois do solstício de verão, um pescador local manobrou o barco para fora da baía, à procura de caranguejos perambulando pelo leito do oceano. Os turistas tinham começado a deixar as pousadas, lotando carros e ônibus. Voltando para casa.

A temporada Swan havia acabado. Mas o que os turistas e locais não sabiam ainda era que não ocorreria outro afogamento na cidade de Sparrow.

Olivia Green iria acordar na manhã seguinte no alto do farol da ilha Lumiere. Se lembraria apenas de fragmentos da festa da véspera, e

311

suporia que bebeu demais e cochilou no frio piso de pedra, os amigos tendo a abandonado.

Gigi Kline, que estava desaparecida havia semanas, mas reapareceu na festa do solstício de verão, iria acordar no litoral rochoso da ilha Lumiere, os pés meio submersos em água e três dedos inchados e gangrenados, incapazes de serem salvos. Depois de fugir para o mar na noite anterior, Aurora voltou para a costa, facilmente evitando ser capturada pela multidão, na maioria bêbada, de estudantes da Sparrow High. Ela estava observando o movimento dos barcos, os braços cruzados no peito, completamente encharcada, prestes a mergulhar e devolver o corpo que havia roubado, quando desmaiou ali mesmo, nas pedras.

Aurora e Marguerite Swan não chegaram à água. Às 23h54, sua irmã Hazel mergulhou no mar e se afogou, quebrando uma maldição de dois séculos com um simples ato de sacrifício.

Aurora e Marguerite desapareceram dos corpos que roubaram, como uma lufada de vento marinho, um fiapo de fumaça enfim extinta para sempre.

Ainda assim, sem saber, um pescador local navegava entre os destroços de navios naufragados, flutuando sobre o ponto exato onde as irmãs se afogaram há duzentos anos. E, naquele lugar, bolhas subiram à superfície. Em geral, causadas por caranguejos amontoados, se movendo no solo cheio de sedimentos. Mas não desta vez.

O que ele viu foi algo diferente.

Três corpos, vestidos em trajes brancos de renda grudados à pele pálida, boiando juntos na correnteza. Ele os içou para o barco, ignorante do que tinha acabado de descobrir. Não eram esqueletos, não estavam meio comidos pelos peixes e pela água salgada. Era como se tivessem se afogado naquela manhã.

Os corpos das irmãs Swan enfim haviam sido recuperados.

Quando foram levados de volta à costa e colocados no píer de Sparrow, as pessoas arfaram. Crianças choraram e mulheres cortaram mechas do cabelo das irmãs como talismãs. Elas eram lindas, mais deslumbrantes do que qualquer um jamais imaginou. Mais angelicais do que qualquer retrato ou história as tinha descrito.

A maldição das irmãs Swan havia sido quebrada.

Levou vários dias para que os locais decidissem o que deveria ser feito com os corpos perfeitamente preservados. Por fim, concordaram em enterrá-las no cemitério de Sparrow, na Alder Hill, com vista para a enseada. Como era apropriado.

As pessoas ainda tiram fotos ao lado da sepultura das irmãs, muito embora a temporada Swan não tenha sido deflagrada de novo. Nenhuma canção sussurrada das profundezas da baía. Nenhum corpo roubado por algumas semanas em junho.

Mas há alguém que visita o cemitério toda semana, um garoto que perdeu o irmão, que se apaixonou e a deixou ser levada pelo oceano. Bo Carter se ajoelha ao lado do túmulo de Hazel Swan, lhe traz flores e lhe conta histórias sobre a ilha, a maré e a vida que nunca viveram. Ele espera que o sol se ponha antes de se levantar e caminhar de volta às docas, passando pela Ocean Avenue.

Ele ainda mora no chalé da ilha Lumiere. Ele é o faroleiro. No verão, colhe maçãs e peras, levando engradados para vender na cidade. E, durante uma tempestade, veleja sozinho para além do cabo, em mar aberto, lutando contra ondas e vento, até que o sol rompa o horizonte.

Mas ele não está sozinho na ilha. Penny Talbot perambula pelo pomar com ele, sua memória retornando aos poucos, nos dias depois do solstício de verão — memórias plantadas apenas para ela, somente as melhores. Em dias calmos e ensolarados, Bo a ensina a velejar. Ela come bolos desmemoriados à tarde, de groselha e canela, levados à ilha por Rose, que se preocupa com ela mais do que Penny é capaz de entender.

Sua mãe assa tortas de maçã e tarte tartins de pera fresca, cantarolando enquanto cozinha; faz xícaras de chá e convida os moradores da cidade até a ilha para ler sua sorte. Ela observa a filha — que é ela mesma de novo — e sabe que perdeu muitas coisas, mas não perdeu Penny. Sua mente sossega e sua mágoa amaina. Ela empilha rochas ao lado do penhasco com vista para o mar. Um marco, um túmulo para o marido que perdeu. Ele pertence ao Pacífico agora... como tantos outros.

No fim da tarde, Penny lê as folhas de chá na mesa da cozinha, encarando seu futuro e seu passado, relembrando algo que viu certa vez na borra: um garoto soprado pelo mar. E crê que, talvez, sua vida tenha sido predestinada desde o início.

No entanto, mesmo quando se beijam entre as fileiras de macieiras, Bo parece preso a uma lembrança, transportado para uma época que Penny não consegue ver. E tarde da noite, quando ele a aninha nos braços ao lado do fogo crepitante e beija o ponto atrás de sua orelha, ela sabe que Bo está se apaixonando por ela. E talvez ele a amasse bem antes disso, muito antes de tirá-la do mar na noite do solstício de verão; a noite que é um borrão em sua memória. Mas ela não pergunta. Não quer saber do antes.

Porque Penny o ama agora, com o vento soprando pelas frestas das janelas do chalé, Otis e Olga enrolados a seus pés, o mundo à frente.

Eles têm a eternidade. Ou, mesmo que seja apenas uma vida, uma única e inusitada vida... é o bastante.

TERRA E MAR

Cemitério do Pacífico: é como os locais chamam as águas ao longo da costa de Sparrow. Não apenas por causa das centenas de naufrágios pontilhando o leito do oceano, mas por conta de todas as almas perdidas, afogadas em suas águas nos últimos dois séculos.

Em certos dias, o mar está calmo, lambendo gentilmente a costa de Sparrow. As gaivotas mergulham entre as rochas e piscinas de maré, em busca de peixes presos ali. Nesses dias, é fácil esquecer a história do que aconteceu aqui.

Mas em dias de tempestade, quando o vento chicoteia violentamente a cidade e a maré enche acima dos diques, é quase possível ouvir a canção das irmãs soprando das profundezas... um eco dos anos passados, o oceano incapaz de esquecer.

Quando o céu está cinzento e pesaroso e os pescadores atravessam o nevoeiro, além do cabo, eles olham para a ilha e fazem uma prece por bons ventos e uma rede cheia. Eles dizem uma prece em sua homenagem, a garota que com frequência veem no alto do penhasco, a garota que foi afogada há muito tempo, mas retornou repetidas vezes, vestindo branco e dançando ao vento.

Durante a colheita, no início da primavera, quando a ilha cheira a doce e brilha com a luz do sol, uma figura pode ser vista perambulando pelo pomar, examinando as árvores. Ela ainda está lá. Uma aparição presa no tempo, o fantasma de uma garota que viveu mais do que devia, que ousou se apaixonar. Que ainda persiste.

Não por vingança, não porque procura expiação nas dobras e sombras da cidade.

Mas porque aqui é seu lugar, enraizada onde pisou a terra pela primeira vez, duzentos anos antes. Essa terra é sua. Umidade, mofo verde e ventos salobros. Ela é feita dessas coisas. E essas coisas são feitas dela — tendão e nervos. A morte não pode arrancá-la daqui.

Ela pertence ao encontro da terra com o mar.

Ela pertence a ele.

Naqueles momentos silenciosos, quando ela agita as novas folhas primaveris nas macieiras, quando observa Bo caminhando entre as árvores, os olhos protegidos do sol da tarde, as mãos ásperas de mexer com a terra, ela se inclina — tão perto que pode se lembrar do calor de sua pele, das mãos dele nela — e sussurra em seu ouvido: Eu ainda amo você.

E, quando ele sente o vento beijar seu pescoço, o perfume de água de rosas e mirra no ar, uma calma o invadindo, como uma memória que não consegue esquecer...

Ele sabe. E sorri.

AGRADECIMENTOS

A magia reside em muitas coisas, e certamente nos humanos. Sem as seguintes pessoas mágicas, este livro ainda seria alguns rabiscos em papel manchado de chá.

Por seu trabalho incansável e encorajamento, além do fato de ser fod@, agradeço a inimitável Jess Regel. Você tem sido minha aliada, minha agente e agora é uma amiga.

A minha extraordinária editora, Nicole Ellul. Você vê significados escondidos nas margens, feitiços nos espaços entre as palavras, e eu adoro você por isso. Não poderia pedir uma pessoa mais talentosa, esperta ou magnífica para capitanear este livro.

Obrigada a você, Jane Griffiths, da Simon & Schuster UK, pelo entusiasmo e crença neste livro. E por ver exatamente onde os bolos desmemoriados entravam.

A todo mundo da Simon Pulse! Vocês deram um lar a este livro e o defenderam de tantas formas... Mara Anastas, Mary Marotta, Liesa Abrams, Jennifer Ung, Sarah McCabe, Elizabeth Mims, Katherine Devendorf — ainda me espanta como vocês, garotas, equilibram tudo!

A Jessica Handelman, por desenhar uma capa perfeitamente fantas-magórica, e a Lisa Perrin, pela arte fascinante. A Jessi Smith — obrigada por ler o livro inúmeras vezes!

Aos heróis que sobem em caixotes de maçãs e gritam sobre todos os livros que precisam ser lidos: Catherine Hayden, Matt Pantoliano, Janine Perez, Lauren Hoffman e Jodie Hockensmith. Vocês merecem bolo e chá todos os dias.

A meus inspiradores e incrivelmente talentosos amigos escritores (vocês sabem quem são), para os quais liguei quando meus personagens não se comportavam ou quando eu queria tacar fogo em tudo. Agradeço por serem minha rocha e também cobertores quentinhos.

A Sky, que acho que vou guardar num potinho para sempre. Seu apoio e fé em mim são mais do que mereço. Algum dia vou escrever a história do Aprendiz do Faroleiro. Amo você.

A meus pais. Vocês encheram nossa casa com livros e me fizeram acreditar que eu também poderia escrever um dia. Agradeço aos dois por tudo. Mais do que posso mensurar.

Este livro foi composto na tipografia Adobe
Garamond Pro, em corpo 11/16, e impresso
em papel off-white no Sistema Cameron da
Divisão Gráfica da Distribuidora Record.